사뮈엘 베케트
Samuel Beckett, 1906-89

사뮈엘 베케트는 1906년 4월 13일 아일랜드 더블린 남쪽 폭스록에서 유복한
신교도 가정의 차남으로 태어났다. 더블린의 트리니티 대학교에서 프랑스 문학과
이탈리아 문학을 공부하고 단테와 데카르트에 심취했던 베케트는 졸업 후
1920년대 후반 파리 고등 사범학교 영어 강사로 일하게 된다. 당시 파리에 머물고
있었던 제임스 조이스에게 큰 영향을 받은 그는 조이스의 『피네건의 경야』에 대한
비평문을 공식적인 첫 글로 발표하고, 1930년 첫 시집 『호로스코프』를, 1931년
비평집 『프루스트』를 펴낸다. 이어 트리니티 대학교에서 프랑스어를 가르치게
되지만 곧 그만두고, 1930년대 초 첫 장편소설 『그저 그런 여인들에 대한 꿈』(사후
출간)을 쓰고, 1934년 첫 단편집 『발길질보다 따끔함』을, 1935년 시집 『에코의
뼈들 그리고 다른 침전물들』을, 1938년 장편소설 『머피』를 출간하며 작가로서
발판을 다진다. 1937년 파리에 정착한 그는 제2차 세계대전 중 레지스탕스로
활약하며 프랑스에서 전쟁을 치르고, 1946년 봄 프랑스어로 글을 쓰기 시작한
후 1989년 숨을 거둘 때까지 시, 소설, 희곡, 비평 수십 편을 프랑스어와 영어로
번갈아 가며 쓰는 동시에 자신의 작품 대부분을 스스로 번역한다. 전쟁 중 집필한
장편소설 『와트』에 뒤이어 쓴 초기 소설 3부작 『몰로이』, 『말론 죽다』, 『이름
붙일 수 없는 자』가 1951년부터 1953년까지 프랑스 미뉘 출판사에서 출간되고,
1952년 역시 미뉘에서 출간된 희곡 『고도를 기다리며』가 파리, 베를린, 런던, 뉴욕
등에서 수차례 공연되고 여러 언어로 출판되며 명성을 얻게 된 베케트는 1961년
보르헤스와 공동으로 국제 출판인상을 받고, 1969년 노벨 문학상을 수상한다.
희곡뿐 아니라 라디오극과 텔레비전극, 영화 각본을 집필하고 직접 연출하기도
했던 그는 당대의 연출가, 배우, 미술가, 음악가 들과 지속적으로 교류하며 평생
실험적인 작품 활동에 전념했다. 1989년 12월 22일 파리에서 숨을 거뒀고,
몽파르나스 묘지에 묻혔다.

MALONE MEURT
by Samuel Beckett

사뮈엘 베케트 　　　　　　　　　　　　　　　　임수현 옮김

말론 죽다

wo
rk
—
ro
om

일러두기

1. 이 책은 사뮈엘 베케트(Samuel Beckett)의 『말론 죽다(Malone Meurt)』(파리, 미뉘 출판사[Les Éditions de Minuit], 1951)를 한국어로 옮긴 것이다.
2. 주는 옮긴이가 작성했다.
3. 원문에서 이탤릭체로 강조된 부분은 방점을 찍어 구분했고, 대문자로 강조된 부분은 굵게 표기했다.

차례

난 어떻게든 결국 조만간 완전히 죽을 거다. 아마도 다음 달. 그러니까 4월이나 5월이 되겠지. 아직 연초라는 걸, 수많은 사소한 정보들이 말해 주고 있으니까. 내가 착각했을 수도 있고, 성 요한 축일,[1] 심지어 자유의 축제인 7월 14일을 넘길지도 모른다. 아니지, 내 상태로 보아 현성용 축일,[2] 아니면 성모승천일[3]까지도 버틸 수 있을지도. 하지만 그렇지는 않을 거고, 올해 그런 축제들이 나 없이 치러지리라 말하는 게 착각은 아닐 거라 생각한다. 그런 느낌이 들고, 며칠 전부터 그렇게 느껴 왔고, 그 느낌을 믿는다. 하지만 그게 내가 존재한 이후로 나를 속여 온 느낌들과 무슨 차이가 있을까? 아니, 난 이제 그런 종류의 질문을 더 이상 하지 않고, 보기 좋은 그림도 이제 필요 없다. 원하기만 한다면, 원할 수만 있다면, 할 수만 있다면, 그저 조금만 밀고 나가도 바로 오늘 죽을 텐데. 하지만 너무 서두르지 않고 그냥 죽도록 두는 편이 좋겠다. 분명 뭔가는 변하는 게 있을 것이다. 난 더 이상 이쪽에도 저쪽에도 무게를 실어 주고 싶지 않다. 난 중간에 있을 거고, 움직이지 않을 거다. 그건 내게 쉬운 일이겠지. 유일하게 중요한 일이라면 소스라치지 않게 주의하는 것. 그런데 여기 있는 이후로 예전보다 덜 소스라친다. 물론 아직도 가끔씩 초조하게 움직이는 경우들은 있다. 이제 보름 혹은 3주 동안 내가 경계해야 할 게 바로 그런 것들이다. 물론 아무것도 과장하지 말아야 하고, 너무 흥분하지 말고 조용히 울고 웃어야 한다. 그래, 난 마침내 자연스러워지겠고, 어떤 결론도 끌어내지 않은 채 더 고통스러워하다가 좀 나아지겠고, 내 목소리를 덜 듣게 되겠고, 더 이상 차갑지도 뜨겁지도 않겠고, 미지근해지겠고, 들뜨지 않고 미지근하게 죽게 되겠지. 난 내가 죽는 걸 보지 못하겠지, 그건 모든 걸 망쳐 버릴 테니까. 내가 사는 건 본 적이 있던가? 불평했던 적은 있었나? 그런데 왜 지금 기뻐해야 할까? 당연히 만족스럽긴 하지만, 박수를 칠 정도는 아니다. 돌려받을 걸 알기에, 난 항상 만족스러웠다. 그가, 내 오랜 채무자가, 지금 저기 있다. 그렇다고 그를 반겨야 할까? 나는 더 이상 질문에 대답하지 않겠다. 더 이상 질문하지 않으려고 노력도 할 거다. 사람들은 날 묻어 줄 수 있겠고, 이제 땅 위에서는 나를 더 이상 보지 못하겠지. 그동안 난, 할 수 있다면, 스스로에게 이야기를 해 줄 거다. 예전과 같은 종류의 이야기들은 아니겠고, 그게 전부다. 아름답지도, 추하지도 않은, 차분한 이야기들일 테고, 그 안엔 추함도, 아름다움도, 열기도 없을 테고, 이야기하는 사람만큼이나 거의 생기 없는 이야기들이겠지. 내가 지금 무슨 말을 했지? 상관없다. 난 그걸 통해 매우 만족하기를, 일종의 만족을 얻기를 기대한다. 난 만족스럽고, 그래, 이미 됐고, 돌려받을 거고, 더 이상 아무것도 필요하지 않다. 우선 내가 그 누구도 용서하지 않는다는 말을 해야겠다. 그들 모두가 끔찍한 삶을 살다가 지옥의 불꽃과 얼음을 맛보기를 그리고 이어지는 최악의 후손들에게 명예로운 기억을 남기기를 바란다. 오늘 저녁은 그만하자.

이번에는 내가 어디로 가는지 안다. 더 이상 예전의, 최근의 밤이 아니다. 이제부터는 놀이고, 난 놀이를 할 거다. 지금까지는 놀 줄 몰랐었다. 그러고 싶었지만, 그럴 수 없음을 알고 있었다. 그래도 자주, 열심히 해 봤었다. 사방에 불을 켜 놓고, 내 주위를 유심히 바라보면서, 내 눈에 보이는 것들과 놀이를 했었다. 사람들과 사물들은 그저 놀기만 바라고, 몇몇 동물도 그렇다. 시작은 좋았었지, 누군가 자기들과 놀기를 바란다는 데 만족스러워하며, 모두 내게로 오곤 했다. 만일 내가, 이제 난 꼽추가 필요해, 라고 말하면, 누군가 아름다운 혹을 자랑스러워하며 즉시 나타나서 자신의 장기를 선보이곤 했다. 내가 그에게 옷을 벗으라고 요구할 수도 있다는 생각까지는 하지 않았던 모양이지. 하지만 난 오래지 않아, 빛도 없이, 다시 혼자가 되곤 했다. 그래서 나는 놀고 싶어 하지 않게 되었고 내게 속한 것들의 형태와 소리를 영원히 모호하게 만들었고, 무심한 가정들, 어둠, 팔을 앞으로 뻗고 하염없이 걷기, 은신처 등을 만들어 냈다. 이것이 바로 조만간 한 세기가 되는 시간 동안 내가 말하자면 절대 포기하지 못했던 진지함이다. 이제 그건 변하겠고, 나는 노는 것 외에 다른 건 더 이상 하고 싶지 않다. 아니, 난 시작부터 과장하지는 않겠다. 하지만, 이제부터, 가능하다면, 난 대부분의 시간 동안, 최대한, 놀겠다. 어쩌면 예전보다 더 성공하지는 못할지도 모른다.

어쩌면 예전처럼, 장난감도 없이, 빛도 없이, 버려진 나 자신을 발견할지도 모른다. 그러면 난 혼자 놀겠고, 마치 내 모습을 볼 수 있는 것처럼 하겠다. 이런 계획을 떠올릴 수 있었다는 사실이 내게 용기를 준다.

나는 밤 동안 내 시간표에 대해 생각해 봐야 했다. 내 생각에 각각 다른 주제로 네 편의 이야기를 할 수 있을 것 같기도 하다. 하나는 남자에 대해, 또 하나는 여자에 대해, 세 번째는 어떤 물건에 대해 그리고 마지막은 동물, 아마도 새에 대해. 빼먹은 게 하나도 없는 것 같은데. 그러면 좋겠지. 어쩌면 남자와 여자를 같은 이야기에 넣을지도 모르겠는데, 사실 남자와 여자가, 그러니까 내가 갖고 있는 것들이 그리 다르지 않으니까. 어쩌면 끝낼 시간이 없을지도 모르겠다. 또 달리 생각해 보면, 아마 너무 일찍 끝내 버릴지도. 이렇게 다시 오래된 난관에 부딪친다. 하지만 그게 정말로, 난관일까? 모르겠다. 끝내지 못한다 해도, 중요한 건 아니다. 하지만 내가 일찍 끝내야 한다면? 그것도 중요하지 않다. 그럴 경우 난 내게 남겨진 것들에 대해 말하게 될 텐데, 그건 아주 오래된 계획이다. 그건 일종의 목록일 것이다. 어쨌든 실수하지 않았음을 확신하기 위해서, 난 그걸 최후의 순간까지 남겨 놓아야 한다. 더욱이 그건, 무슨 일이 있어도, 내가 확실히 해야 할 일이다. 기껏해야 15분이면 된다. 그러니까 내가 원한다면 더 오래 걸릴 수도 있겠다. 하지만 마지막 순간에 시간이 부족할 경우, 내 목록을 작성하는 데는 고작 15분이면 충분할 거고. 편집증까진 아니더라도, 난 이제부터 확실히 해 두고 싶고, 그게 내 계획들에 포함된다. 언제라도 내가 갑자기 죽을 수도 있다는 건 확실하다. 그렇다면 더 미루지 말고 내 소유물들에 대해 이야기하는 게 더 낫지 않을까? 그게 더 신중한 일이 아닐까? 필요한 경우에는 마지막 순간에 고치게 되더라도? 이성은 내게 이렇게 충고한다. 하지만 요즘, 이성은 내게 거의 영향력이 없다. 모든 것이 함께 내게 용기를 준다. 하지만 목록을 남기지 않고 죽는 것, 내가 정말 이런 가능성을 받아들일 수 있을까? 이제 나는 또 궤변을 늘어놓기 시작한다. 내가 그 위험을 감수하려고 하는 만큼, 그걸 받아들인다고 가정해야 한다. 평생 난, 너무 일러, 너무 일러, 스스로 이렇게 말하면서 그런 결산을 하지 않으려 했었다. 뭐, 아직 너무 이르긴 하지. 평생 동안 난, 모든 걸 잃어버리기 전에 어떻게든 마침내 정착해서, 선을 긋고 합산을 할 수 있는 순간을 꿈꿔 왔다. 그 순간이 임박한 것 같다. 그렇다고 냉정을 잃지는 않겠다. 그러니까 우선 내 이야기들, 그리고 다 잘 풀리면, 마지막으로 내 목록. 이제 더 이상 그들을 보지 않도록, 남자와 여자부터 시작하려 한다. 그게 첫 번째 이야기가 되겠고, 그걸로 두 가지 이야기를 할 정도는 아니다. 그러니까 결국 이야기는 셋뿐일 텐데, 방금 언급한 것과, 동물 이야기, 그다음에는 사물, 아마도 돌의 이야기. 이 모든 건 아주 분명하다. 그런 다음에 내 소유물들을 다루겠다. 그 후에도 내가 아직 살아 있다면, 실수하지 않았다는 걸 확신할 수 있도록, 필요한 일을 하려고 한다. 이게 결정된 사항들이다. 예전에 난 어디로 가는지는 몰랐지만 도착하리라는 건 알았고, 이 맹목적이고 긴 단계가 마무리될 것임을 알았다. 어찌나 불확실했던지, 세상에. 괜찮다. 이제 놀아야 한다. 그런 생각에 익숙해지기가 힘들다. 오래된 안개가 나를 부른다. 이제 반대로 말해야 한다. 잘 표시된 이 길을, 어쩌면 내가 끝까지 갈 수 없을 것 같기 때문에. 하지만 나는 아주 희망적이다. 지금 시간을 허비하고 있는 건지 아니면 벌고 있는 건지 궁금하다. 내 이야기들을 시작하기 전에, 나는 또 나의 현재 상황을 간단히 떠올리기로 결심했다. 잘못한 것 같다. 그건 나약함인데. 하지만 난 그냥 내버려 둘 거다. 나중에 그만큼 더 열심히 놀려고. 게다가 그건 목록과 한 쌍을 이루게 될 테다. 그러니까 미학은, 적어도 어떤 미학은 내 편이다. 내 소유물들에 대해 얘기할 수 있으려면 다시 진지해져야 할 것이기 때문이다. 결국 내게 남겨진 시간은 이렇게 다섯으로 나뉘어진다. 뭐가 다섯이냐고? 나도 모른다. 내가 추측하기로, 모든 건 자기 안에서 나뉘어진다. 만일 내가 다시 깊이 생각하려고 한다면 내 죽음을 망치겠지. 이런 관점엔 뭔가 매력적인 게 있다는 걸 말해야겠다. 하지만 조심하고 있다. 난 며칠 전부터 모든 것에 매력을 느껴 왔으니. 다시 다섯 얘기로 돌아가자. 현재 상황, 세 가지 이야기, 목록, 이렇다. 몇 가지 중간 단계들도 배제하면 안

된다. 이건 하나의 프로그램이다. 나는 내가 달리 어쩔 수 없을 때가 아니고서는 거기서 벗어나지 않을 것이다. 그렇게 결정했다. 내가 엄청난 잘못을 한 것처럼 느껴진다. 상관없다.

현재 상황. 여긴 내 방인 듯하다. 그렇지 않고서는 날 여기 남겨 둔 게 설명이 되지 않는다. 오래전부터. 어떤 힘이 그러길 바라지 않은 한. 그건 별로 그럴듯하지가 않다. 힘들이 나에 대한 생각을 왜 바꿨겠는가? 가장 단순한 설명을 택하는 편이 더 낫다, 사실은 그리 단순하지 않더라도, 대단한 걸 설명해 주진 못한다 하더라도. 엄청나게 밝을 필요는 없고, 희미한 빛, 작더라도 믿을 만한 빛이라면 이런 낯섦 속에서 살게 해 준다. 어쩌면 난 나보다 전에 여기 살았던 사람이 죽어서 방을 물려받은 건지도 모른다. 어쨌든 더 깊이 알아보지는 않겠다. 여기가 병원이나 정신병원의 방은 아닌 것 같은 느낌이 든다. 낮 동안 다양한 시간에 귀를 기울여 봤지만, 수상하거나 특이한 소리는 아무것도 듣지 못했고, 언제나 한 남자가 자유롭게 일어나고, 눕고, 먹을 걸 만들고, 왔다 갔다 하고, 울고 웃고, 아니면 아무것도 안 하는 평온한 소리들만 들렸다. 그리고 창문으로 보면, 몇 가지 단서를 통해, 내가 양로원에 있지 않음을 잘 알 수 있다. 아니, 여긴 언뜻 보기에 흔한 건물에 있는 평범한 개인 방이다. 내가 어떻게 여기 오게 됐는지는 기억나지 않는다. 아마도 구급차, 분명 어떤 차량을 타고 왔겠지. 어느 날 난, 이곳 침대에 있는 나를 발견했다. 아마 어디선가 의식을 잃었나 본데, 기억의 공백이 생긴 덕을 부득이하게 봤다가, 여기서 깨어났을 때에야 정신이 돌아온 모양이다. 날 실신하게 만들었던 그리고 당시에는 몰랐을 리가 없었던 그 사건들에 대해서는, 인식할 수 있을 만한 것이, 내 머릿속에 아무것도 남아 있지 않다. 하지만 이런 망각을 경험해 보지 않은 사람이 누가 있겠는가? 술 취한 다음에 잊어버리는 경우는 다반사다. 그 사건들, 난 가끔씩 그것들을 지어내며 재미있어 했다. 하지만 정말로 재미있었던 적은 한 번도 없었다. 내가 여기서 깨어나기 전의 마지막 기억을 명확하게 떠올려 그걸로 출발점을 삼고자 했으나, 그것도 성공하지 못했다. 분명 난 걷고

있었을 텐데, 태어난 후 처음 몇 달과 여기 있게 된 다음부터를
제외하면, 난 평생 걸었으니까. 하지만 해가 저물 때쯤엔 내가
어디 있었는지 뭘 생각했는지 알지 못했다. 그러니 내가 뭘
기억할 수 있겠으며, 뭘 갖고 기억할 수 있겠는가? 어떤 분위기는
기억한다. 가끔씩 내게 떠오르는 바로는, 내 젊은 시절은 더
다채롭다. 그땐 요령껏 살아가는 법을 아직 잘 몰랐다. 난 일종의
혼수상태에 빠져 있었다. 의식을 잃는다는 건, 내겐, 정말 별것도
아닌 일이지. 하지만 어쩌면 누군가, 아마도 숲에서, 내 머리를
때려 기절시켰을지도 모르고, 그래, 방금 숲이라고 말하니까
어렴풋하게 숲이 기억난다. 이 모든 건 과거다. 내가 보복당하기
전에, 내가 확실히 해야 하는 건 현재다. 여긴 평범한 방이다. 방에
대해선 거의 모르지만, 여긴 내게 평범한 것처럼 보인다. 사실,
내가 죽는다는 게 잘 느껴지지 않는다면, 내가 이미 죽어서 속죄를
하는 중이거나, 하늘에 있는 집들 중 한 곳에 있다고 믿을 수도
있다. 하지만 결국 내게 주어진 시간이 얼마 안 남은 것 같다. 불과
여섯 달 전에는 사후 세계에 있다는 느낌이 더 들었는데. 만일
내가 언젠가 이런 식으로 살 거라고 누가 전에 예언했었다면, 난
아마 웃고 말았겠지. 그렇게 보이진 않았겠지만, 난 내가 웃고
있다는 걸 알았을 거다. 최근 며칠은 잘 기억하는데, 그날들이
이전의 3만여 날들보다 더 많은 기억들을 내게 남겨 줬기
때문이다. 그 반대였다면 놀라움이 덜했겠지. 내 목록들의 작성이
끝났을 때, 만일 나의 죽음이 준비되지 않았다면, 난 내 회고록을
쓰겠다. 이런, 농담을 하고 말았네. 괜찮아, 괜찮다. 옷장이 하나
있는데 한 번도 그 안을 들여다본 적이 없다. 내 소유물들이 한쪽
구석에, 마구 뒤섞인 채 있다. 내 긴 지팡이로 그것들을 움직이고,
나한테까지 끌어오고, 다시 제자리로 돌려보낼 수 있다. 내 침대는
창문 옆에 있다. 대부분의 경우 나는 그쪽을 향해 몸을 돌리고
있다. 지붕과 하늘, 그리고 엄청 애를 쓴다면 길모퉁이도 보인다.
들판도 산도 보이지 않는다. 근처에 있을 텐데도. 사실 내가 그걸
어찌 알겠는가? 바다도 보이지 않지만, 파고가 높을 때는 소리가
들린다. 맞은편 집의 어떤 방 안도 볼 수 있다. 가끔씩 거기서
이상한 일들이 일어난다. 사람들은 이상하다. 어쩌면 비정상인

건지도 모른다. 그들도 분명 나를, 창유리에 바짝 붙어 있는 내
크고 덥수룩한 머리를 볼 텐데. 지금까지 내 머리카락이 이렇게
많았던 적도, 길었던 적도 없었는데, 앞뒤가 맞지 않더라도 분명
그렇게 말할 수 있다. 하지만 그들은 밤에는 나를 보지 못하는데,
내가 절대 불을 켜지 않기 때문이다. 난 이곳에서 별들에 좀
관심이 있었다. 하지만 그런다고 내가 어디 있는지 알 수는 없다.
어느 날 밤 별들을 바라보다가, 갑자기 내가 런던에 있는 걸 봤다.
내가 런던까지 갔다는 게 가능할까? 또 별들은 이 도시와 무슨
관계가 있을까? 반면에 달은 내게 친숙하게 느껴졌다. 나는 이제
달의 모습과 궤도의 변화에 대해 잘 알고, 하늘에서 달을 찾을
수 있는 시간과 달이 뜨지 않는 밤들에 대해 어느 정도 파악하고
있다. 또 뭐가 있을까? 구름들. 그것들은 아주 다양하고, 정말
각양각색이다. 또 온갖 종류의 새들. 그놈들은 내 창가에 와서
먹을 걸 달라고 한다! 감동적이지. 그것들은 부리로 유리창을
두드린다. 난 절대 아무것도 준 적 없다. 그래도 항상 온다. 뭘
기대하는 걸까? 독수리 같은 것들은 아니다. 그들은 날 여기
내버려 둘 뿐 아니라, 돌봐 주기까지 한다! 지금 일어나는 일은
이렇다. 문이 반쯤 열리고, 손 하나가 식사용 탁자에 접시 하나를
놓고, 전날의 접시를 가져가고, 문이 다시 닫힌다. 누군가 매일,
아마도 같은 시간에, 나를 위해 이런 일을 한다. 먹고 싶을 때면
난 지팡이를 탁자에 걸고 그걸 내가 있는 곳까지 끌어당긴다.
바퀴가 달린 탁자여서, 거슬리는 소리를 내며 사방을 돌아다니다
내게로 온다. 더 이상 필요 없어지면 그걸 문 쪽으로 돌려보낸다.
수프가 나왔다. 내게 더 이상 남은 이[齒]가 없다는 걸 그들이
분명 아는 모양이다. 난 평균 이틀에 한 번, 사흘에 한 번, 수프를
먹는다. 요강이 다 차면 난 그걸 탁자 위 접시 옆에 놓는다.
그러면 난 요강 없이 24시간을 버틴다. 아니, 내겐 요강이 두
개다. 모든 게 대비되어 있다. 침대에서 난 다 벗고 이불만 덮고
있는데, 계절에 따라 그 숫자가 늘어나기도 하고 줄어들기도
한다. 절대 덥지도, 춥지도 않다. 씻지는 않지만, 더러워지지도
않는다. 어딘가 더러운 느낌이 들면 침을 묻힌 손가락으로 그곳을
문지른다. 버티고 싶다면, 중요한 건 먹고 배설하는 일이다. 요강,

식기, 이것이 두 축이다. 처음엔 상황이 달랐다. 여자가 방에 들어와 내 주위를 바쁘게 움직이면서, 내가 뭘 필요로 하고 뭘 원하는지 물어보곤 했다. 난 어떻게든 결국, 내가 뭘 필요로 하고 뭘 원하는지, 여자를 이해시켰다. 쉽지 않았다. 여자가 이해를 못 했으니까. 내가 여자에게 어울리는 용어며 억양을 찾아내기 전까지는. 이 모든 건 반쯤은 상상이겠지. 그 여자가 내게 그 긴 지팡이를 마련해 줬다. 거기엔 갈고리가 달려 있다. 그것 덕분에 나는 내 거처의 가장 후미진 구석까지 조정할 수 있다. 내가 지팡이에 얼마나 큰 빚을 지고 있는지. 그래서 그들이 그걸로 내게 전해 주는 충격을 거의 잊을 지경이다. 늙은 여자다. 그 여자가 왜 내게 잘해 주는지 모르겠다. 그래, 트집 잡지 말고, 그걸 친절이라고 부르자. 그녀에겐, 그건 분명 친절이다. 내 생각엔 그녀가 나보다 나이가 많은 것 같다. 하지만 그렇게 움직이는 것치고는, 오히려 더 늙어 보이는 편이다. 아마도 그녀는, 어느 정도는 방의 일부라고 할 수 있다. 그럴 경우 그녀는 특별한 연구 대상이 아니다. 하지만 그녀가 지금 일을 어떤 자비심 때문에 혹은 내 방에 대해 동정 또는 애정보다 덜 보편적인 감정을 가지고 하는 경우도 배제할 수는 없다. 모든 게 가능하다는 걸, 나는 결국 믿게 되겠지. 하지만 그녀가 이 방과 마찬가지로 나에게 주어졌다고 가정하는 게 더 편하다. 나는 이제 그녀의 모습에서 앙상한 손과 소매의 일부밖에는 보지 못한다. 그조차도 아니다, 그조차도. 그녀는 어쩌면, 나보다 앞서서 이미 죽었을지도 모르고, 내 작은 탁자를 채워 주고 치워 주는 건 이제 다른 손일지도 모른다. 이 말을 분명 했을 텐데, 난 내가 얼마나 오래전부터 여기 있었는지 모른다. 내가 아는 건 오직, 여기서 내 모습을 발견하기 전에 내가 이미 아주 늙어 있었다는 사실뿐이다. 90대가 아닐까 싶은데, 그걸 증명할 수는 없고. 50대나 40대밖에 안 됐을지도 모른다. 아주 오래전부터 더 이상 내 나이를 계산하지 않았으니까. 내가 태어난 해는, 잊어버리지 않고 알고 있지만, 지금이 몇 년인지는 모르겠다. 하지만 상당히 오래전부터 여기 있었던 것 같다. 온갖 계절이 바뀌면서, 이 벽 안에 숨어 있는 나를 어떻게 괴롭힐 수 있는지, 잘 알고 있기 때문에. 그건 한두 해로 알 수 있는 게 아니다. 두어 번 눈 깜빡일 사이에 며칠이 지나간 것만 같았다. 뭐 또 덧붙일 게 남아 있을까? 어쩌면 나에 대한 몇 마디 말들. 내 몸은, 흔히들 경솔하게 부르듯, 불구다. 말하자면 더 할 수 있는 게 아무것도 없다. 더 이상 돌아다닐 수 없는 게 가끔은 아쉽기도 하다. 하지만 향수(鄕愁) 같은 건 그다지 내 취향이 아니다. 일단 자리 잡기만 하면, 팔에는 아직 힘을 줄 수 있지만, 그걸 움직이기는 어렵다. 아마 적핵(赤核)[4]이 약해진 모양이다. 몸을 좀 떨긴 하지만, 조금 그럴 뿐이다. 침대가 삐걱거리는 건 내 삶의 일부가 되었고, 난 그 소리가 멈추길, 그러니까 줄어들길 바라지 않는다. 등을 대고 있는 게, 그러니까 엎드리는 게, 아니, 똑바로 눕는 게 제일 편한데, 그래야 뼈가 덜 드러나니까. 난 등을 대고 누워 있지만, 뺨은 베개에 대고 있다. 눈만 뜨면 하늘이 그리고 인간들의 연기(煙氣)가 다시 시작되게 할 수 있다. 시력과 청력이 아주 나쁘다. 이제 전체적으로는 보이지 않고 반사된 빛만 보일 뿐이고, 나의 감각들은 온통 내게 집중되어 있다. 벙어리에다, 잘 보이지도 않고 무미건조한 나는, 감각들과 어울리지 않는다. 갇힌 나는, 피와 숨소리에서 멀리 떨어져 있다. 내 고통들에 대해서는 말하지 않겠다. 그것들 가장 깊은 곳에 묻힌 나는 아무것도 느끼지 못한다. 내 어리석은 몸뚱이 몰래, 내가 죽을 곳은 바로 거기다. 보이는 것, 소리 지르고 몸부림치는 것, 그것들은 잔해다. 그것들은 서로 모른 체한다. 이런 혼란 속 어딘가에서 생각이 애를 써 보지만, 그것 또한 기대에 미치지 못한다. 그것 역시, 언제나 그랬듯이, 내가 존재하지 않는 곳에서 나를 찾는다. 진정할 줄도 모른다. 지긋지긋하네. 그 죽어 가는 분노를 부디 다른 사람들에게 퍼붓기를. 그동안 난 평화로울 테니. 이것이 내 상황인 듯하다.

남자의 성은 사포스캣이다. 자기 아버지처럼. 이름? 모른다. 그런 게 필요 없을 텐데. 그와 가까운 사람들은 그를 사포라고 부른다. 어떤 사람들? 나도 모른다. 그의 어린 시절에 대해 몇 마디. 그게 필요하다.

　　그는 조숙한 아이였다. 공부에는 별로 소질이 없었고 사람들이 그에게 시키는 공부들이 왜 필요한지 그는 알지 못했다.

그는 정신은 다른 데 두고, 아니면 머리를 비운 채로, 수업에
참석하곤 했다.

그는 정신은 다른 데 두고 수업에 참석하곤 했다. 하지만 계산은
좋아했다. 하지만 사람들이 그걸 가르치는 방식은 좋아하지
않았다. 그가 마음에 들어 했던 건 구체적인 숫자들을 다루는
거였다. 그에겐 모든 숫자들이 각자 단위의 성격이 불분명한
쓸모없는 것처럼 보였다. 그는 공개적으로 또 개인적으로, 정신적
계산에 몰두했다. 그러면 머릿속에서 숫자들이 움직이며 그의
머리를 색깔과 형태로 채우곤 했다.

이렇게 지루할 수가.

그는 장남이었다. 그의 부모는 가난하고 아팠다. 그는 그들이 더
건강해지고 돈을 더 벌기 위해서 뭘 해야 하는지에 대해 얘기하는
걸 자주 들었다. 그는 그런 말들이 막연하다는 점에 매번 충격을
받았고 결코 어떤 성과도 거두지 못했다고 해서 놀라지 않았다.
그의 아버지는 어떤 가게의 점원이었다. 그는 자기 아내에게
이렇게 말하곤 했다, 저녁이랑 토요일 오후에 할 수 있는 일거리를
찾아봐야 할 것 같아. 그는 죽어 가는 목소리로 이렇게 덧붙였다,
그리고 일요일도. 그의 아내는 이렇게 대답했다, 하지만 당신 일을
더 하면 병에 걸릴 거야. 그러면 사포스캣 씨는 사실 일요일에
쉬지 않는 건 잘못이리라고 인정했다. 이런 게 적어도 성숙한
사람들이다. 하지만 그는 평일 저녁과 토요일 오후에 일을 할 수
없을 정도로 몸이 아픈 건 아니었다. 무슨 일을 하려고? 아내가
이렇게 말했다. 아마도 이런저런 글 쓰는 일, 그가 대답했다. 그럼
정원은 누가 돌볼 건데? 그의 아내가 말했다. 사포스캣 가족의
삶은 어떤 전제들로 가득했는데, 장미가 없거나 잔디와 통로를
제대로 손보지 않은 정원을 범죄에 가까운 몰상식한 일로 정해
놓은 것이 그중 하나였다. 내가 야채를 길러 보면 어떨까, 그가
말했다. 사는 게 더 싸, 그녀가 말했다. 사포는 이런 대화들을
경이롭게 듣곤 했다. 퇴비 값을 생각해 봐, 그의 어머니가 말했다.

이어지는 침묵 속에서, 자신이 하는 모든 것에 기울였던 열정을 떠올리며, 사포스캣 씨는 자기 가족의 삶이 좀 더 넉넉해지지 못하게 하는 퇴비의 비싼 가격에 대해 곰곰이 생각했고, 그러는 동안 그의 아내는, 자신이 할 수 있는 최선을 다하지 못했다며, 이번에는 자책을 하고 있었다. 하지만 그녀는 쉽게 설득당하는 사람이라, 자기 인생을 위험에 빠뜨리지 않고서는 달리 할 수 있는 게 없었다. 우리가 절약하고 있는 병원 비용을 생각해 봐, 사포스캣 씨가 말했다. 그리고 약국도, 그의 아내가 말했다. 그들이 생각해 볼 수 있는 건 이제 집을 더 줄이는 일뿐이었다. 하지만 우린 이미 비좁아, 사포스캣 부인이 말했다. 그리고 거기엔 그들의 집이 해마다 더 비좁게 느껴질 거라는 사실이 암시되어 있는데, 큰 아이들이 떠나면 새로 태어난 아이들이 그 자리를 메움으로써 일종의 균형이 이루어지는 날까지 그럴 것이었다. 그런 후에 집은 조금씩 비워질 것이다. 그리고 결국, 기억들과 함께, 그들만 남을 것이다. 그러면 이사 갈 때라고 볼 수 있을 것이다. 그는 은퇴를 했을 것이고, 그녀는 힘이 다 빠졌을 것이다. 그들은 시골에 전원주택을 하나 살 것이고, 이제 더 이상 퇴비가 필요 없으니 그 돈으로 짐차를 살 수도 있을 것이다. 부모들이 자기들을 위해 기꺼이 희생했음을 잘 아는 자식들은, 그들을 도우러 올 것이다. 이런 비밀스러운 대화들은 대부분의 경우 이렇게 한참 꿈을 꾸면서 마무리된다. 사포스캣 가족은 마치 그들이 불구가 되기를 바라면서 살아갈 힘을 얻는 것 같았다. 하지만 그렇게까지 되기 전에, 그들은 가끔 장남의 경우에 관심을 기울이곤 했다. 걔 몇 살이지? 사포스캣 씨가 물었다. 그의 아내가 정보를 주는데, 이건 그녀의 영역으로 합의가 되었기 때문이다. 그녀는 늘 착각했다. 사포스캣 씨는 그 틀린 숫자를 그대로 받아들이고, 그게 무슨 정육점의 고기 같은 생필품 가격의 인상이라도 되는 양, 깜짝 놀라며 낮은 목소리로 여러 번 반복하곤 했다. 동시에 그는 자신이 방금 알게 된 것을 완화시킬 만한 것들을 아들의 모습에서 찾았다. 그래도 잘생기긴 한 걸까? 사포는 슬프고, 놀라고, 다정하고, 실망하고, 그래도 믿음을 가진 아버지의 얼굴을 바라봤다. 자기 아들이 직장인이 되기까지 걸렸던 그가차 없이 흘러간 시절이며 시간을 생각하고 있었던 걸까? 자기 아들이 뭔가 쓸모 있는 사람이 되기 위해 애쓰는 모습을 보지 못한 아쉬움을, 그는 가끔씩 무기력하게 털어놓곤 했다. 저 녀석 시험 준비하는 게 더 낫겠어, 그의 아내가 이렇게 말하곤 했다. 어떤 주제가 주어져 시작되면 그들의 뇌는 합의에 이르기가 어려웠다. 그러니까 그들에겐 진정한 의미의 대화가 없었던 것이다. 그들은 마치 기관사가 깃발이나 랜턴을 드는 것처럼 말을 사용하곤 했다. 아니면 그들은 이렇게 말했다, 여기서 내리자. 그들의 아들이 한번 뛰어난 모습을 보이면, 그들은 필기에서 실패하고 구두시험에서 일부러 조롱거리가 되어 자신을 숨기는 게 잘난 사람들의 특징이 아닌지 슬프게 서로 묻곤 했다. 그들은 침묵 속에 똑같은 풍경을 보는 게 늘 불만스러웠다. 적어도 저 녀석 건강은 좋아, 사포스캣 씨가 말했다. 그 정도는 아냐, 그의 아내가 말했다. 하지만 드러난 건 아무것도 없잖아, 그가 말했다. 걔 나이에 그러면 최악이지, 그녀가 말했다. 그들은 그가 왜 자유로운 직업에 열정적인지 알지 못했다. 그것 또한 당연한 일이었다. 결과적으로 그가 그런 일에 적합하지 않다고는 생각할 수 없었다. 그들은 그가 차라리 의사가 되는 걸 생각했다. 우리가 늙으면 걔가 우릴 보살펴 주겠지, 사포스캣 부인이 말했다. 그러면 그의 남편은 이렇게 대답했다, 난 기왕이면 걔가 외과 의사가 되는 걸 보고 싶어, 마치 어느 정도 나이를 먹은 다음부터는 수술을 못 받기라도 하는 것처럼.

이렇게 지루할 수가. 이런 걸 노는 거라고 부르다니. 주의했는데도, 여전히 내 얘기를 하고 있는 게 아닌지 모르겠다. 다른 대상에 대해서, 내가 끝까지 거짓말을 한다는 건 불가능할까? 이 어둠이 밀려오고, 이 고독이 준비되는 게 느껴지고, 그것들을 통해 나를 알아보고, 그리고 아름다울 수도 있지만 그저 비겁함에 불과한 이 무지함이 나를 부르는 게 느껴진다. 내가 뭐라고 말했는지 이젠 잘 모르겠다. 이런 건 노는 게 아닌데. 내 꼬마 사포가 어디서 왔는지, 그가 뭘 바라는지, 난 곧 모르게 되겠지. 어쩌면 이 이야기를 포기하고 두 번째로, 아니면 세 번째, 그러니까 돌 이야기로 넘어가는 게 더 나을지도 모른다. 아니, 마찬가지일 테지. 내가 더 주의하는 수밖에 없다. 더 진행하기 전에 내가 했던 말들을 잘 생각해 봐야지. 실패의 위협이 있을 때마다 나는 멈추고 있는 그대로의 나 자신을 살펴볼 것이다. 바로 그게 내가 피하고 싶었던 것이다. 하지만 아마도 그게 유일한 방법이겠지. 이 진흙 목욕을 하고 나면 내가 흔적을 남기지 않은 이 세상을 좀 더 잘 받아들일 수 있겠지. 이런 사고방식이라니. 난 눈을 뜨겠고, 떨고 있는 나를 보겠고, 수프를 삼키겠고, 내 소유물들의 작은 더미를 보겠고, 실행할 수 없다는 걸 알면서도 내 몸에 오래된 명령들을 내리겠고, 케케묵은 내 의식을 살펴보겠고, 마침내 부풀어 올라 나를 지나가게 하는 이 세상에서 이미 멀리 떨어져, 내 고통을 엉망으로 만들어 그걸 더 잘 맛볼 수 있게 할 것이다.

난 내 이야기의 시작을 심사숙고해 보려고 노력했다. 이해가 되지 않는 것들이 있다. 하지만 그건 무의미하다. 그냥 계속하면 된다.

사포에겐 친구가 없었다. 아니, 이게 아니지.

사포는, 정확히 말해 사랑받지는 않았지만, 자신의 친구 녀석들과 잘 지냈다. 멍청이가 외톨이로 지내는 건 드문 일이다. 그는 권투도 했고 싸움도 잘했으며, 걸음도 빨랐고, 선생님들에 대해 재치 있게 악담을 하기도 했으며 필요할 때는 그들에게 무례하게 대답하기까지 했다. 걸음이 빨랐다고? 이럴 수가. 계속되는 질문들에 시달리던 그는 어느 날 이렇게 외쳤다, 아니 모른다고 하잖아요! 그는 벌 받느라 남아 있어야 해서 대부분의 시간을 학교에서 보냈으며, 저녁 여덟 시가 되어서야 집에 돌아가는 일이 잦았다. 그는 이런 성가신 일들을 철학적으로 감수했다. 하지만 자신을 얻어맞게 내버려 두지는 않았다. 친절함과 이성이 바닥난 한 선생이 손에 회초리를 들고 처음으로 그에게 다가왔을 때, 그는 선생의 손에서 그걸 빼앗아 겨울이라 닫혀 있던 창문 밖으로 던져 버렸다. 퇴학당할 만한 일이었다. 하지만 사포는 그때도 나중에도 쫓겨나지 않았다. 충분히 그렇게 될 수 있는 일이었는데도 그가 퇴학당하지 않은 이유들을 나는 차분하게 생각해 볼 것이다.

난 그의 이야기에 조금이라도 미심쩍은 부분이 없기를 바라기 때문이다. 작은 의혹은, 그 자체에서는, 지금으로선 아무것도 아니다. 더 이상 그 생각을 하지 않고, 명쾌하게 계속하면 되니까. 하지만 내가 아는 한, 그런 그림자는 점점 쌓여서 더 짙어지고, 갑자기 터져서 모든 걸 잠기게 한다.

그가 왜 쫓겨나지 않았는지 난 알 수가 없었다. 그 질문은 그냥 모호한 채로 내버려 둬야 할 것 같다. 난 그로 인해 기뻐하지 않도록 노력한다. 난 그 이해할 수 없는 관대함에서 빨리 나의 사포를 벗어나게 해서, 마치 그가 마땅한 벌을 받았던 것처럼 살게 만들겠다. 우린 이 작은 의혹을 모른 체하겠지만, 계속 지켜볼 것이다. 그게 우리도 모르게 하늘을 뒤덮진 않을 테고, 우린 안식처에서 멀리 떨어진 허허벌판에서 잉크처럼 검은 하늘을 갑자기 올려다보진 않을 테다. 난 이렇게 결정했다. 다른 해결책은 찾지 못하겠다. 최선을 위해 노력하는 거다.

열네 살 때 그는 장밋빛을 띤 포동포동한 소년이었다. 그는 손목과 발목이 두꺼웠는데, 그래서 그의 어머니는 그가 언젠가 자기 아버지보다 더 커질 거라고 말하곤 했다. 흥미로운 결론이다. 하지만 더 충격적이었던 건, 칫솔처럼 단단하고 곤두선, 그의 크고 둥그런 금발 머리였다. 그의 선생님들조차 그걸 보면 똑똑해 보인다고 생각하지 않을 수 없었으며 그 안에 아무것도 넣을 수 없다는 사실이 그들을 그만큼 더 고통스럽게 했다. 저 녀석은 언젠가 우리 모두를 놀라게 할 거야, 그의 아버지는 기분이 좋을 때면 이렇게 말하곤 했다. 그가 아무리 힘들더라도 이런 생각을 가질 수 있고 또 그 생각을 유지하는 건 사포의 두개골 덕분이었다. 하지만 그는 아들의 시선을 견딜 수 없었고 그와 부딪치는 걸 피했다. 당신 눈이랑 똑같아, 그의 아내가 말하곤 했다. 그러면 사포스캣 씨는 혼자 있게 되길 기다렸다가, 거울에 비친 자기 눈을 살펴봤다. 약간 푸른색이었다. 게다가 밝지, 사포스캣 부인이 말했다.

사포는 자연을 사랑했고, 관심을 가졌다

끔찍하군.

사포는 자연을 사랑했고, 동물과 식물에 관심을 가졌으며
밤낮으로 기꺼이 하늘을 올려다보곤 했다. 하지만 그는 그런
것들을 바라보는 방법을 몰라서, 아무리 쳐다봐야 그것들에
대해 아무것도 알 수가 없었다. 그는 새들을 구별하지 못했고,
나무도 마찬가지였으며, 곡식들을 구분해 내지도 못했다. 그는
사프란과 봄을, 국화와 늦가을을 연결시키지도 못했다. 해와 달,
행성과 별 들은 그에게 문제가 되지 않았다. 아마도 그가 평생을
곁에 두고 싶어 했을, 그리고 가끔은 알아보고 싶기도 했던 이
이상하고 아름다운 것들을, 그에게 다가와 너는 얼간이야, 라고
점점 더 크게 속삭이는 모든 것들과 마찬가지로, 그는 아무것도
모르는 데서 오는 일종의 기쁨으로 받아들였다. 하지만 그는 매가
날아오르는 건 좋아했으며 다른 모든 것들 중에서 그건 구별할 수
있었다. 그들의 긴 비상, 날개를 다시 펼쳤다가 수직으로 내려올
때까지의 떨리는 기다림, 거친 재도약을 눈으로 쫓으며, 그는 그
많은 요구들과, 자부심과, 인내와, 고독에 사로잡히곤 했다.

난 아직 포기하지 않을 것이다. 난 수프를 다 먹고 작은 탁자를
문 옆 원래 자리로 돌려보냈다. 맞은편 집의 두 창문 중 하나에
방금 불이 켜졌다. 여기서 두 개의 창문이란, 고개를 베개에서
들어 올리지 않고도 내가 늘 볼 수 있는 것들을 의미한다. 사실
두 창문을 전체적으로 볼 수 있는 건 아니고, 하나는 전체가
그리고 다른 하나는 일부만 보인다. 방금 불이 켜진 건 이 두
번째 창문이다. 나는 어떤 여자가 왔다 갔다 하는 걸 잠시 볼
수 있었다. 그다음에 여자가 커튼을 쳤다. 내일까지 난, 가끔씩
그림자는 볼 수 있을지도 모르지만, 그녀를 더 이상 못 볼 것이다.
여자가 늘 커튼을 치는 건 아니다. 남자가 아직 돌아오지 않았다.
난 내 다리와 발에 몇 가지 움직임을 요구했다. 그것들을 워낙
잘 알았기에 내 말에 복종하기 위해 그것들이 노력하는 걸 느낄

수 있었다. 받은 메시지와 안쓰러운 대답 사이의 모든 드라마가 일어나는 이 작은 공간을, 난 그것들과 함께 살았었다. 새벽에 지팡이를 손에 들고 출발하는 주인의 호루라기 소리를 들어도 더 이상 앞으로 나아갈 수가 없는 때가, 늙은 개들에게 온다. 그러면 그들은, 묶여 있지 않더라도 개집이나 바구니에 그냥 있으면서, 멀어져 가는 발소리를 듣는다. 남자도 슬프다. 하지만 신선한 공기와 태양이 재빨리 그를 위로해 주고, 그는 저녁때까지는 자신의 늙은 동반자에 대해 더 이상 생각하지 않는다. 자기 집의 불빛들이 집에 돌아온 그를 환영해 주고, 희미하게 들리는 개 짖는 소리는 그로 하여금, 저놈을 안락사시킬 때가 됐군, 라는 말을 하게 한다. 이 부분 괜찮네. 잠시 후엔 더 좋아지겠지. 내 물건들을 좀 더 뒤져 봐야겠다. 그런 다음엔 이불 속으로 파고들어야지, 그러고 나면 더 나아지겠지, 사포에게도, 그저 그가 안내하는 대로 밝고 견딜 수 있는 길로 따라가기만을 바라는, 그의 다음 사람에게도.

사포의 침착함과 침묵은 다른 사람의 마음에 들기 위한 건 아니었다. 학교와 집이 아무리 소란스러워도, 그는 자기 자리에 가만히, 대체로 서 있었으며, 마치 갈매기와도 같은 맑고 흔들리지 않는 눈으로 자기 앞을 똑바로 바라보곤 했다. 그렇게 오랜 시간 동안 그가 뭘 그리 골똘히 생각하는지, 사람들은 궁금해했다. 그의 아버지는 그가 성에 눈을 뜨면서 혼란스러워하는 거라고 추측했다. 열여섯 살 때 나도 그랬어, 그가 말했다. 열여섯 살에 당신은 벌써 돈을 벌었지, 그의 아내가 말했다. 맞아, 사포스캣 씨가 말했다. 그의 선생님들은 사포가 그냥 단순히 멍청한 거라고 보는 편이었다. 사포는 턱을 늘어뜨리고 입으로 숨을 쉬었다. 이런 표현이 왜 야한 생각들과 관련이 없다는 건지, 이해하기 어려운 일이다. 하지만 사실 그는 여자애들보다는 자신과 자신의 삶, 앞으로의 삶에 대해 더 생각했다. 사포처럼 선견지명이 있고 예민한 소년이라면, 충분히 턱을 늘어뜨리고 일시적으로 코를 막히게 할 법도 하다. 하지만 보다 안전하기 위해서, 나 자신에게 잠시 휴식을 허용하고자 한다.

그 갈매기 같은 눈이 내 기분을 언짢게 한다. 뭐였는지는 이젠
기억도 안 나지만, 그것들은 오래전에 배가 가라앉았던 일을
떠올리게 한다. 그건 물론 사소한 거고. 하지만 난 겁이 많아졌다.
난 이런 작은 문장들을 잘 아는데, 그것들은 아무것도 아닌 것처럼
보이지만 일단 받아들이고 나면 당신의 말 전체를 타락시킬
수도 있다. 아무것도 아닌 것보다 더 실재적인 건 아무것도 없다.
그것들은 깊은 심연에서 나와서 당신을 거기로 끌고 들어가기
전까지는 멈추지 않는다. 하지만 이번엔 나도 저항해 볼 수 있겠지.

그때 그는, 라틴어 선생이 시켰던 것처럼 두 번째와 세 번째
손가락을 접어 집게손가락을 주어 위에 그리고 새끼손가락을
동사 위에 잘 놓는 것부터 시작해서, 생각하는 기술을 배우고
싶어 하지 않았던 걸, 그리고 자기 머릿속을 뒤죽박죽으로 만들며
휘몰아치는 의심과 욕망, 상상과 두려움 들을 전혀, 아니면 거의,
듣지 않았던 걸 후회하곤 했다. 그리고 그에게 힘과 용기가 조금만
부족했더라도 그 역시 포기했겠고, 자신이 어떻게 생겨 먹었으며
또 앞으로 어떻게 살 수 있을지 알아보는 것도 단념하고, 이
미친 세상 속에서, 낯선 자들 틈에서, 맹목적으로, 패배자의 삶을
살았을 것이다.

그는 이런 몽상들에서 지치고 창백해진 모습으로 깨어나곤
했으며, 이는 그가 음탕한 생각에 사로잡힌 거라는 자기 아버지의
느낌을 확인시켜 줬다. 저놈은 운동을 좀 더 해야 해, 그가 말했다.
진행이 되는군, 진행이 돼. 쟨 훌륭한 육상 선수가 될 거라고
사람들이 그랬었는데, 지금은 어떤 팀에도 속해 있지 않잖아,
사포스캣 씨가 말했다. 하루 종일 공부하느라 시간이 없어서
그래, 사포스캣 부인이 말했다. 그런데 맨날 꼴찌야, 사포스캣
씨가 말했다. 쟨 걷는 걸 좋아해, 오래 걷는 게 걔한테 좋아,
사포스캣 부인이 말했다. 그러면 사포스캣 씨는, 혼자 오래 걷는
게 자기 아들한테 뭐가 좋을지 생각하며 비웃곤 했다. 가끔 그는,
무심히 이런 말을 입 밖에 내기까지 했다, 어쩌면 저 녀석한테
기술을 가르치는 게 더 나았을지도 몰라. 그러면 보통은, 또는

불가피하게, 사포가 자리를 피했고, 그동안 그의 어머니는 이렇게 소리를 질렀다, 오 아드리앙, 당신이 애한테 상처를 줬잖아!

진행이 된다. 어둠의 매력에 끌리지 않고 작은 빛이라도 갈망하며, 자기 내면을 좀 더 확실히 보려고 몇 년 동안 혼자 끈질기게 찾아온, 이성적이고 참을성 있는 이 소년은, 그 무엇보다도 나와 닮지 않았다. 이것이야말로 내게 필요했던, 나를 끝장내고 있는 영양가 있는 안개하고는 거리가 먼, 가볍고 하찮은 공기다. 난 시간을 알기 위해서가 아니라면 다시는 이 몸뚱이 속에 들어가지 않겠다. 난 물에 뛰어들기 전에 조금 일찍 거기 있고 싶고, 내 오랜 사랑스러운 해치를 마지막으로 내 쪽으로 당기고 싶고, 내가 살았던 이 짐칸에 작별을 고하고 싶고, 내 안식처와 함께 가라앉고 싶다. 참, 감상적이군. 하지만 내가 항상 원하고 찾았던, 그리고 결코 나를 원하지 않았던 이 용감한 무리들 안에서, 난 가끔 납작 엎드려 장난을 칠 때가 있다. 그래, 난 이제 평온하고, 게임에서 이겼음을 알고, 다른 모든 걸 잃었지만, 중요한 건 후자다. 스스로 모순되는 말을 하는 걸 겁내지 않는다면 성공한 셈이다. 스스로 모순되는 말을 하는 걸 겁내다니! 이런 식으로 계속된다면 난 나 자신과 거기로 이르는 수천 개의 길들을 잃어버리게 되겠지. 그리고 난 자기들의 바람이 이루어져 그 무게에 짓눌린, 이야기 속의 그 불행한 자들과 닮게 될 거다. 내가 뭘 하고 왜 하는지 알고 싶은, 그리고 그걸 말하고 싶은 이상한 욕구가 날 사로잡는 것마저 느낀다. 이렇게 해서 나는 젊은 시절에 계획했던, 그리고 내가 살아가는 걸 방해했던 그 목표에 가까이 간다. 그리고 더 이상 존재하지 않게 되기 직전에 나는 다른 존재가 되기에 이른다. 흥미로운 일이다.

여름방학. 아침에 그는 과외를 받곤 했다. 너 때문에 우린 망할 거다, 사포스캣 부인이 말했다. 이건 괜찮은 투자야, 그의 남편이 대답했다. 오후에는, 밖에서 공부하는 게 더 잘된다는 핑계를 대며, 아니 아무 설명 없이, 그는 책을 팔에 끼고 나가곤 했다. 일단 도시 밖으로 나가면 그는 책을 돌 밑에 숨기고 들판을 뛰어다녔다. 농부들의 작업이 절정에 달하던, 그래서 느릿느릿하면서 풍성하게 내리쬐는 햇빛도 그들이 해야 할 모든 일에 비하면 충분하지 못했던 계절이었다. 그래서 그들은 달빛을 이용해서 대개 멀리 떨어진 밭과 헛간 또는 탈곡장 사이를 마지막으로 왕복하거나, 다가오는 새벽을 위해 기계들을 수리해서 준비해 두곤 했다. 다가오는 새벽.

잠이 들었었다. 하지만 난 자고 싶지 않다. 내 일정표에 잠을 위한 시간은 없다. 그러고 싶지 않은데—설명할 도리가 없다. 혼수상태는 산 자들에게나 좋지. 모든 게 항상 나를 괴롭힌다, 그게 아니라, 난 지겹다고 불평하며 그것들을 눈으로 쫓고, 그런 다음 그것들을 죽이거나, 내가 그것들이 되어 보거나, 도망친다. 난 내 안에 있는 이 오랜 광란의 열기를 느끼지만, 그것이 더 이상 나를 태우지 않으리라는 걸 안다. 난 모든 걸 멈추고 기다린다. 사포는 그의 이상한 눈을 감고, 한쪽 다리로 버티며 움직이지 않는다. 그를 비추는 요란한 빛이 온갖 우스꽝스러운 자세를 만들어 고정시킨다. 영광스러운 태양 앞을 지나가는 작은 구름이 내 성에 찰 때까지 오랫동안 땅을 어둡게 할 것이다.

사는 것과 꾸며 내는 것. 난 노력했다. 분명 노력했을 것이다. 꾸며 내는 것. 적절한 말이 아닌데. 사는 것도 마찬가지. 상관없다. 난 노력했다. 진지함이라는 맹수가 분노해서 울부짖으며, 나를 찢어발기며, 내 안을 왔다 갔다 하는 동안. 그걸 내가 했다. 게다가 혼자, 잘 숨어서, 뭔가에 홀린 것처럼, 신음 소리를 내며, 움직이지 않고, 대개는 선 채로, 몇 시간 동안, 혼자, 거만을 떨었다. 그래, 신음 소리를 냈다. 난 놀 줄을 몰랐다. 난 뱅뱅 돌았고, 박수를 쳤고, 달렸고, 소리를 질렀고, 정신없이 기뻐하며, 고통스러워하며, 내가 지는 걸 봤고, 내가 이기는 걸 봤다. 그런 다음 난 갑자기, 뭐라도 있으면 장난감에 뛰어들었다가 부쉈고, 아니면 어린아이에게 뛰어들어 그의 행복을 울부짖음으로 바꿔 놓았고, 그것도 아니면 도망쳤고, 재빨리 뛰어서 숨었다. 어른들, 의인들이 쫓아와서 나를 잡았고, 때렸고, 제자리로, 놀이로, 기쁨

속으로 다시 돌아가게 했다. 난 이미 진지함에 사로잡혀 있었기에. 그게 나의 큰 병이었다. 나는 다른 매독 환자들과 마찬가지로 태어날 때부터 진지했다. 더 이상 그러지 않으려고, 살려고, 꾸며 내려고, 난 정말 진지하게 노력했고, 그게 무슨 말인지 잘 안다. 하지만 매번 다시 시도할 때마다 난 미칠 것 같았고, 마치 구원이라도 되는 양 내 어둠 속으로 달려들었고, 다른 사람들의 이런 꼴을 살아 내지도 감당하지도 못하는 사람 앞에 무릎을 꿇었다. 사는 것. 난 그게 무슨 뜻인지도 모르면서 그런 말을 한다. 내가 뭘 위해 애쓰는지도 모르면서 난 살려고 애를 썼다. 어쩌면 난, 그걸 모르면서도 어떻게든 살았던 것 같다. 왜 온통 이런 얘기를 하고 있는 건지 모르겠네. 아 그래, 지루함을 달래려고 그러는 거겠지. 사는 것과 살게 만드는 것. 더 이상 말들을 비난할 필요는 없다. 그것들은 자기들이 전달하는 것보다 더 무의미하지는 않다. 실패한 후엔 위로, 휴식, 그리고 난, 내 안에서, 다른 사람 안에서, 살아 보려는, 살게 만들려는, 다른 사람이 되는 노력을 다시 시작했다. 이 모든 게 얼마나 거짓인지. 그런 사람은 한 번도 만나 본 적 없다. 이제 뭔가 대책을 마련해야 한다. 나는 다시 시작했다. 하지만 다른 의도 아래 조금씩. 더 이상 성공하기 위해서가 아니라, 실패하기 위해서. 미묘한 차이가 있다. 일단 내 구멍 밖으로 나와 닿을 수 없는 음식을 향해 작열하는 빛 속으로 기어오르며 내가 찾고자 했던 것은, 현기증과, 풀어짐과, 추락과, 빠져드는 것의 황홀함, 어둠으로, 무(無)로, 진지함으로, 집으로, 항상 나를 기다리고 날 필요로 하고 내가 필요로 하는, 날 품에 안고 다신 떠나지 말라고 말해 주는 사람, 내게 자리를 내주고 날 보살펴 주는 사람, 내가 자길 떠날 때마다 괴로워하는 사람, 내가 엄청난 고통만 주고 만족시켜 준 적은 거의 없는 사람, 내가 한 번도 본 적이 없는 사람에게로 돌아가는 것의 황홀함이었다. 이제 흥분되기 시작하는군. 내 관심사는 내가 아니라 다른 사람, 내겐 가치도 없지만 부러워하려고 노력하는 사람, 방법은 모르겠지만 결국 내가 그의 소소한 모험들을 얘기하게 될 사람이다. 사는 것 또는 다른 사람 얘기를 하는 것만큼이나, 나 자신에 대해 얘기하는 방법을 알았던 적이 없다. 한 번도 노력해 본 적이 없는데, 내가 어떻게 그걸 할 수 있었단 말인가? 같은 은총 덕분에 다른 사람과 같은 시간에, 사라지기 직전에, 이제 내 모습을 드러내는 것, 그 정도면 짜릿한 재미가 있겠지. 그런 다음, 감긴 내 눈 뒤로 다른 눈들이 감기는 걸 느끼는 시간을, 사는 거다. 이게 끝이라니.

시장. 농촌과 도시 사이의 불완전한 관계가 그 뛰어난 소년을 피해 가지 못했다. 이 점에 대해 그는 다음과 같이 몇 가지 고려를 해 봤는데, 아마도 어떤 것들은 진실과 가깝고, 또 어떤 것들은 분명 동떨어진 것이었다.

그의 마을에서, 영양 문제에 있어서는—아니, 못 하겠다.

농부들. 그가 방문한 농부들. 못 하겠는데. 그들은 마당에 모여서, 그가 마치 발이 불편한 듯 불확실하고 휘청거리는 걸음으로 멀어져 가는 걸 봤다. 그는 자주 멈췄다가, 잠시 그 자리에서 휘청거린 다음, 전혀 예상치 못한 방향으로 다시 출발하곤 했다. 땅이 그를 흔들기라도 하는 것처럼, 그의 거동은 뭔가 떠다니는 듯했고 무력해 보였다. 그리고 그가 한 번 멈췄다 다시 움직일 때면, 원래 있던 곳에서 바람에 뽑혀 나가는 커다란 솜털이 생각나곤 했다.

난 내 물건들을 조금 움직여서 서로 분리한 다음, 더 잘 볼 수 있도록 내 쪽으로 끌어당겼다. 그것들을 내 머릿속에 잘 소유하고 있고, 가끔은 쳐다보지도 않고 그것들에 대해 이야기할 수 있다고 생각한다 해도, 그리 틀린 건 아니었다. 하지만 난 그에 대해 확실히 해 두고 싶었다. 잘한 일이었다. 지금까지는 날 만족시켰던 이 물건들의 이미지가, 전체적으로는 정확하다고 해도, 세부적으로는 그렇지 않았기 때문이다. 그런데 나는, 일종의 진실이 가능성을 엿보이고 그래서 거의 강요되다시피 하는 이 유일한 기회를 놓칠 생각이 없다. 나는 이곳에서 결국 거의 모든 것이 추방되기를 원한다. 언젠가 운명의 날이 오면, 난 아무것도 덧붙이거나 빠뜨리지 않고, 그 오랜 기다림이 물질적 재산이랍시고 내게 가져다주고 남겨 준 모든 것을 분명하게 밝힐 수 있기를 원한다. 그건 분명 집착이겠지.

　　내가 아는 한 더 이상 내 것이 아닌 몇몇 물건들을 내 거라고 주장해 왔음을 이제 알겠다. 그것들은 가구 뒤로 굴러갔던 걸까? 그럴 리가. 예를 들어, 신발 한 짝이 가구 뒤로 굴러갈 수 있을까? 그런데 내겐 이제 신발 한 짝만 보인다. 그리고 어떤 가구 뒤로? 내가 아는 한, 이 방에는 나와 내 물건들 사이에 놓일 수 있을 만한 가구가 하나밖에 없는데, 그건 옷장이다. 하지만 그 옷장은, 모서리에 있는 관계로 두 벽과 너무 딱 붙어 있어서 마치 벽의 일부처럼 보인다. 어쩌면 당신은, 그 발목 장화가, 왜냐하면 그건 일종의 발목 장화니까, 옷장 안에 있는 게 아니냐고 말할지도 모르겠다. 나도 같은 생각을 했었다. 하지만 내가 그걸, 옷장을 살펴봤는데, 아마도 처음으로 지팡이로 문과 서랍 들을 열고 사방을 뒤졌다. 아무것도 없었다. 그리고 옷장은, 내 발목 장화를 담고 있기는커녕, 비어 있다. 아니, 그 발목 장화는, 다른 허접한 몇몇 물건들, 예를 들면 계속 갖고 있다고 여겼던, 요란하게 빛나던 아연 반지와 마찬가지로, 더 이상 내게 있지 않다. 반면에 나는, 더미 속에서 내가 잊고 있었던 물건들을 최소한 두세 개 정도 발견했는데, 그중 하나가 내게 어떤 기억도 남아 있지 않은 담뱃대다. 내가 파이프 담배를 피웠던 적이 있었는지 기억이 나지 않는다. 어렸을 때, 나중에는 멀리 던져 버렸지만, 무지갯빛까지는 아니더라도 비눗방울들을 만들어 내던 파이프는 기억난다. 뭐 상관없지, 담뱃대가 어디서 왔든, 이젠 내 거니까. 내 보물들 중 다수가 이런 식으로, 하늘에서 떨어진 것처럼 내게 왔다. 누런 신문지에 싸여 줄로 묶인 작은 꾸러미도 발견했다. 내게 뭔가 떠오르는 게 있는데, 그게 뭘까? 난 그걸 침대 근처, 내 옆으로 아주 가까이 끌어왔고, 지팡이의 두꺼운 끄트머리를 마치 절굿공이처럼 사용하며, 하지만 부드럽게, 그걸 더듬어 보았다. 그리고 내 손은, 아마도 직접 만지고 무게를 가늠해 본 것 이상으로, 부드러움과 가벼움을 알아냈다. 이유는 모르겠지만, 난 그걸 풀어 보고 싶지 않았다. 나는 그걸 나머지와 함께 구석으로 다시 보냈다. 때가 되면, 아마 이 얘기를 다시 하게 될 거다. 이렇게 말하게 되겠지, 여기서도 내 목소리가 들리네, 목록,

신문지로 싸여 묶인, 깃털처럼 부드럽고 가벼운, 작은 꾸러미. 그건 온전히 나만의 작은 미스터리겠고. 어쩌면 10만 루피[5]를 잔뜩 넣고 끈으로 묶은 것일 수도 있다. 아니면 머리카락이거나.

좀 더 속도를 내야 할 것 같다고 스스로 말하기도 했다. 진정한 삶은 상황의 이런 남용을 용납하지 않는다. 영악한 자는 바로 여기서, 전립선 주름 속 임균처럼 기회를 엿본다. 난 급하다. 그러다 어느 날, 모든 것이 눈부시게 미소 지을 때, 검고 낮은, 잊을 수 없는 거대한 구름들이 무리를 지어, 푸른빛을 영원히 몰아간다. 내 상황은 정말 미묘하다. 두려움 때문에, 다시 예전의 실수로 추락할지 모른다는 두려움 때문에, 제때 끝내지 못할지도 모른다는 두려움 때문에, 슬픔과 무력함과 증오가 마지막으로 밀려오는 걸 마지막으로 즐기지 못할지도 모른다는 두려움 때문에, 난 아름다운 것들을, 중요한 것들을 얼마나 많이 놓치게 될까. 변하지 않는 것이 형태가 없는 것으로부터 자유로워지는 형태들은 다양하다. 아 그래, 난 항상, 특히 연초에는, 깊은 생각을 잘 하는 사람이었지. 이 생각이 조금 전부터 날 성가시게 하고 있다. 이만큼 깊은 생각이 더는 없기를, 감히 기대해 본다. 결국 끝내는 건 별로 중요하지 않다, 라고 말했어야 했다. 생각만 해 보는 건 그 자체로서는 특별히 수치스러운 게 전혀 아니다. 하지만 이게 그런 걸까? 그럴 가능성이 크다. 내가 원하는 건 그저 삶이 끝날 때까지 나의 마지막 생각이 말을 하는 것뿐인데, 내 마음이 변한 모양이다. 그게 다다. 내가 무슨 말을 하는지 잘 안다. 만일 그러다 삶이 부족해지기 시작하면, 난 그걸 느낄 것이다. 난 다만, 시작이 너무나 좋았던 그를 단념해 버리기 전에, 나의 죽음만이 그가 계속하고, 이기고, 지고, 즐기고, 괴로워하고, 썩어 가고 죽는 걸 막을 수 있다는 걸, 그리고 내가 살아 있더라도 그가 죽기 위해 자신의 몸이 죽기를 기다렸을지도 모른다는 걸 알고 싶을 뿐. 이런 걸 요구 사항들을 줄이는 거라 부르는 거겠지.

내 몸은 아직 결정을 내리지 못한다. 하지만 그게 침대 위에서는 무게가 더 나가고, 길게 누워서 납작해졌다고 생각한다. 내 숨이 다시 돌아올 때, 내 가슴이 잠든 아이의 그것보다 더 움직이지도 않은 채, 그 소리가 방을 가득 채운다. 난 눈을 뜨고, 어렸을 때, 아주 어렸을 때 먼저 새로운 것들을, 그다음엔 예전 것들을 살펴봤던 것처럼, 눈을 깜빡이지 않고 밤하늘을 아주 오랫동안 바라본다. 하늘과 나 사이엔, 수년 동안의 흔적으로 얼룩지고 뿌연 유리. 난 기꺼이 그 위로 숨을 쉴 수도 있지만, 너무 멀리 떨어져 있다. 그건 사실이 아닌데. 상관없지, 내 숨이 그걸 뿌옇게 만들지도 못할 테니까. 카스파르 다비트 프리드리히[6]가 좋아했던, 격렬하고 환한 밤이다. 내 머릿속에 다시 떠오르는 그 이름과 성. 바람에 너덜너덜해지고 조각난 구름들이, 투명한 땅으로 밀려온다. 참고 기다린다면 달을 볼 수도 있을 거다. 하지만 난 그러지 않겠다. 일단 봤으니 이제 바람 소리를 듣는다. 눈을 감으니 내 숨소리와 뒤섞인다. 내 머릿속에서 말과 이미지가 맴돌고, 끝없이 솟아나고, 계속 이어지고, 겹쳐지고, 분리된다. 하지만 이 소란 너머에 엄청난 고요함과, 무심함이 있다. 정말 더 이상 아무것도, 절대 거기에 걸려들지 않을 것이다. 침대는 마치 여물통처럼 움푹하다. 난 양쪽 측면 사이에 아주 푹 파묻혀 있다. 몸을 약간 옆으로 돌리고, 베개에 입과 코를 밀착시키고, 아마도 이젠 완전히 하얗게 되었을 내 늙은 털들을 거기에 짓누르고, 머리 위로 이불을 끌어당긴다. 더 정확히는 알 수 없지만, 몸통 깊은 곳에서 이제까지 없었던 것 같은 새로운 고통들을 느낀다. 내 생각엔 특히 등 안쪽인 듯하다. 그것들은 마치 박자라도 맞추는 것 같고, 심지어 일종의 짧은 곡조까지 있는 것 같다. 그것들은 푸르스름하다. 세상에, 이 모든 게 얼마나 견딜 만한지! 난 마치 새처럼 고개를 거의 뒤집고 있다. 입술을 벌리니까 이제 베개가 내 입속으로 들어오고, 혀와 잇몸으로 그걸 느낀다. 잡았다, 잡았어. 나는 빤다. 나 자신을 찾는 일이 끝났다. 난 세상 안에 파묻혀 있고, 언젠가는 거기서 내 자리를 찾게 될 줄 알고 있었고, 이 오래된 세상이, 의기양양하게 날 보호하고 있다. 행복하다, 언젠가는 행복해질 줄 알고 있었지. 하지만 난 현명하진 않다. 현명하다면, 아마도, 이 행복의 순간에 그냥 몸을 맡겨 버릴 테니까. 그런데 내가 뭘 하고 있나? 난 다시 낮으로, 그토록 사랑하고 싶었던 벌판으로, 솜털처럼 하얗고 가벼운 작은 구름들이 흘러가는 하늘로, 아마도 내 잘못 때문에, 사실 그렇게 생각하진 않지만 내 오만함이나 편협함 때문에 내가 제대로 해내지 못했던 삶으로 돌아가고 있다. 짐승들은 풀을 뜯어먹고, 태양은 바위들을 달궈서 반짝거리게 한다. 그래, 난 내 행복은 내버려 두고, 대체로 짐을 지고 왔다 갔다 하는 사람들에게로 돌아간다. 어쩌면 내가 그들을 잘못 판단한 건지도 모르지만, 그렇게 생각하진 않는다. 게다가 난 그들을 판단한 적도 없다. 난 그저, 어떻게 저런 존재들이 가능할 수 있는지를 마지막으로 이해해 보려고, 이해하는 걸 시작해 보려고 노력하고 싶을 뿐이다. 아니, 문제는 이해하는 게 아니지. 도대체 뭘 이해한다는 건가? 모르겠다. 그래도 해 볼 거다. 그러지 말아야 할 것 같지만. 밤, 폭풍우, 불행, 영혼의 갑작스런 굳어짐, 이 모든 게 얼마나 좋은지, 이번엔 알게 되겠지. 나와 … 사이에 아직 모든 게 말해지진 않았, 아니 모든 게 말해졌고. 어쩌면 난 그저 다시 한번 그걸 듣고 싶은 건지도 모르겠는데. 다시 딱 한 번만. 그런데 아니다, 난 아무것도 원하지 않는다.

루이 가족. 루이 가족은 사는 게 힘들었다, 그러니까 먹고살기가 어려웠다는 말이다. 남자와 그 아내, 그리고 자식이 둘, 아들 하나 딸 하나였다. 적어도 이건 이론의 여지가 없다. 사람들은 아버지를 뚱보 루이라고 불렀는데, 실제로 그랬다. 이미 몇 차례 결혼했었는데, 그러다 젊은 사촌과 함께 가정을 꾸려서 계속 사는 중이었다. 그에겐 사방에 다른 자식들이 있었고, 그들은 이제 더 이상 스스로에게도, 다른 사람들에게도 아무것도 바라지 않으며 삶에 푹 찌들어 사는 남자들이며 여자들이었다. 그들은 각자 기회가 되면, 기분이 내킬 때 그를 도와주러 오곤 했는데, 자기들을 세상에 태어나게 해 준 사람에 대한 고마움 때문이기도 했고, 그렇지 않으면 그냥, 저 남자가 아니었으면 다른 누군가였겠지, 라고 너그럽게 말하곤 했다. 뚱보 루이는 이가 다 빠져서, 자신의 파이프를 그리워하며 귈런 물부리로 담배를 피웠다. 그는 돼지를 도살하고 뼈를 발라내는 일로 유명했으며 그래서 찾는 사람들이 아주, 아니 그런대로 많았는데, 이는 그가 정육점보다 더 싸게 쳐 주기 때문이었고, 심지어 모든 일에 대한 사례로 햄이나 머리 고기만으로 만족할 때가 대부분이었기 때문이었다. 이 모든 게 얼마나 그럴듯한지. 그는 이 일을 좋아했고, 자기 아버지가 전해 준 비법에 따라, 스스로를 마지막 계승자로 여기며, 그 일을 이토록 예술적으로 잘 해낼 수 있다는 점에 자부심을 느꼈다. 그는 아버지에 대해 애정과 존경심을 갖고 자주 말하곤 했다. 일단 내가 죽고 나면, 그런 사람은 다시 볼 수 없을 거야, 그가 말했다. 다른 식으로 말했을지도 모른다. 그에게 중요한 날들은 그러니까 12월과 1월에 있었고 그는 2월부터 그 계절이 돌아오기를 초조하게 기다렸는데, 그중에서도 주요 행사는 두말할 나위 없이 외양간에서 태어난 구세주의 축일이었고, 과연 그때까지 버틸 수 있을지 궁금해했다. 그러면 그는 전날 화롯가에서 오랫동안 갈은 칼들을 상자에 넣어 팔 밑에 끼고, 일하는 동안 자신의 나들이옷과 축제용 복장 들을 보호하기 위한 앞치마를 종이에 싸서 주머니에 넣고, 길을 떠났다. 그리고 자신이, 뚱보 루이가 사람들이 자길 기다리는 그 먼 농장을 향해 가고 있다는 생각을 하면, 또 이렇게 늙었는데도 젊은이들이 하지 못하는 일을 해내는 자신을 사람들이 아직 필요로 한다는 생각을 하면, 그의 늙은 심장이 가슴속에서 전율하곤 했다. 이런 원정이 끝나고 나면 그는 긴 여정과 감동으로 지쳐서, 술에 취한 채로 밤늦게 돌아왔다. 그러곤 그는 자기가, 돼지들에게 이 세상밖에는 없다는 걸 모른다면 아마도 저세상이라고 말했을 곳으로 보내 버린 돼지들 얘기만 며칠 동안 계속했는데, 이것이 그의 가족을 끔찍할 정도로 지겹게 했다. 하지만 가족들은 그를 두려워했기에 감히 그에게 아무 말 못 했다. 그렇다, 마치 아직 살아 있음을 변명이라도 하듯 대부분의 사람들이 몸을 움츠리는 나이에, 루이는 남들이 자신을 두려워하게 만들었고 자기 마음대로 행동했다. 그의 젊은 아내조차, 젊은 여자들의 비장의 무기인 자신의 성기를 내세워 그를 굴복시키는 걸 포기했다. 자기가 그에게 가랑이 벌리는 걸 거부하면 그가 어떻게 할지 알고 있었기 때문이다. 심지어 그는 자기가 일을 쉽게 치를 수 있도록, 그녀에게 대개는 지나치다 싶을 정도의 방법들을

강요하곤 했다. 그리고 조금이라도 저항하는 기색을 보이면
세탁장으로 가서 빨랫방망이를 가져와 그녀가 뉘우칠 때까지
때렸다. 이런 건 여담으로 치자. 다시 돼지 얘기로 돌아가서,
루이는 자기가 방금 돼지를 잡은 날 밤부터 낮에 사람들이 또 한
마리 잡아 달라고 부를 때까지, 식구들을 초가 다 타도록 붙잡아
놓았다. 그러면 그의 대화는 이 새 돼지에 온통 집중되었는데,
이놈은 모든 면에서 다른 돼지들과 정말 다르다는 것이었지만,
사실은 똑같았다. 왜냐하면 잘 알고 보면 모든 돼지들은 다
비슷해서, 똑같은 방식으로, 예를 들면 양이나 염소는 할 수 없는
자기들만의 방식으로, 서로 싸우고, 소리 지르고, 피 흘리고, 소리
지르고, 버둥거리고, 꿀꿀거리기 때문이다. 하지만 3월부터 뚱보
루이는 평온을 되찾고 과묵해졌다. 그리고 11월 말부터 그의
가족은 퇴비를 뿌리고 땅에 강낭콩을 심는 때가 오기를 초조하게
기다리곤 했다.

그의 아들, 또는 상속자는, 이가 아주 흉하게 난 건장한
남자였다. 에드몽.

농장. 루이 가족의 농장은 겨울엔 물에 잠기고 여름엔
잿더미가 되는 움푹한 곳에 있었다. 아름다운 초원을 거쳐 가면
그곳이 나왔다. 하지만 이 아름다운 초원은 루이 가족의 것이
아니라, 거기서 멀리 떨어져 사는 다른 농부들의 소유였다. 그곳엔
적당한 계절이 되면 하얗고 노란 수선화들이 정말 무성하게
피었다. 루이는 밤이 되면 거기에 염소들을 슬쩍 풀어놓곤 했다.

흥미롭게도, 루이에게 돼지들을 죽이는 재주가 있었다면,
그놈들을 기르는 재주는 없었으며, 자기 소유의 돼지가
60킬로그램을 넘는 일은 드물었다. 4월에 도착하자마자 작은
우리에 갇힌 돼지는, 크리스마스 전에 죽을 때까지 거기 계속
있었다. 왜냐하면 루이가, 해마다 반대의 경우를 보여 주고
있음에도 불구하고, 자기 돼지들이 운동을 하면 살이 빠질까 봐
두려워했기 때문이다. 그는 돼지들이 햇빛과 바깥공기에 노출되는
것 또한 두려워했다. 그래서 결국 그는 약해 빠지고 눈멀고 비쩍
마른 돼지의 다리를 접어 궤짝 안에 똑바로 눕힌 다음, 화는
내지만 서두르지는 않고, 큰 소리로 배은망덕하다고 나무라며

돼지를 죽이곤 했다. 그리고 그는 잘못이 돼지에게 있는 게 아니라
그놈을 애지중지했던 자신에게 있다는 걸 이해할 수 없었거나
그러고 싶어 하지 않았다. 그리고 그의 실수는 고집스럽게
계속되었다.

물도, 공기도 없는, 죽은 세상. 그런 거다, 네 기억들이. 군데군데,
둥글게 팬 땅의 안쪽에, 말라붙은 이끼의 그림자. 그리고
300시간의 밤들. 더 소중하고, 창백하고, 구멍 난 빛일수록, 다른
빛들보다 덜 잘난 척한다. 이렇게 또 털어놓는다. 그건 얼마나
계속될 수 있었을까, 5분, 10분? 그래, 그 이상은 아니다, 거의
아니다. 하지만 내 희미한 빛은 아직도 반짝인다. 예전엔 300,
400까지 세곤 했는데, 그 외의 다른 것들, 소나기, 종, 새벽에
참새들이 지저귀는 소리, 난 아무 이유 없이, 그저 세기 위해서
셌고, 그런 다음엔 60으로 나눴다. 그러면 시간이 잘 갔고, 내가
시간이었고, 내가 우주를 삼켰다. 이제 더는 아니다. 사람들은
변한다. 늙어 가면서.

더러운 부엌, 흙으로 된 바닥에서, 사포의 자리는 창문 옆이었다.
뚱보 루이와 그의 아들은 일을 끝내고 그에게 와서 악수를 한
다음, 그를 어머니와 딸과 함께 남겨 놓고 다시 가 버렸다. 하지만
그녀들 또한 할 일이 있어서 그를 떠났다. 할 일은 너무나 많은데,
시간도, 일손도 턱없이 부족했다. 여자는 두 가지 용무 사이에,
아니면 한 가지 일을 하던 중에, 두 팔을 하늘로 들어 올렸다가
그 엄청난 무게에 못 이겨 곧바로 다시 내렸다. 그런 다음,
각각의 팔에 묘사하기도 어렵고 무슨 뜻인지 불분명한 동작들을
전달했다. 그녀는 두 팔을 옆구리에서 떼어 놓았는데, 만일 내가
당신들 언어의 천재성을 아직 제대로 알지 못하고 있었다면 아마
휘둘렀다고 말했을 것이다. 그건 팔로 행주나 걸레를 창밖으로
흔들어 먼지를 털어 버리는, 화가 난 것 같으면서도 흐느적거리는,
이상한 동작과 비슷했다. 아무것도 없고 늘어진 두 손이 어찌나
빨리 흔들렸는지, 두 팔 끝에 손이 각각 네다섯 개가 달린 것
같았다. 그녀는 동시에, 이런 게 다 무슨 소용이야? 같은 종류의,

답도 없는 분노의 질문들을 쏟아 냈다. 그녀의 머리카락이 풀어져 얼굴 주변으로 떨어졌다. 다듬을 시간이 없었기에, 무성하고, 잿빛에, 더러운 머리카락이었고, 창백하고 핼쑥한 얼굴엔 근심과 그로 인한 고통이 새겨져 있는 듯했다. 중요한 건 목구멍—아니, 머리와 그것이 가장 먼저 도움을 청하는 팔들인데, 두 팔은 서로 맞잡고 움직이며, 움직이지 않는 낡은 물건들을 들어 올려서 서로 가깝게 붙이고 멀리 떨어뜨리며 위치를 바꾸는, 자신들의 작업을 처량하게 다시 시작한다. 하지만 이런 무언극과 이런 분출들은 그 어떤 살아 있는 자를 위한 것도 아니었다. 왜냐하면 매일 그리고 하루에 여러 번씩 그녀는 집과 벌판에서 이 짓을 했기 때문이다. 그러니까 자기가 혼자인지 아닌지, 자기가 지금 하고 있는 일이 급한 건지 기다릴 수도 있는 건지 알아보려고 하지도 않았던 것이다. 다만 모든 걸 내려놓고, 아마도 세상에 홀로 남아 자기 주변에 일어나는 일에 대해 무관심한 채, 소리 지르고 몸부림치기 시작했다. 그런 다음 침묵하며 잠시 움직이지 않다가, 자신이 팽개쳤던 일을 다시 시작하거나 새로운 일에 달려들곤 했다. 사포는 자기 앞의 식탁에 놓인 염소젖이 담긴 그릇도 잊은 채, 창문가에 계속 혼자 있었다. 여름이었다. 열린 문과 창문으로 바깥의 강렬한 빛이 들어오고 있었지만, 방은 어두운 상태였다. 서로 멀리 떨어진 이 좁은 문들을 통해 빛이 스며들어 작은 공간을 빛나게 하다가, 제대로 펼쳐지지도 못한 채 죽어 갔다. 이건 낮이 계속되는 동안만 확인될 수 있었을 뿐, 확실한 건 아니었다. 밖에서는 낮이 하늘과 땅 사이에서 조용히 계속되고 있었지만, 이 방 어디에도 낮은 없었다. 하지만 낮은 바깥을 통해 계속 새롭게 전달되어 방 안으로 끝없이 들어왔고, 계속 들어오다가 그림자에 점점 잡아먹히며 죽어 갔다. 조금이라도 빛의 유입이 약해지면 방은 점점 더 어두워졌고, 결국 아무것도 보이지 않게 되었다. 그림자가 이미 점령했기 때문이다. 눈을 아프게 할 정도로 번쩍이는 땅 쪽으로 몸을 돌린 사포의 등과 주변에는 온통 물리칠 수 없는 어둠뿐이었고, 그것이 그의 환한 얼굴 주위로 스며들었다. 그는 가끔 갑작스럽게 어둠 쪽으로 몸을 돌려 거기에 몸을 맡겼고, 일종의 안도감을 느끼며 그 안에 젖어

들었다. 그러면 바쁜 사람들의 소리, 염소 떼를 부르는 소녀의
소리, 노새에게 욕설하는 아버지의 소리가 더 잘 들렸다. 하지만
어둠의 한가운데에는 침묵, 자기들 의지로는 절대 움직이지 않을
것들과 먼지의 침묵이 있었다. 그리고 보이지 않는 자명종에서
들리는 째깍 소리는, 어둠과 마찬가지로 언젠가 승리를 거두게
될 침묵의 목소리 같았다. 그러면 모든 게 조용하고 어두워질
것이며 사물들도 마침내, 영원히 제자리에 있게 될 것이다. 결국
사포는 그가 가져왔던 초라한 선물 몇 개를 주머니에서 꺼냈고,
그것들을 식탁에 올려놓은 다음 가 버렸다. 하지만 그가 가기로
결심하기 전에, 아니 결심이랄 게 없었으니까 그냥 가 버리기
전에, 문이 열린 틈을 타서 암탉 한 마리가 겁도 없이 방에 들어올
때가 가끔 있었다. 암탉은 문턱을 넘어서자마자 멈춰 서서, 한
다리를 들고 눈을 깜빡이며 고개를 한쪽으로 기울이고 동정을
살폈다. 그런 다음 일단 안심을 하면, 몸을 흔들어 대며 주름진
목을 더 앞으로 내밀었다. 회색 암탉이었는데, 아마 늘 같은
녀석이었을 거다. 사포는 결국 암탉을 잘 알게 되었는데, 그에겐
마치 그 닭이 자신을 잘 알게 된 것처럼 느껴졌다. 그가 떠나려고
일어서도 닭은 겁먹지 않았다. 하지만 회색을 비롯한 나머지
모든 점이 너무나 비슷해서 닭은 거라면 사족을 못 쓰는 사포의
눈이 구분해 내지 못하는 닭들이 몇 마리 있었을지도 모른다.
가끔은 그 닭을 뒤따르는 두 번째, 세 번째, 심지어 네 번째 닭이
있었는데, 첫 번째와 아주 달랐고 털이나 윤곽이 자기들끼리도
제법 달랐다. 이 닭들은 맨 처음에 아무 일 없이 지나갔던 회색
닭보다 덜 거칠어 보이는 모습이었다. 그들은 입구에서 잠시
환하게 보였다가, 앞쪽으로 올수록 점점 희미해지더니 사라져
버렸다. 처음엔 모습을 드러내기 두려워하며 조용하다가, 조금씩
긁는 소리를 내며 만족스러운 듯 꼬꼬댁거리고 편하게 깃털을
비비적거리기 시작했다. 하지만 대개는 회색 혼자 오곤 했는데,
사실 조금만 애를 쓰면 쉽게 가려낼 수 있는 일이긴 해도 절대
알 수 없는 일이니까, 원한다면 회색들 중 한 마리라고 하는 게
더 나을 수도 있겠다. 회색 암탉이 한 마리인지 아니면 여러
마리인지 알아보려면, 루이 부인이 낡은 스푼으로 낡은 통을

치며, 꼬꼬, 꼬꼬, 꼬꼬, 하고 부를 때 사방에서 부인을 향해 모든 암탉들이 뛰어오는 순간을 직접 목격하는 것만으로도 충분했을 것이다. 하지만 사실 이게 다 무슨 소용이 있었을까? 회색 암탉이 여러 마리라도 그중에서 부엌에 들어오는 건 늘 똑같은 녀석일 가능성이 아주 높으니까 말이다. 그래도 한번 시도해 볼 만한 일이었다. 왜냐하면 모이를 줄 때조차 회색 암탉이 한 마리만 올 가능성도 충분히 있기 때문이다. 그러면 분명해질 일이었다. 그런데 바로 이 점을 영원히 알 수 없을 것이다. 그걸 알고 있는 사람들 중에서 누군가는 죽었고 또 다른 누군가는 잊어버렸기 때문이다. 사포가 어떻게 해서든 그걸 확인해 보고 싶었을 때는, 이미 너무 늦었다. 그래서 그는 루이 가족의 부엌에서 보냈던 그 시간들이 언젠가 자신에게 얼마나 중요하게 될지 모르고 그걸 제때 이용하지 못했던 걸 후회하기 시작했으며, 거기서 완전히 바깥도, 완전히 안쪽도 아닌 곳에 다시 서서 움직이게 되길 기다리며 경계를 풀고 많은 것들을 적어 놓곤 했는데, 그중에 바로 이 크고 불안해하는 회색빛 새, 밝은 문턱에서는 머뭇거리다가 화덕 뒤에서 꼬꼬댁거리며 앙상한 날개를 움직이는, 사람들이 큰 소리를 지르며 와서 빗자루로 내쫓으면 도망갔다가 조금씩 망설이며 조심스럽게 다시 오다가 자주 멈춰서, 검고 작지만 반짝이는 눈을 떴다 감았다 하며 귀를 기울이는 그 새가 있었던 것이다. 그리고 사포는, 아무것도 의심하지 않으며, 시시하고 별 볼 일 없는 모든 것들을 다 겪었다고 믿으며, 떠났다. 그는 문을 지나려고 몸을 굽혔고, 자기 앞에 도르래와 끈과 양동이가 있는 우물이 있는 걸 보았는데, 낡은 세탁물들이 햇빛에 마르며 흔들리고 있는 긴 빨랫줄을 볼 때도 자주 있었다. 그는 올 때 택했던 작은 길로 갔는데, 그러니까 시냇물을 따라 늘어선 커다란 나무들의 그늘 아래 있는 초원의 가장자리 길이었고, 그 하천 바닥은 옹이투성이 뿌리들과, 돌과, 딱딱해진 진흙으로 아수라장이었다. 이렇게 해서 그는, 이상한 거동으로 가다가 멈추거나 갑자기 방향을 바꾸는데도 불구하고, 대체로 아무도 모르게 멀어져 갈 수 있었다. 때로는 루이 가족들이, 멀리서 또는 가까이서, 또는 몇 명은 멀리서 그리고 다른 몇 명은 가까이서,

그가 빨래 뒤로 나타나서 오솔길로 접어드는 걸 보기도 했는데, 그들은 그를 붙잡기는커녕 큰 소리로 인사를 하려는 노력조차 하지 않았고, 그에게 나쁜 의도가 있지는 않다는 걸 알았기에, 이런 식의 인정 없는 출발을 두고 화를 내지도 않았다. 어쩌면 당장은 어쩔 수 없이 그를 조금 원망했을지도 모르겠지만, 그건 바느질 도구에 관한 짧은 기사들이 담긴 꾸깃꾸깃한 종이가 부엌 식탁에 놓여 있는 걸 보고 나면 사라져 버릴 감정이었다. 그리고 초라하지만 매우 유용한 이런 선물들과 이를 전해 주는 그토록 섬세한 방법 또한, 겨우 반 정도만 비었거나 아예 손도 대지 않은 채로 있는 염소젖 그릇 앞에서 그들의 마음을 누그러뜨렸고, 전통에 따라 그걸 모욕으로 받아들이지 않도록 했다. 하지만 잘 생각해 보면, 그들 몰래 사포가 떠나는 일은 극히 드물었을 것이다. 왜냐하면 그들 땅 근처에서 아주 작은 움직임들이 생겨나기만 해도, 그러니까 새가 내려앉거나 날아오르기만 해도, 그들은 고개를 들고 눈을 크게 떴기 때문이다. 길 위에서조차, I마일 이상 떨어진 곳에서도 갈라진 부분들이 다 보이기 때문에, 그는 그들 모르게 아무것도 할 수 없었으며, 거길 지나가는 사람들의 머리가 거리 때문에 머리핀만큼 작아지더라도 알아볼 수 있었을 뿐 아니라, 그들이 어디서 오고 무슨 목적으로 어딜 가는지도 짐작할 수 있었다. 그러면 그들은, 서로 멀리 떨어져서 일하는 경우가 대부분이었기 때문에, 큰 소리로 서로에게 소식을 전하거나, 모두 일어나서 사건이 일어난 쪽으로 몸을 돌리고, 사건이라고는 그것 하나였기에, 서로에게 신호를 보낸 다음, 먹을 걸 주는 땅을 향해 다시 몸을 숙이곤 했다. 그러다 첫 휴식 시간에 식탁에서든 다른 데서든 함께 모여서 각자 나름대로 이해한 바를 이야기하고 다른 사람들의 이야기도 들었다. 그리고 자기들이 본 것과 그 의미에 대해 처음에 의견이 다르면, 그들은 그렇게 될 때까지, 그러니까 합의를 볼 때까지, 아니면 그걸 포기할 때까지, 자기들끼리 끝도 없이 심각하게 얘기하곤 했다. 그러니까 아무리 시냇물을 따라 늘어선 나무들의 그늘이라고 해도, 또 슬쩍 빠져나갈 수 있었다 해도, 사포가 아무도 모르게 빠져나가는 건 어려운 일이었는데, 그는 마치 늪에 빠져 허우적거리는 것처럼 보였기 때문이다. 그러면 모두가 고개를 들어 그가 뭘 하는지 봤고, 그런 다음 서로 마주 보다가 다시 땅을 향해 몸을 숙였다. 그리고 땅으로 향한 각각의 얼굴에는 완전하다고는 할 수 없지만 작은 비죽거림에 가까운, 그렇다고 심술궂지는 않은 작은 미소가 맴돌았고, 각자 다른 사람들도 똑같이 느꼈을지 궁금해하며 첫 모임에서 그걸 알아봐야겠다고 마음을 먹었을지도 모른다. 하지만 때로는 무슨 종인지도 모르는 100년도 넘은 나무들 그늘에서, 때로는 드높은 초원의 빛 속에서 휘청거리며 멀어져 가는 사포의 거동은 너무나 불안정해 보였으며, 그의 얼굴은 언제나처럼 심각하거나 아무 표정도 없었다. 그가 멈출 때는 뭔가를 더 잘 생각해 보거나 자기 꿈을 더 잘 살펴보기 위해서가 아니라, 단지 그에게 앞으로 가라고 말하던 목소리가 멎었기 때문이었다. 그러면 그는 창백한 두 눈을 땅에 고정시켰는데, 거기서 어떤 아름다움도, 어떤 쓸모도, 경작물과 무성한 잡초 사이에서 평화롭게 핀 온갖 섬세한 색깔의 작은 야생화들도 보지 못했다. 하지만 그는 아직 젊었기에, 이렇게 정지하는 순간들은 짧게 끝났다. 이제 그가 갑자기 다시 땅을 가로질러 방황하기 시작하고, 무심하게, 그늘에서 빛으로, 빛에서 그늘로 옮겨 다닌다.

방금 전처럼, 내가 멈추면, 소리들이 이상한 힘으로, 때가 된 것들을 이어 간다. 그러면 난 젊은 시절의 청력을 되찾은 것 같은 느낌이 든다. 그래서 폭풍우 치는 밤에, 내 침대 속에서, 어둠 속에서, 나는 바깥의 아우성 중에 나뭇잎과, 가지와, 신음하는 몸통과, 심지어 풀을 그리고 나를 보호해 주는 집을 구분해 낼 수 있었다. 각각의 나무는, 날씨가 온화할 때는 속삭이듯이, 자기만의 소리치는 방식이 있었다. 나는 멀리서 철문이 기둥들을 잡아당기고 문짝들이 창살에 서로 부딪치는 소리, 거길 통해서 바람이 밀려들어 오는 소리를 듣곤 했다. 그리고 오솔길의 모래에 이르기까지 자기 소리를 내지 않는 건 하나도 없었다. 내게 바람이 없는 밤은, 내가 즐겨 찾아내곤 했던 수많은 헐떡임으로 이루어진, 또 다른 폭풍우였다. 그래, 젊었을 때 나는, 그것들의 소위 말하는 고요함 덕에 무척이나 즐거웠었지. 내가 특히 좋아했던 소리는 전혀 고상한 것이 아니었지만. 그건 밤에, 산허리에 걸린 작은 마을에서 개들이 짖는 소리였는데, 그곳에는 몇 세대에 걸쳐 석공들이 살고 있었다. 그 소리는 벌판의 집 안에 있는 내게 거칠고도 피리 소리같이 들렸고, 겨우 들리다가는 금방 시들해졌다. 골짜기의 개들은 주둥이에 거품을 물고, 송곳니 가득한 큰 소리로 응답했다. 산에서 내려오는 것 중에 날 즐겁게 해 준 게 또 하나 있었는데, 그건 밤이 되면 산에서 생겨나는 흩어진 빛들이었고, 그것들이 모여서 만든 점들은 하늘보다 간신히 더 밝았고 별들과 가장 작은 달이 질 때의 빛보다 덜 밝았으며, 밝혀지자마자 스스로 꺼져 버렸다. 그건 거의 존재하지도 않는, 침묵과 밤의 경계에 있다가 곧 사라지는 것들이었다. 지금 나는, 그냥 나 편한 대로 그렇게 생각한다. 나의 높은 창문 앞에 서서, 내 앞에서, 내 안에서 멀리, 그게 끝나기를, 내 기쁨이 끝나기를 기다리며, 내 기쁨이 끝나는 기쁨을 바라며, 그것들에 대한 생각에 빠지곤 했었다. 하지만 지금은, 그런 하찮은 것들이 아니라 내 귀가 문제인데, 아마도 노란색의 털 뭉치 둘이 거기서 격렬하게 솟아나기 때문이고, 노랗게 된 건 왁스 때문에 그리고 관리가 소홀했기 때문일 것이며, 그게 어찌나 긴지 귓불이 가려질 정도였다. 그래서 나는, 얼마 전부터 내 귀가 더 잘 들리게 되었음을 담담하게 확인한다. 오 내 귀가 부분적으로라도 들리지 않았던 적은 한 번도 없었다. 하지만 오래전부터 좀 희미하게 들리긴 했었다. 그런데 이제 소리가 다시 돌아온 것이다. 내가 하고 싶은 말은 아마 다음과 같을 텐데, 각각 너무나 다양한, 그렇지만 아마도 늘 똑같기에 내가 그토록 잘 구분해 낼 수 있었던 세상의 소리들이, 조금씩 단 하나의 소리로 뒤섞여 마침내는 하나의 커다랗고 지속적인 윙윙거림으로 되어 버렸다는 것이다. 들려진 소리의 볼륨은 아마 그대로였을 텐데, 다만 내가 그걸 분석하는 능력을 잃어버렸다. 자연의 소리들, 사람들의 소리들, 그리고 내가 내는 소리들조차, 모든 게 하나의 정리되지 않은 횡설수설에 뒤섞여 버렸다. 이제 그만. 만일 내가 불행하게도 그걸 혜택이라고 보는 편이 아니었다면 난 나의, 나의 불운 중 일부를 그저 이런 청각적 혼란 탓으로 돌렸을 것이다. 불운, 혜택, 내겐 할 말을 고를 시간이 없어, 난 바쁜데, 끝내기에 바쁜데. 그런데 아니지, 난 바쁘지 않다. 난 정말 오늘 저녁엔 거짓이 아닌 말, 그러니까 나의 진짜 의도들에 대해 날 혼란스럽게 내버려 두지 않을 말은 아무것도 하지 않겠다. 왜냐하면 오늘 저녁, 아니 밤은, 내가 기억할 수 있는 한 가장 어두운 밤 중의 하나이기 때문에. 난 잘 잊어버린다. 종이에 놓인 내 새끼손가락이 연필보다 앞서 나가다 떨어지면서 연필에게 줄이 끝났음을 알려 준다. 하지만 다른 방향, 즉 위에서 아래로는, 대충 진행한다. 난 글을 쓰고 싶지 않았지만, 결국 받아들이고 말았다. 그건 내가 어디에 있고, 그가 어디에 있는지 알기 위해서다. 처음에 난 글을 쓰지 않았고, 그냥 말만 했다. 그러다가 내가 했던 말들을 잊어버렸다. 진짜로 살기 위해서는 최소한의 기억이 꼭 필요한 법이다. 그의 가족을 예로 들면, 난 그것에 대해 사실 이제 아무것도 모른다. 하지만 내 마음은 편한데, 어딘가에 그걸 적어 놓았기 때문이다. 그것만이 그를 감시하는 유일한 방법이다. 하지만 바로 나, 나에 관한 한, 똑같이 그렇게 해야 할 필요를 느끼진 않는다. 내 이야기 또한 나는 모르고, 잊어버렸지만, 그걸 알 필요는 없다. 그럼에도 나는, 그에 대해서 쓸 때와 같은 연필로, 같은 노트에, 나에 대해 쓴다. 이미 얘기했던 것 같은데, 그건 더 이상 내가 아니라 이제 막 삶이 시작된 다른 사람이기 때문이다. 그에게도 작은 연대기와, 기억들과, 이성이 있는 건 당연하고, 그가 나쁜 것 안에서 좋은 것을, 최악 중에서 그냥 나쁜 것을 발견하고, 비슷비슷한 날들을 계속 보내며 천천히 늙어 가고, 그러다 어느 날 다른 사람들처럼, 다만 좀 더 일찍 죽을 수 있는 것도 당연하다. 이게 내 변명이다. 하지만 거기엔 그 못지않게 뛰어난 다른 이유들이 있어야 한다. 그래, 완전한 어둠이다. 아무것도 보이지 않는다. 유리조차도, 그리고 그것과 너무나 강렬한 대조를 이루고 있는, 그래서 종종 심연의 가장자리처럼 보일 정도로 유리에게 자리를 내준 벽도, 거의 보이지 않는다. 하지만 내 새끼손가락이 종이 위로 미끄러지는 소리 그리고 그 뒤를 따르는 연필의 너무나 다른 소리는 들린다. 바로 이 점이 나를 놀라게 하고 나로 하여금 뭔가가 변했다고 말하게 한다. 나일 수도 있었던 그 아이가 여기서 생겨난다, 그러지 말란 법도 없으니. 그리고, 마침내 우리가 여기까지 왔는데, 합창대의 소리도 들리지만, 제법 멀어서 피아노 소리까지는 내게 들리지 않는다. 난, 어디서 들었는지는 모르지만, 이 노래를 안다, 그리고 소리가 작아지다가, 사라져도, 그 노래는 더 느리게, 또는 더 빨리, 내 안에서 계속된다. 왜냐하면 그 노래가 공기 속에서 다시 내게 전해질 때, 그것은 내 노래가 내게 전해지는 것보다 앞서거나, 아니면 뒤처지기 때문이다. 그건 혼성합창인데, 어쩌면 내가 완전히 잘못 생각했을 수도 있다. 어쩌면 아이들이 섞여 있을 수도 있다. 터무니없게도, 지휘자가 여자인 것 같다. 합창대가 똑같은 노래를 부른 지 오래다. 연습을 하는 모양이다. 벌써 지난 일이 됐네, 합창대는 마지막으로 승리의 외침을 내지르고 끝이 났다. 부활절 주간인 걸까? 부활절 주간 중 하루라도 되는 양 용감해 보이려는 것. 그게 맞다면 내가 방금 들은, 그리고 솔직히 말해서 아직도 내 안에서 진정되지 않은 이 노래는, 죽은 자들 가운데 처음으로 부활하신 분, 20세기 전에 나를 구원하셨던 분을 기리는 것에 불과했던 게 아니었을까? 처음이라고? 마지막에 지른 소리가 그런 추측을 하게 한다.

다시 또 잠이 들었던 것 같다. 더듬어 봐야 소용없지, 노트를 찾을 수가 없으니. 하지만 손에는 여전히 연필이 있다. 새벽이 될 때까지 기다려야 할 것 같은데. 그동안 내가 뭘 할지는 아무도 모르겠지.

방금 전에, 다시 또 잠이 들었던 것 같다, 어쩌고, 라고 썼었다. 내 생각을 너무 왜곡한 게 아니길 바란다. 다시 나를 떠나기 전에, 이제 다음의 몇 줄을 추가한다. 더 이상 나는, 예를 들어 일주일 전과 똑같은 욕망을 품은 채로 나를 떠나지는 않는다. 이런 상태가 계속된 게 분명 일주일도 더 됐겠고, 일주일 전에 나는 이렇게 말했지, 난 어떻게든 결국 조만간 완전히 죽을 거다. 하지만 조심하자. 내가 그렇게 말하지 않았다고 맹세라도 할 수 있다. 내가 그렇게 썼다. 이 마지막 두 문장, 그걸 이미 어딘가에 썼었다는, 아니면 한 단어 한 단어씩 말했었다는 생각이 문득

든다. 그래, 난 어떻게든 조만간, 어쩌고, 이것이 바로, 내가
처음으로 말을 할 때, 그리고 그 후에, 내가 무슨 말을 했었는지
더 이상 알지 못한다는 걸, 그래서 그 결과로 삶의 계획, 살게
하는 계획, 결국, 마침내 노는 계획, 마지막으로 산 채로 죽으려는
계획이 내 다른 계획들과 같은 전철을 밟고 있다는 걸 알게
되었을 때 내가 썼던 말들이다. 내가 걱정했던 것보다는 새벽이
그리 늦게 오지는 않는 것 같고. 난 정말 그렇게 믿는다. 하지만
난 아무것도 걱정하지 않았고, 이제 더는 아무것도 걱정하지
않는다. 아름다운 계절이 정말로 시작되었다. 창문 쪽으로 몸을
돌려서 나는 계절이 마침내 몸을 떨고, 푸르스름한 여명 앞에서
창백해지는 모습을 봤다. 그건 평범한 유리창이 아니라서, 내게
여명을 가져다주고 석양을 가져다준다. 노트가 바닥에 떨어졌네.
그걸 찾는 데 오래 걸렸다. 침대 밑에 있었다. 어떻게 이런 일들이
가능한 걸까? 노트를 다시 줍는 데 오래 걸렸다. 난 지팡이로 그걸
낚아채야 했다. 여기저기 구멍이 나거나 하진 않았지만, 상태가
좋지 않다. 그건 두꺼운 노트다. 난 그거면 됐다. 앞으로는 페이지
양쪽에 쓸 거다. 이 노트는 어디서 난 걸까? 모르겠다. 내가 필요로
했던 날, 그냥 그렇게, 내 물건들 속에서 발견했지. 노트가
없다는 걸 알게 되자, 나는 혹시라도 하나 찾게 될까 기대하며
내 물건들을 뒤졌는데. 실망스럽지 않았다, 놀라지도 않았고.
내일이면 오래전의 연애편지가 필요하게 될지도 모르는데 다른
도리가 없을 것이다. 종이엔 바둑판 모양의 줄이 있다. 처음 몇
페이지에는 숫자와 기호와 그림, 그리고 여기저기에 짧은 문장이
있었다. 무슨 계산 같은 걸로 보인다. 그것들이 갑자기, 너무
이르다 싶게 중단된다. 마치 의욕을 잃은 듯. 아마도 천문학이나
점성술 같은 거겠지. 제대로 살펴보진 않았다. 난 줄을 그었다,
아니 줄을 긋지도 않았고, 비어 있는 다음 페이지로 넘어가지도
않은 채, 이렇게 썼다, 난 결국 조만간 완전히 죽을 거다. 이제
목록을 작성할 때, 이 노트에 대해 길게 늘어놓지 않아도 된다.
그냥 이렇게만 말할 것이다, 물품, 노트, 어쩌면 그것의 색깔
정도는 밝혀 주면서. 하지만 그 전에, 이걸 영원히 잃어버릴
수도 있다. 반면에 연필은 오랫동안 알고 지냈다. 사람들이 나를

여기 데려왔을 때 그걸 갖게 된 것 같다. 5각형으로 되어 있다. 아주 짧고 양쪽 끝이 뾰족하다. 비너스라는 상표다. 이걸로 충분하길 바란다. 난 나를 떠나는 게 이제 더는 예전만큼 흥이 나지 않는다고 말했었다. 그건 당연한 일일지도 모르는데, 내게 일어나는 모든 일은, 어떻게 당연한 건지 내가 알지 못한다는 사실까지, 분명 거기 다 기록되어 있을 테니까. 내 안에서도, 내 바깥에서도, 다른 건 하나도 본 적이 없기 때문에. 헛되다는 걸 알면서도, 나는 겉모습을 믿었었는데. 자세한 내용까지는 건드리지 않으려 한다. 헐떡거리고, 무너지고, 다시 일어나고, 헐떡거리고, 추측하고, 부정하고, 단언하고, 부정하고. 좋다. 썩 내키지는 않지만 나는 나를 떠난다. 아멘. 나는 새벽을 기다렸다. 뭘 하면서? 모르겠다. 내가 해야 했던 것들. 창문을 살펴봤다. 내 고통을, 내 무기력을 그냥 내버려 두었다. 그리고 드디어 곧, 누군가 나를 찾아올 것 같았다!

여름방학이 끝나 가는 중이었다. 사포가 품었던 희망들이 정당화되거나 실망으로 끝날 수도 있는, 결정적인 순간이 다가오고 있었다. 저놈은 완전히 준비가 됐어, 라고 사포스캣 씨가 말했다. 그리고 위기의 시기 동안 동정심이 더 깊어진 그의 아내는, 아들의 성공을 위해 기도했다. 밤이면 잠옷을 입고 무릎을 꿇은 채, 그녀는 남편이 비난할까 봐 조용히, 이렇게 외쳤다. 저 아이가 합격하기를! 저 아이가 합격하기를! 형편없는 점수로라도!

이 첫 번째 큰 고비를 넘기고 나면, 5년에서 6년 동안 매해, 1년에 몇 번씩, 다른 고비들이 또 있을 것이다. 하지만 사포스캣 가족에게는, 저 녀석은 의대에 갈 거야, 아니면 저 녀석은 법대에 갈 거야, 라고 말할 수 있는 권리를 부여하거나 박탈하게 될 첫 번째 고비보다, 다른 것들이 덜 끔찍해 보였다. 대체로 평범하거나 똑똑한 한 젊은이가 일단 그런 직업들의 기초를 배우도록 받아들여지고 나면, 나중에 그 일들을 수행할 수 없다고 평가받을 일은 거의 없다고, 그들은 생각했기 때문이다. 거의 모든 사람들이 그러하듯, 그들은 의사들과 변호사들을 상대해 봤기 때문이다.

어느 날 사포스캣 씨가 헐값에 펜을 하나 얻어 왔다.

블랙버드라는 상표였다. 시험 보는 날 아침에 그 녀석한테 줄 거야, 그가 말했다. 그는 두꺼운 종이로 된 긴 케이스를 들어 올리고 아내에게 펜을 보여 주었다. 케이스 안에 그냥 놔둬, 그는 아내가 펜을 자기 손에 쥐어 보려고 하자 이렇게 말했다. 펜은 양쪽 끝이 둥글게 말려서 윗부분에서 거의 맞닿아 있는 설명서 위에 놓여 있었다. 사포스캣 씨는 양 끝을 벌리고 케이스를 아내 눈앞으로 가져갔다. 하지만 그녀는, 펜을 보는 대신에 그를 바라봤다. 그가 가격을 말했다. 손에 익을 수 있도록 이걸 애한테 전날 주는 게 더 낫겠어, 그녀가 말했다. 당신 말이 맞아, 그 생각을 못 했네, 그가 말했다. 아니면 전전날, 혹시 펜촉이 개 마음에 안 들면 당신이 바꿔다 줄 시간이 있어야 하니까, 그녀가 말했다. 노란 부리를 크게 벌리고 자기가 노래하는 중임을 알리는 티티새 한 마리가 케이스에 새겨져 있었다. 사포스캣 씨는 케이스를 다시 놓고, 전문가의 손으로 그걸 얇은 종이로 둘둘 만 다음 위에 가는 고무줄을 씌웠다. 그는 만족스럽지가 않았다. 그저 그런 펜촉이기는 하지만, 개한테 분명 괜찮을 거야, 그가 말했다.

이 대화는 다음 날에도 계속되었다. 사포스캣 씨가 이렇게 말한다, 개한테 이걸 빌려주기만 하는 건 어떨까, 합격하면 계속 가질 수 있다고 말하고. 그럼 당장 그렇게 해야 해, 안 그러면 아무 소용도 없을 거야, 사포스캣 부인이 말한다. 그러면 사포스캣 씨가 첫 번째 침묵 후에 첫 번째 반대를 하고, 그 후 두 번째 침묵 후에, 두 번째 반대를 했다. 그는 우선, 아들이 당장 펜을 가지게 되면 그걸 쓰기도 전에 부러뜨리거나 잃어버릴 시간이 있을 거라며 반대했다. 그다음으로는, 아들이 당장 펜을 가지게 되면, 그걸 부러뜨리지도 잃어버리지도 않는다고 가정하더라도, 펜에 익숙해질 시간이 너무 많아서, 또 자기보다 더 부자인 친구들의 펜과 그걸 비교하다 보면 자기 펜의 결함들에 대해 속속들이 알게 되어서, 그걸 갖고 싶은 마음이 더 이상 생기지 않을 수도 있다며 반대했다. 난 그게 싸구려인지 몰랐어, 사포스캣 부인이 말했다. 사포스캣 씨는 식탁보에 손을 얹고 그녀를 오랫동안 바라봤다. 그런 다음 그는 냅킨을 접고 일어나서 방을 떠났다. 식사는 마저 해야지! 그의 아내가 소리쳤다. 그녀는 혼자 남아, 복도에서

멀어졌다가 다시 오고, 멀어졌다가 다시 오는 그의 발소리를
들었다.

어느 날 사포는 평소보다 더 늦게 루이 가족의 집에 도착했다.
하지만 그가 평소에 거기 몇 시에 도착하곤 했는지 알 수 있을까?
그림자들이 빠르게 윤곽을 잃어 가며 길게 늘어지고 있었다.
사포는 멀리 어린 그루터기 가운데에서 아버지 루이의 크고 붉고
하얀 머리를 보고 놀랐다. 그의 몸은, 그가 밤사이 죽은 그의
노새를 위해 판 커다란 구덩이 안에 있었다. 에드몽이 입을 닦으며
집에서 나왔고, 자기 아버지에게 합류하러 갔다. 그러자 아버지가
구덩이에서 나왔고 아들이 거기로 내려갔다. 그들 근처에 다가간
사포는 죽은 노새의 검은 몸뚱이를 보았다. 그때 모든 게 그에게
확실해졌다. 당연하게도 노새가 옆에 쓰러져 있었다. 앞다리는
수직으로 경직되어 있었고, 뒷다리는 배 아래로 굽혀져 있었다.
반쯤 벌어진 주둥이, 위로 말린 입술, 거대한 이빨들, 돌출된 눈,
이런 것들이 범상치 않은 죽음의 머리를 만들어 내고 있었다.
에드몽이 아버지에게 곡괭이, 가래, 삽을 건네준 다음 구덩이에서
나왔다. 그들은 앞다리와 뒷다리를 하나씩 붙잡고 노새를
구덩이까지 끌고 와서 그 안에 똑바로 떨어뜨렸다. 앞다리들이
하늘을 향하고 있었고, 구덩이보다 조금 위로 올라왔다. 아버지
루이가 삽으로 쳐서 그것들을 굽혀지게 했다. 그가 아들에게
삽을 준 다음 집 쪽으로 향했다. 에드몽이 구덩이를 메우기
시작했다. 사포는 그가 하는 일을 지켜봤다. 커다란 평온이 그의
안에 찾아왔다. 커다란 평온, 지나친 말이다. 더 나은 느낌이었다.
생명의 끝, 그건 활력소가 된다. 에드몽이 일을 멈추고 삽에 기댄
다음, 헐떡거리며 미소 지었다. 그의 앞니들 사이에 장밋빛의 큰
구멍들이 있었다. 뚱보 루이는 창문 옆에 앉아 거기서 아들을
지켜볼 수 있었다. 그는 궐련용 파이프로 담배를 피웠으며, 화이트
와인을 마셨다. 사포는 그의 앞에 앉아, 혼자 있다고 생각하며
식탁에 한 손을, 그리고 그 위에 이마를 올려놓고 있었다. 그는 한
손과 머리 사이로 다른 손을 밀어 넣고 움직이지 않은 채 있었다.
루이가 말을 하기 시작했다. 그는 기분이 좋아 보였다. 그의

말에 따르면, 노새는 늙어서 죽은 것이었다. 벌써 2년 전, 그가
그 노새를 샀던 날, 사람들은 그놈을 마침 도살장으로 데려가던
중이었다. 그는 돈을 쓴 보람이 있었다. 거래가 결정되고 난 다음,
사람들은 그 노새가 처음 밭일을 하자마자 쓰러져 죽을 거라고
예언했다. 하지만 뚱보 루이는 노새들에 정통했다. 노새에게
중요한 건 눈이고, 나머지는 거의 의미가 없었다. 그래서 그는
도살장 문 앞에서 노새의 눈을 뚫어지게 바라보았으며, 그놈이
아직 쓸모가 있다는 걸 알았다. 그리고 노새는 도살장 마당에서
그의 눈을 마주 보았다. 루이가 자기 이야기를 진행할수록,
도살장은 점점 더 중요해졌다. 이렇게 해서 합의의 장소는
도살장으로 가는 길에서 도살장의 문으로, 그리고 거기서 다시
마당으로 점점 이동했다. 그는 어쩌면 또 노새 문제로 도살자와
실랑이를 벌였을지도 모른다. 그놈을 제발 데려가라고, 그자가
나한테 빌다시피 했다니까, 루이가 말했다. 그놈에겐 사방에
상처들이 있었지만, 노새들을 고를 때는 늙어서 생긴 상처들
때문에 마음이 흔들려서는 안 되지. 중요한 건 눈이거든. 사람들이
그에게 말하기를, 그놈이 벌써 10마일이나 밭일을 했으니, 자네
집에 도착하기도 전에 죽을 거야. 루이가 말했다, 난 한 6개월
봤는데, 2년을 버텼지. 계속 말을 하면서도, 그는 아들을 지켜봤다.
그들이 그렇게 거기에, 어둠 속에서 마주 보며 한 명은 말을 하고,
다른 사람은 듣고 있었고, 더 멀리서는, 그가 말하는 것 중의
하나와, 그가 듣는 것 중의 하나가, 서로 멀리 떨어져 있었다.
흙더미가 점점 줄어들고 있었다. 스치듯 지나가는 약한 빛 속에서
땅은 이상한 모습으로 반사되고 있었고, 그림자가 커져 가는
가운데 마치 안쪽에서 빛이 나는 듯, 군데군데 불타오르고 있었다.
에드몽은 자주 일을 멈추고, 삽에 기대어 주위를 둘러보았다.
도살장, 내 짐승들을 사는 데가 바로 거기지, 루이가 말했다. 저런
게으름뱅이 좀 보게, 그가 덧붙였다. 그가 밖으로 나갔고 아들
옆에서 다시 일하기 시작했다. 그들은 서로에 대해 신경 쓰지 않은
채 한동안 함께 일을 했고, 아들이 삽을 놓고 몸을 돌리더니, 마치
자기가 할 수 있는 유일한 다음 행동인 것처럼, 한결같이 부드러운
움직임으로 천천히, 일에서 휴식으로 거리낌 없이 넘어갔다.

노새의 모습은 이미 더 이상 보이지 않았다. 그것이 평생 동안 다져 온 땅은, 쟁기 앞에서, 마차 앞에서 힘들어 하던 그 모습을 더 이상 볼 수 없을 것이다. 뚱보 루이는 바로 이 장소에서 다른 노새나 늙은 말, 또는 늙은 황소를 데리고 다시 경작을 할 수 있을 것이고, 냄새가 지독한 살을 칼로 휘저을 필요가 없도록, 또 살을 덮고 있는 큰 뼈들로 인해 칼날이 무뎌지는 일이 없도록, 도살장 또는 도축장이라고도 부르는 곳에서 그 짐승들을 사 올 것이었다. 땅에 묻힌 것들이 정말 놀랍게도 빛을 향해 다시 위로 올라오는 경향이 있다는 걸, 그는 모르지 않았기 때문이다. 그런 면에서 그것들은 물에 빠진 시체들과 닮았다. 그래서 그는 구덩이를 팔 때 이 점을 고려해 깊이가 최소 6피트는 되도록 했다. 에드몽과 그의 어머니가 침묵 속에서 마주쳤다. 어머니는 저녁 식사 때 먹을 렌즈콩 1파운드를 빌리러 이웃집에 갔다가 돌아오는 길이었다. 그녀는 무게를 잴 때 사용했던 크고 잘생긴 저울을 생각하며, 그게 과연 정확한 것이었는지 궁금해했다. 그녀는 눈도 마주치지 않고 남편의 앞을 빠르게 지나갔는데, 그의 태도로 보아 그가 그녀를 봤다고 생각할 만한 근거는 하나도 없었다. 그녀는 벽난로 위, 자명종 옆 자기 자리에 있는 램프의 불을 켰고, 자명종은 못에 걸린 십자가 옆에 있었다. 이 세 가지 물건들은 빈 판의 중앙에 서로 꼭 붙어 있었다. 셋 중에 자명종의 키가 가장 작았기 때문에 자명종이 중간에 있어야 했고, 십자가가 매달려 있는 못 때문에 램프와 십자가는 자리를 바꿀 수 없었다. 그녀는 이마와 두 손을 벽에 대고, 램프의 심지를 올릴 시간을 기다렸다. 그러다 마침내 심지를 올렸고 커다란 구멍이 나서 보기 흉한 노란색 등피를 다시 씌웠다. 그녀는 사포를 보고 잠시 자기 딸이라고 생각했다. 그러자 그 생각은 지금 없는 사람을 향해 날아올랐다. 그녀가 램프를 식탁에 내려놓았고 바깥은 희미해졌다. 그녀는 앉아서 식탁에서 렌즈콩들을 비워 낸 다음 그것들을 추리기 시작했다. 그 결과 식탁에는 곧 두 무리가 생겨났는데, 하나는 곧 줄어들 큰 무리였고 다른 하나는 곧 늘어날 작은 무리였다. 하지만 그녀는 곧 화가 난 동작으로 두 무리를 뒤섞어 버려, 2-3분 동안 한 일을 1초도 안 되는 사이에 없애 버렸다. 그런 다음 냄비를 찾으러 갔다. 저들이

이걸로 죽진 않을 거야, 이렇게 말하고, 마치 죽지 않는다는
게 제일 중요하다는 듯, 손끝으로 렌즈콩들을 식탁 끝까지, 또
거기서 냄비 안까지 밀었다. 하지만 그걸 너무 서투르게 또 너무
서둘러서 하는 바람에 많은 양이 냄비를 지나 바닥으로 떨어지고
말았다. 그런 다음 그녀는 램프를 들고 아마도 나무나 비곗덩이를
찾으려는 듯 밖으로 나갔다. 부엌은 다시 어두워졌고, 바깥의
어둠은 조금씩 밝아졌으며, 유리창에 눈을 대고 있던 사포는
마침내, 뚱보 루이가 밟고 있는 어두운 덩어리를 포함한 몇 가지
물건들을 구분할 수 있었다. 지루하고 어쩌면 소용없을지도
모르는 일이 한참 진행되다 중단되었음을, 사포는 분명하게
알았다. 대부분의 작업들은, 그들이 무슨 말을 하든지 간에,
이런 식이었고, 그들이 단념해야만 끝이 나기 때문이었다. 루이
부인이 렌즈콩들을 분리하는 일을 새벽까지 계속했다고 해도,
그것들이 절대 뒤섞이지 않게 하려는 그녀의 목적은 이루어지지
않았을 것이다. 하지만 그녀는, 난 최선을 다했어, 라고 스스로
말하며 결국 그만뒀을 것이다. 자신이 할 수 있었던 일을 다
하지는 않았겠지만. 하지만 그것 때문에 모든 걸 망가뜨릴 정도로
실망하지는 않은 채, 현명하게 그만두는 때가 온다. 하지만 만일
그녀가 렌즈콩을 분리하려는 목적이, 거기서 렌즈콩이 아닌 건
죄다 없애려는 게 아니라, 그저 가장 큰 것만 골라내려는 거라면?
그럼 어떻게 될까? 나도 모르겠다. 반면에 큰 착오 없이, 이제
끝났어, 라고 말할 수 있는 다른 일들, 다른 날들도 있다. 그런
것들이 뭔지는 모르겠지만. 그녀가 눈이 안 보이지 않도록 램프를
약간 떨어뜨려서 공중에 든 채 돌아왔다. 다른 손에는 흰 토끼
한 마리를, 뒷다리를 잡아서 들고 있었다. 노새가 검은색이었던
반면, 토끼는 흰색이었기 때문이다. 그것은 이미 죽어 있었고,
이미 더 이상 존재하지 않았다. 사람들이 죽이기도 전에 그저
두려움 때문에 죽는 토끼들이 있다. 사람들이 토끼 굴에서,
보통은 귀를 잡고, 그놈들을 끌어내는 동안, 그리고 사람들이
목덜미든 목이든 잡기 편한 부분을 펼쳐 놓는 동안, 토끼들에게
죽을 시간은 있다. 그리고 사람들은 대체로 그 사실을 모르는 채
시체를 때린다. 철창 뒤에서, 사료들 사이에서, 생생하게 살아

있는 토끼를 방금 봤기 때문이다. 그리고 불필요하게 고통을 주고 싶진 않기에 한 방에 성공했음을 축하하지만, 사실은 헛수고를 했던 셈이다. 이런 일은 특히 밤에 일어나는데, 밤에는 두려움이 더 강해지기 때문이다. 반대로 암탉들은 생명이 더 질긴데, 심지어는 머리가 이미 잘려 나간 상태에도 완전히 쓰러지기 전에 마지막으로 몇 번 펄쩍 뛰는 것들도 있다. 비둘기들도 그보단 덜 요란하지만 완전히 숨이 넘어가기 전에 가끔 저항을 한다. 루이 부인은 숨을 헐떡거렸다. 더러운 짐승! 그녀가 소리쳤다. 하지만 사포는 이미 멀리 떨어져서 초원에서 흔들리는 키 큰 풀들에 손을 맡기고 있었다. 잠시 후 루이가, 그다음에는 그의 아들이 냄새에 이끌려 부엌으로 들어왔다. 그들은 서로 쳐다보지 않은 채 식탁 앞에 마주 보고 앉아서 기다렸다. 하지만 아내이자 어머니인 그녀는 문으로 가서 딸을 불렀다. 리즈! 온 힘을 다해 몇 번이나 소리쳤다. 그런 다음 자기 화덕으로 돌아갔다. 그녀는 조금 전에 달을 봤다. 잠시 침묵이 흐른 후 루이가 이렇게 선언했다, 난 내일 그리제트를 죽일 거다. 그는 물론 다른 표현으로 이런 말을 했지만, 의미는 마찬가지였다. 하지만 그의 아내도 그의 아들도 그의 말에 찬성하지 않았는데, 아내는 누아로가 죽기를 더 바랐기 때문이었고, 아들은, 새끼 염소를 벌써 죽이는 건, 이놈이건 다른 놈이건 그에겐 상관없이, 성급한 행동이라고 판단했기 때문이었다. 하지만 뚱보 루이는 그들에게 조용히 하라고 말한 다음 자신의 칼들이 든 상자를 찾으러 구석으로 갔다. 칼은 세 자루였고 거기서 기름을 떼어 낸 다음 서로 좀 문지르기만 하면 됐다. 루이 부인은 다시 문으로 가서 귀를 기울이고, 불렀다. 멀리서 짐승의 무리가 대답했다. 개 올 거야, 그녀가 말했다. 하지만 그녀는 한참 후에야 왔다. 식사가 끝난 다음, 에드몽은 자기와 방을 같이 쓰는 누나가 도착하기 전에 편하게 자위행위를 하려고 누우러 갔다. 누나가 있으면 불편해서 그러는 건 아니었다. 그녀 또한 자기 동생이 있어도 불편해하지 않았다. 좁은 공간에 붙어 살았던 그들에게, 사실 어떤 종류의 민감한 일들은 가능하지 않았다. 그러니까 에드몽은 특별한 이유 없이 자리를 떴다. 그는 아마 기꺼이 자기 누나와 같이 잤을 것이고, 그의 아버지도 마찬가지였는데, 그러니까 내 말은 아버지도 기꺼이 자기 딸이랑 같이 잤을 거라는 얘긴데, 그가 자기 누나와 기꺼이 같이 잘 수도 있었던 때는 오래전이다. 하지만 무언가가 그들을 제지하고 있었다. 게다가 그녀는 그런 게 그리 내키지 않는 것처럼 보였다. 하지만 그녀는 아직 젊었다. 그러니까 근친상간의 기운은 감돌고 있었던 것이다. 식구들 중 더 이상 누구하고도 자고 싶어 하지 않는 유일한 사람인 루이 부인은, 그 순간이 오고 있음을 무심하게 지켜보고 있었다. 그녀는 밖으로 나갔다. 딸과 홀로 남은 뚱보 루이가 그녀를 관찰했다. 딸은 뭔가에 짓눌린 듯한 태도로 화덕 앞에 앉아 있었다. 그는 딸에게 식사를 하라고 했고 그녀는 스푼을 들고 남은 토끼 고기를 냄비째 먹기 시작했다. 하지만 자기랑 비슷한 사람을 지속적으로 바라본다는 건, 그러고 싶다 할지라도, 어려운 일이며, 뚱보 루이는 자기 딸이 갑자기 다른 장소로 옮겨 가서 스푼을 냄비에서 입으로 또 입에서 냄비로 가져가는 일이 아닌 다른 걸 하는 모습을 봤다. 그런데 그는 자기가 딸에게서 눈을 돌리지 않았었다고 맹세할 수도 있었을 것이다. 우린 내일 그리제트를 죽일 건데, 원한다면 네가 그놈을 잡고 있으렴, 그가 말했다. 하지만 뺨이 눈물로 젖을 정도로 딸이 계속 슬퍼하는 모습을 보고, 그는 그녀에게로 갔다.

이렇게 지루할 수가. 돌 이야기로 넘어가면 어떨까? 아니, 그래도 마찬가지겠지. 루이 가족, 루이 가족, 문제는 루이 가족인가. 아니, 꼭 그렇지는 않다. 하지만 그러는 동안 다른 존재가 사라져 버린다. 내 계획들, 그것들은 어떻게 되어 가고 있나, 얼마 전까지 내겐 계획들이 있었는데. 그럴 시간이 어쩌면 내게 아직도 10년은 있을지 모른다. 그래도 조금 더 계속해서 다른 걸로 넘어가야겠다, 여기서 머물 수는 없으니까. 멀리서, 아득한 정신 속에서, 여기서 멀리 떨어진 곳을 방황하는 정신 속에서, 나는 아직 남아 있는 잔해 가운데 루이 가족에 대해, 나에 대해 얘기하는 내 목소리를 듣게 될 것이다.

그러니까 부엌에는 루이 부인밖에 없었다. 부인은 창문 옆에 앉아 램프의 심지를 내렸는데, 이는 그녀가 아직 뜨거운 램프를 불어서 끄는 걸 좋아하지 않기 때문에 불기 전에 늘 하는 행동이었다. 등피가 충분히 식었다고 판단했을 때, 그녀는 일어나서 안쪽에 입김을 불어넣었다. 그녀는 두 손을 식탁에 기대고 잠시 주저하며 있더니, 다시 앉았다. 그녀의 하루가 이렇게 끝나고 이제 그녀 안에서, 어리석도록 끈질긴 삶과 부지런한 고통들을 다뤄야 하는, 다른 일들을 위한 하루가 밝았다. 누워 있기보다는 앉거나 왔다 갔다 하면서, 그녀는 그 고통들을 더 잘 견뎠다. 이 끝도 없는 피로의 밑바닥에서, 밤에는 낮을, 낮에는 밤을, 그리고 밤낮으로, 두려워하며, 이 빛, 엄밀히 말하면 빛이라 할 수도 없기에 그녀가 이해할 수 없을 거라고 사람들이 항상 말해 왔던 그 빛을, 간절히 원했다. 그녀는 특히 여름에, 부엌에서 의자에 똑바로 앉거나 식탁에 널브러져서 조금 졸며, 침대에 있을 때보단 덜하지만 불편하게 쉬며, 자신에게 습관처럼 익숙하기에 잘 알고 있는 그 빛이 돌아오기를 자주 기다리곤 했다. 그녀는 또 자주, 일어나서 방 안을 돌아다니거나, 밖으로 나와 오래된 집을 한 바퀴 돌곤 했다. 집이 이런 상태인 건 5, 6년밖에 되지 않았다. 난 부인병에 걸렸어, 차마 완전히 그렇게 믿지는 못한 채, 그녀는 생각했다. 낮 동안의 고통이 배어 있는 부엌에서, 밤은 밤다운 게 덜했고 낮은 덜 죽은 것 같았다. 용기가 필요했던 어려운 순간들 속에서, 그녀는 조만간 자기 식구들이 둘러앉아 자신이 음식을 내오기만 기다리는 모습을 보게 될 낡은 식탁을 손가락으로 꾹꾹 누르는 걸 좋아했고, 자기 주변에서 나는, 언제라도 사용할 수 있는 일상적인 식기와 물건 냄새를 좋아했다. 그녀는 문으로 가서 그걸 열고 밖을 바라봤다. 달은 이미 사라졌지만 별들이 눈부시게 빛나고 있었다. 그녀는 그 별들을 오랫동안 바라봤다. 자신을 이따금씩 진정시켜 주는 풍경이었다. 그녀는 우물가로 가서 도르래 사슬을 움켜잡았다. 양동이는 도르래가 고정된 채 연못 바닥에 있었다. 그런 상태였다. 손가락들이 구불구불한 고리들을 따라 돌아다니기 시작했다. 서로 뒤섞이는 형체 없는 질문들이 정신 속에서 서서히 부서지고 있었다. 그것들 중 어떤 것도, 그녀가 전혀 신경도 쓰지 않는 딸과는 관련이 없는 것 같았다. 잠을 이루지 못했던 딸은,

얼마 전부터 귀를 기울이고 있었다. 어머니가 자고 있지 않다는 걸 알고는 거의 일어나서 어머니에게 갈 뻔했다. 하지만 그녀는 다음 날 또는 다음다음 날이 되어서야 사포가 자기에게 했던 말, 즉 그가 아주 가 버리겠다고 한 얘길 어머니에게 하기로 결심했다. 그러자, 별로 중요하지 않은 누군가가 죽었을 때에라도 다들 그러는 것처럼, 그들은 서로 도와 가며 그리고 서로 의견 일치를 보려고 애쓰며, 그가 그들에게 남길 수 있었던 기억들을 수집했다. 하지만 이런 작은 열정의 불꽃이 그림자 속에 떨어졌을 때 얼마나 흔들리는지, 모두 잘 알고 있다. 그리고 합의는, 망각과 더불어, 나중에야 이루어지게 된다.

죽을 만큼 지루하군. 어느 날 나는 어떤 유대인이 의욕에 대해 했던 충고를 따랐다.[7] 그건 아마도 내가 나에게 충실한, 그리고 내가 충실할 수 있는 누군가를 여전히 찾고 있던 시기에 일어난 일이었을 것이다. 그래서 나는 눈을 아주 크게 떠서 지원자들이 나의 깊은 시선과 거기서 생겨나는 말로 표현되지 않는 모든 것들의 그림자에 감탄할 수 있게 했다. 우리의 두 얼굴은 서로 너무 가까이 있어서 나는 내 얼굴 위로 따뜻한 공기와 침 냄새를 맡을 수 있었고, 그도 아마 자기 얼굴 위로 마찬가지였겠지. 나는 그가, 마침내 진정되어, 눈과 입을 닦는 걸 보았고, 바지 사이로 흘러내려 내 발치에 흥건히 고인 오줌을 슬프게 내려다보는 내 모습도 보았다. 이제 내겐 더 이상 쓸모가 없게 되었으니 그의 이름을 말해 버려야겠다. 잭슨. 그에게 고양이나 강아지가 있었으면 좋았겠고, 늙은 개라면 더 좋았을 텐데. 하지만 사실 그가 가진 말 못 하는 동반자라고는 회색과 붉은색의 앵무새 한 마리밖에 없었는데, 그는 새가 니힐 인 인텔렉투,[8] 등과 같은 말을 하도록 가르쳤다. 새는 이 처음 세 단어는 잘 발음했지만, 그 유명한 제한[9]까지 해내진 못해서, 사람들에겐 그저 꽥꽥거리는 소리만 들릴 뿐이었다. 그래서 잭슨이 짜증을 내며 어떻게든 다시 시켜 보려고 하면, 폴리는 버럭 화를 내며 새장 구석으로 들어가 버렸다. 새장은 아주 예쁘고 잘 정돈되어 있었으며, 안에 횃대와 그네, 사료통, 물통, 계단, 그리고 오징어 뼈가 여럿 있었다.

사실 너무 많은 것들이 있어서, 나 같으면 좁다고 느꼈을 것이다. 이유는 모르겠지만 잭슨은 나를 메리노라고 불렀는데, 아마 표현법 때문인 것 같다.[10] 떠도는 양 떼의 뜻이라면 나보다는 그와 더 잘 어울린다는 생각이 들었다. 하지만 사실 내가 생각했던 건 오직 바람, 내게 거의 언제나 느닷없이 불어닥치곤 했던 그 바람뿐이었다. 나와 잭슨의 관계는 짧게 끝났다. 나는 그를 친구로 참고 견딜 수도 있었지만, 존슨, 윌슨, 니콜슨, 왓슨, 이 모든 추잡한 놈들이 그랬듯이, 안타깝게도 그가 나를 내키지 않아 했다. 그래서 난 한동안, 피부가 빨갛고, 노랗고, 초콜릿색인 열등한 인종들 가운데서 나와 잘 통하는 누군가를 구해 보려고 계속 애썼다. 그리고 만일 전염병 환자들에게 접근하기가 더 쉬웠더라면, 난 두리번거리며, 몸짓을 억제하며, 슬쩍 웃으며, 말로 표현할 수는 없어도 애를 써보며, 두근거리는 심장으로 그들 사이로 슬쩍 들어갔을 텐데. 미친놈들하고도 가까스로 성공할 뻔하다 실패했다. 예전에는 일이 이렇게 됐던 게 분명하지만, 그보다는 지금 어떤 식으로 되어 가고 있는지를 보자. 젊었을 때, 늙은이들을 보면 놀랍고 두려웠다. 지금 나를 깜짝 놀라게 하는 건 울부짖는 아기들이다. 결국 집이 그 녀석들로 가득 찼다. 수아베 마리 마그노,[11] 특히 배에서 내린 자에게. 이렇게 지루할 수가. 모든 걸 너무나 잘 계획했다고 생각했었는데. 몸을 쓸 수만 있다면 난 창문으로 빠져나갈 거다. 하지만 내가 아직도 이런 생각을 할 수 있는 건 아마도 내가 불구자이기 때문이겠지. 모든 게 서로 연관되어 있고, 모든 게 당신을 붙들어 두고 있다. 안타깝게도 나는 내가 몇 층에 있는지 모르겠는데, 어쩌면 그저 중이층에 있는 건지도 모른다. 부딪치는 문소리, 계단의 발소리, 거리의 소음, 이런 것들은 그에 대한 정보를 아무것도 주지 않는다. 내가 아는 건 그저 내 위와 내 아래에 산 사람들이 있다는 것뿐. 그러니까 내가 지하실에 있는 건 아니다. 게다가 난, 가끔 하늘도 보고, 내 창문을 통해, 아마도 그것과 마주하고 있는 다른 창문들도 본다. 하지만 이건 아무것도 증명하지 못한다. 난 아무것도 증명하고 싶지 않다. 그렇게들 말한다. 결국 어쩌면 난 일종의 지하 납골당 같은 곳에 있는지도 모르고 내가 길이라고

생각했던 건 다른 납골당들과 연결된 넓은 도랑에 불과할지도
모른다. 그렇다면 이 소리들, 나를 향해 올라오는 이 발소리들은?
내 것보다 더 깊은 다른 납골당들이 있을지도 모르고, 그러지 말란
법도 없다. 그럴 경우 내가 몇 층에 있는지 알아보는 문제가 다시
제기되는데, 내가 층층이 쌓인 지하실들 중 하나에 있다고 가정해
봐야 얻게 되는 건 아무것도 없다. 그런데 나를 향해 올라오는
게 들린다고 말한 그 소리들, 발소리들은 정말 그런 걸까? 그걸
확인해 주는 건 사실 아무것도 없다. 이에 따라 그 소리들이
단순히 그야말로 환각들이었다고 결론을 내리며 넘어가기는,
그래도 좀 망설여진다. 난 이 집 안에 왔다 갔다 하고 서로 말을
주고받는 사람들이 있다고 정말로 믿으며, 특히 얼마 전부터는
예쁜 아기들도 많이 있다고, 그리고 그들의 부모들이 누구의
도움도 없이 움직여야 할 때를 대비해서 가만히 있는 것이 몸에
배지 않도록 아기들의 자리를 자주 바꿔 준다고 생각한다. 하지만
곰곰이 생각해 보면 그들이 어디 있는지는 알 수 없을 거다.
그리고 모든 걸 고려해 볼 때, 말하자면 자기가 어디에 있는지,
그래서 그 결과 정확히 어떤 소리를 기대해야 할지 모를 뿐 아니라
동시에 하루의 절반 정도는 반쯤 귀머거리가 되는 사람에게는,
올라오는 발소리와 내려가는 발소리만큼 비슷한 것도 없으며,
절대 층을 바꾸지 않고 왔다 갔다 하는 소리는 말할 것도 없다.
물론 다소 실망스럽긴 해도, 내가 이미 죽었으며 모든 것이 대략
과거와 마찬가지로 계속된다는 가능성도 나는 물론 배제하지
않는다. 어쩌면 나는 숲속에서, 그보다도 전에, 소멸됐을지도
모른다. 이 경우, 더 이상 오래 걸리지는 않을 거라는 느낌만
갖고, 이젠 제대로 기억나지도 않는 어떤 목적을 위해 내가 얼마
전부터 기울였던 모든 노력, 그 모든 노력은 완전히 쓸데없는
것이었다. 하지만 상식적으로 보아 내가 아직 완전히 숨을 거둔
건 아니었다. 그리고 이런 관점에 기대어, 다양한 것들, 예를
들어 내 소유물들의 작은 더미, 나의 영양 섭취와 배설 시스템,
맞은편의 커플, 하늘의 변화, 등등과 관련된 것들에 대한 고려가
요구된다. 사실 이 모든 것들은 어쩌면 나의 벌레들에 불과한데도
말이다. 이 골방에 군림하고 있는 빛을 예로 들어 보자. 그것은,

과장 없이, 정말 과장 없이 말해서, 이상하다. 인정하건대, 내겐 어떤 종류의 밤과 낮이 있고, 거의 항상 완전히 어둡기까지 하지만, 내가 여기 있기 전에 익숙해졌다고 생각했던 것과 늘 같은 방식으로 진행되지는 않는다. 예를 드는 것만큼이나 좋은 건 없으니까 예를 들자면, 한번은 완전히 어두운 방에서, 어둠 속에서 하기 어려운 몇 가지 일들을 하려고 약간 조바심을 내며 새벽이 되길 기다린 적이 있었다. 그리고 실제로 조금씩 밝아져서 나는 내게 필요한 물건들을 지팡이에 걸 수가 있었다. 그런데 이 빛은, 알고 보니 아침이 아니라 저녁 빛이었던 것이다. 그리고 태양은, 내가 기대했던 대로 하늘에서 점점 솟아오르는 대신에 지고 있는 중이었으며, 다 끝난 줄 알고 나 나름대로 축하를 했던 밤이, 가차 없이 다시 찾아왔다. 이제 말하자면 반대로 된 것인데, 그러니까 새벽의 황혼 속에서 낮이 끝난 셈이었고, 고백하건대 내가 그걸 안 적은 단 한 번도 없었으며, 그게, 그러니까 그랬던 적이 있었다고 분명하게 말할 수 없다는 게, 나를 괴롭게 한다. 그래도 나는, 내 미력을 다해서, 그러니까 아침부터, 밤이 오기를 자주 바랐고, 그만큼 저녁부터는 아침이 되기를 바랐다. 하지만 이 주제를 떠나 다른 주제로 들어가기 전에, 내 방이 밝았던 적은, 정말로 밝았던 적은 한 번도 없었다고 솔직하게 말하겠다. 그것, 그 빛이 저기 밖에, 대기를 반짝이며 있고, 맞은편의 화강암으로 이루어진 벽의 모든 돌비늘들이 빛나고, 그 빛은 내 유리창에 와서 부딪치지만 유리창을 통과하지는 못해서, 모든 것이, 어둠 속, 아니 희미한 빛 속이라고조차 말할 수 없는, 그림자를 만들지 않아서 그것이 어디서 오는지 내가 알기 어려운, 마치 사방에서 동시에 그리고 동등한 힘으로 오는 것 같은, 일종의 탁한 납빛에 잠긴다. 그래서 나는 지금 예를 들어 침대 밑이 예를 들어 천장만큼이나 밝다고 확신하는데, 이건 과장이 아니지만 당신들을, 당신들을 위해 말하는 것이다. 사실, 이런 종류의 회색빛 백열광도 일종의 색깔로 볼 수 있음을 배제한다면, 이곳에 정말 색깔이라는 게 없다는 것 말고 달리 무슨 할 말이 있겠는가. 그래, 아마도 회색에 대해 말할 수 있겠고, 나도 그러길 원하지만, 그렇게 되면 이곳의 게임 또는 갈등은 이 회색과, 그것이 시간에 따라서, 라고 말하려

했지만 그게 항상 시간의 문제는 아닌 것 같으니까, 그것이 어느 정도 덮고 있는 검은색 사이에서 만들어지게 되겠지. 나 자신이 회색이고, 예를 들어 내 침대 시트와 마찬가지로, 내가 회색을 발산하고 있다는 느낌마저 가끔 든다. 심지어 나의 밤도 하늘의 밤이 아니다. 물론 검은색은 어디서나 검은색이다. 하지만 그렇다면, 나의 작은 공간이 가끔 멀리서 빛나는 게 보일 때가 있는 별들의 덕을 보지 못하고, 카인이 자기 짐을 지고 고통받고 있는 저 달이 절대 내 얼굴을 비춰 주지 않는다는 건 어떻게 된 일인가? 간단히 말해서, 태양이 몇 시에 떠오르고 또 어떤 시간에 지평선 아래로 지는지 알고 그걸 계산하는, 또 구름들은 항상 예측할 수 있지만 결국 언젠가는 사라져 버린다는 걸 아는 사람들의 빛이 바깥에 있고, 나의 빛이 있다. 하지만 나의 빛에도 황혼과 새벽 같은 주기가 있고, 그걸 부정하고 싶진 않지만, 내가 그런 말을 하는 건 나도 분명 한때 살았었기 때문이고, 그건 용서할 수 없는 일이다. 천장과 벽들을 자세히 바라보면, 예를 들어 맞은편 사람들이 하듯이 인공적으로 빛을 만들어 낼 가능성이 내 방엔 없다는 걸 알게 된다. 그러기 위해서는 누군가 내게 램프, 횃불 뭐 이런 것들을 줘야 할 텐데, 이곳의 공기가 다른 집들의 공기처럼 연소되기에 적합한지 모르겠다. 메모, 네 물건, 네 소유물 중에서 성냥을 찾을 것, 그리고 그것에 불이 붙는지 알아볼 것. 소리들, 외치는 소리, 발소리, 문소리, 중얼거리는 소리들 또한 며칠, 다른 사람들의 며칠 동안 완전히 멈췄다. 그러면 침묵, 이미 잘 알고 있는 나는 그냥 이렇게, 뭐랄까, 아마도 전혀 부정적이지는 않은 침묵이라고 말하려 한다. 그리고 내 작은 공간은 다시 부드럽게 윙윙거리기 시작한다. 당신들은 그게 내 머릿속에서 들리는 거라고 말할지도 모르겠는데, 사실 내가 어떤 머릿속에 있는 것 같은, 그리고 이 여덟, 아니 여섯 개의 벽들이 거대한 뼈로 된 것 같은 생각이 자주 들지만, 그렇다고 그게 내 머리라고 말하는 건 아니다, 절대 아니다. 나는 분명, 어떤 종류의 공기가 이곳에 돌고 있다, 라고 말했고, 모든 게 침묵할 때면 나는 그 공기가 벽에 가서 부딪치는, 그리고 당연히 벽들이 그걸 내치는 소리를 듣는다. 그러면 그것은 중앙의 어딘가에서 다른 물결들, 다른 공격들과 연결되었다가 또 흩어지고, 아마도 공중에서 들리는 희미한 모래톱 소리, 즉 내 침묵은 거기서 생겨날 것이다. 아니면 대기권에서와 같은 폭풍우가 일어나서 아이들과 죽어 가는 자들과 연인들의 비명을 덮어 버리고, 그러면 나는 순진하게도 그것들이 그쳤다고 말하지만, 사실 그것들은 절대 그치지 않는다. 확실하게 말하기가 어렵다. 두개골 속이 진공상태인 걸까? 어디 보자. 내가 눈을 감으면, 다른 사람들은 그렇게 하지 못하지만, 내 경우 내 무력함에도 한계는 있어서 그건 할 수 있으니까, 정말로 눈을 감으면, 가끔 내 침대가 지푸라기처럼 공중에 떠올라 소용돌이치며 표류할 때가 있고, 내가 그 안에 있다. 다행히도 눈꺼풀의 문제는 아니고, 이를테면 영혼의 눈을 가려야 하는 것인데, 이 영혼이라는 게, 부정해도 소용없이, 꿰뚫어 보고, 감시하고, 불안해하고, 항구도 배도 물질도 분별력도 없는 밤에 마치 초롱 안인 듯 자기 방 안을 맴돌고 있다. 아 그래, 내겐 작은 소일거리들이 있고 그것들은 아마도

이런 불행이 있나, 연필이 내 손에서 떨어졌던 모양인데, 간간이 애를 쓰다가 48시간이 지나서야 (위쪽 어딘가를 볼 것) 그걸 되찾았네. 내 지팡이에 결함이 있다면, 야행성 맥(貘)들처럼 물건을 잡을 수 있는 코가 없다는 것이다. 사실 내 연필을 더 자주 잃어버렸던 게 분명한데, 그런다고 나쁘지 않았을 것이고, 아마 더 잘 지내기까지 했겠고, 더 즐거워했을 테고, 그게 더 즐거웠겠지. 난 최근에 잊지 못할 이틀을 보냈는데, 시간적 간격이 너무 크기 때문인지 아니면 충분치 않아서인지 나도 이젠 모르겠지만, 그에 대해 우린 절대 알 수 없겠고, 다만 알 수 있는 건 그 이틀이 나로 하여금 모든 걸 해결하고 모든 걸 끝내게 해 줬다는 것인데, 그러니까 말론(사실 이제 나는 이런 이름으로 불린다.)과 다른 사람, 나머지는 내 알 바 아니니까, 이 둘과 관련된 모든 것 말이다. 그것들은, 말로 표현하기엔 부족하지만, 고운 모래 또는 아마도 먼지나 재에서 떨어져 나온 두 개의 잔해 같았고, 물론 똑같이 중요한 건 아니지만, 일종의 조화를

이뤄 가며, 자기들 뒤로 각자 자신의 장소와 공간에 부재라고
하는 소중한 것을 남기고 있었다. 그러는 동안 나는, 가끔씩
미친 듯이, 내 연필을 되찾으려고 애쓰고 있었다. 작은 비너스
제품인데, 아마 아직 녹색일 것이고, 5각형 아니면 6각형이며,
양쪽 끝이 뾰족하고 너무 짧아서, 중간에 내 엄지손가락과
그다음 두 손가락들이 끼어들어 갈 자리만 겨우 있다. 나는 양쪽
끝을 돌아가면서 사용하고 자주 빠는데, 난 빠는 걸 좋아한다.
끄트머리가 무디어지면, 나는 길고, 노랗고, 날카롭고, 아마도
칼슘이나 인산염이 부족해 쉽게 부러지는 손톱으로 그것들을
벗겨 낸다. 이런 식으로 내 연필은 어쩔 수 없이 조금씩 작아지고,
언젠가는 내가 더 이상 붙잡을 수도 없는 미세한 조각만 남게 될
날이 올 것이다. 그러면 나는 누르는 힘을 최소화하겠지만, 심이
단단해서 내가 누르지 않는다면 흔적을 남기지 않을 거다. 하지만
난 혼자 이렇게 말한다, 흔적을 남기려면 꾹 눌러야 하는 단단한
심과, 종이를 건드리지도 않고 검게 만드는 부드럽고 두툼한 심은,
지속성의 관점에서 어떤 차이가 있을 수 있을까? 아 그래, 내겐
작은 소일거리들이 있지. 무엇보다 흥미로운 사실은, 아마도 침대
속 어딘가에, 거의 새것이나 다름없는 긴 원기둥, 프랑스제 다른
연필이 있다는 것이다. 그러니 이 문제에 관한 한, 걱정거리는
없는 셈이다. 그래도 나는 걱정이 된다. 지금 열심히 연필을
찾다가, 흥미로운 걸 발견했다. 바닥이 하얗게 된 거다. 지팡이로
바닥을 몇 번 쳐 봤더니 메마르고 속이 빈, 엉뚱한 소리가
들려왔다. 나는 경계하며, 내 위와 주변의 커다란 표면들을 죄다
살펴보았다. 그러는 동안 모래는 계속 흘러내렸고 나는 연필에
대해 이렇게 중얼거렸다, 절대 찾지 못할 거야. 그리고 이 모든
커다란 표면들, 아니 밑바닥이라고 해야 하나, 수평으로 된 것도,
이곳에선 완전히 똑바르게 보이진 않지만 수직으로 된 모든 것도,
언제였는지는 이제 모르겠지만 마지막으로 조사했을 때 이후로,
눈에 띄게 창백해졌다는 걸 확인했으며, 물론 시체들, 그리고
아직 살아 있지만 점점 색이 바래고 피가 빠져나가는 몇몇 신체
기관들을 제외하면, 사물들이 대체로 시간이 갈수록 어두워지고
흐릿해지는 경향이 있다고 생각했던 만큼 더욱 충격적이었다.

이제 무슨 일이 일어나고 있는지 내가 알고 있는 지금, 내 방이 더 밝아졌다는 의미일까? 글쎄, 그건 아니라고 말해야 할 것 같은데, 이전과 똑같은 회색이 이따금씩 말 그대로 반짝거리고, 그런 다음 흔들리고 약해지고, 아니 오히려, 내겐 어느 정도 배꼽이라고 할 수 있는 창문, 그것마저 빛을 잃게 되면 내가 어떻게 해야 할지 어느 정도는 알게 될 거라고 나 자신에게 말하는 그 창문만 제외하고는, 내 눈앞에서 모든 걸 가려 버릴 정도로 짙어지기 때문이다. 아니, 내가 하고 싶은 말은, 눈을 크게 뜨면 이 불안한 어둠의 끝에서 마치 해골처럼 반짝거리는 게 보인다는 건데, 내가 아는 한 지금까지 그랬던 적은 없었고, 아직도 여기저기 벽에 붙어 있는 도배지 또는 벽지까지 분명하게 기억하는데, 거기엔 장미, 제비꽃, 또 다른 꽃들이 어찌나 풍성하고 흐드러지게 피어 있었는지, 내 생전에 그렇게 많고 그렇게 아름다운 꽃들은 한 번도 본 적이 없는 것같이 느껴질 정도였다. 하지만 그 가운데 살아남은 건 이제 하나도 없는 것 같고, 천장에는 꽃은 없었지만 다른 것, 아마도 연인들이 있었는데, 그 또한 사라졌다. 그리고 내가 연필을 추적하던 어느 순간, 몇 가지 단서로 보아 거의 어렸을 때의 것으로 판단되는 내 노트도 바닥에 떨어졌지만, 나는 지팡이 고리를 노트 표지의 찢어진 곳들 중 하나에 밀어 넣고 천천히 들어 올려서 잽싸게 다시 잡았다. 예상치 못했던 사건이며 사고투성이였던 그 시간 동안 내내, 너무나 기쁘게도, 결국 말론도 다른 존재도 아무것도 남지 않을 때까지 모든 게 마치 수문을 통해 씻겨 내려가듯 미끄러지고 비워진다는 생각을 머릿속으로 하고 있었던 것 같다. 게다가 나는 이런 해방의 여러 단계들을 너무나 잘 따라가고 있었으며 그 속도가 때론 느려지고 때론 빨라지는 걸 봐도 전혀 놀라지 않았고, 그래서 모든 게 이렇게밖에는 될 수 없는 이유들을 명백하게 알게 되었다. 그리고 이런 장면과는 상관없이, 평생을 더듬거리며 움직였던 내가, 움직이지 않는 것조차 더듬거리는 것의 하나였던, 그래, 무척이나 더듬거리며 멈춰 있었던 내가, 이제 해야 할 일이 무엇인지 알게 되었다는 사실 또한 기뻤다. 이 점에 대해서도, 그러니까 나의 터무니없는 시련을 마침내 제대로 보게 되었다고 믿으면서, 나는 당연하게도 다시 한번 착각에 빠진 셈이었는데, 그래도 현재의 나를 원망할 정도는 아니었다. 왜냐하면, 이건 너무나도 간단하고 아름답잖아! 라고 말하면서도 나는, 모든 건 다시 어두워질 거야, 라고 스스로 말했기 때문이다. 그리고 피곤해진 손이 놀기 시작하고, 채워지고 또 같은 자리에서 흔히 말하듯 꿈처럼 비워지기 시작할 때까지 하나하나씩 제거되어야 할 있는 그대로의 우리 모습을 다시 만나게 된다 해도 그리 괴로운 일은 아니다. 나는, 드디어! 라고 말하면서도, 그렇게 될 거라 예상했기 때문이다. 지치고 눈먼 손이 내 미세한 부분들 속을 부드럽게 파헤치며 그것들이 손가락 사이로 흘러나오게 할 때의 그 느낌이 내겐 항상 익숙하다는 얘긴 해야겠다. 모든 것이 고요할 때면, 그런 느낌이 내 안으로 잔잔히, 마치 잠들어 있는 것처럼 파고들어 팔꿈치까지 전해질 때도 있다. 하지만 그것은 곧 동요하고, 깨어나고, 나를 어루만지고, 오그라들게 하고, 뒤지고, 마치 날 치워 버리지 못하는 것에 대해 복수라도 하듯이, 가끔은 망가뜨리기도 한다. 그럴 만도 하다. 하지만 괴상하고 또 분명 근거도 없는 것들을 워낙 많이 느껴 봤으니, 그런 것들은 아마 언급하지 않는 게 낫겠지. 예를 들어 내가 녹아내려서 진흙의 상태로 넘어가던 시기에 대해 말해 봐야, 무슨 소용이 있을 것인가? 아니면 내가 바늘구멍으로 들어가기라도 했을 또 다른 시기에, 내가 정말 단단했고 움츠러들었었다고? 아니, 그런 시도들은 귀엽긴 하지만 아무것도 바꾸진 못할 거다. 그래서 난 내 작은 소일거리들에 대해 얘길 했던 거고, 삶과 죽음에 대한 지루하기 짝이 없는 이야기들에 매달리는 대신 그걸로 만족하는 게 낫겠다는 얘길 하려던 참이었던 것 같은데, 그게 문제인지는 모르겠지만, 내 기억으로는 다른 게 문제였던 적은 한 번도 없었으니, 맞는 것 같다. 하지만 그게 정확히 어디서부터 다시 시작되는 건지는, 지금으로서는 말할 수 없을 것 같다. 삶과 죽음이란, 모호하다. 시작했을 때는, 나도 뭔가 하찮은 생각이라도 있었을 텐데, 그렇지 않았다면 시작하지도 않았을 테고, 그냥 조용히 있었겠고, 예를 들어 뾰족한 연필과 긴 연필, 새들이 먹는 수수 알갱이와 다른 기장들을 갖고 놀면서, 누군가 내게 조치를 취해 주러 오길 기다리며, 계속 몹시 지루해하며 가만히 있었을 텐데. 그런데 그 하찮은 생각이 내게 떠올랐다. 아무래도 좋다, 방금 다른 생각이 또 떠올랐으니까. 알고 보면 생각들이라는 게 서로 너무나 닮아 있어서, 어쩌면 같은 것일지도 모른다. 태어나는 것, 이것이 지금의 내 생각인데, 그러니까 공짜 탄산가스가 뭔지 알게 될 만큼 살고, 그다음에 감사하는 것. 이게 항상 내 깊은 곳에 자리하고 있는 꿈이었다. 항상 내 깊은 곳에 자리하고 있던 꿈의 모든 것. 활시위는 너무나 많지만 절대 화살은 없는. 기억할 필요도 없다. 그래, 자, 난 이제 난 백발이 성성하고 불구인, 낡은 태아, 내 어머니는 끝장이 났다, 내가 그녀를 부패시켰다, 그녀는 죽었다, 그녀는 썩은 몸을 통해 나를 낳을 거고, 아빠도 아마 신이 났겠고, 나는 울면서 뼈 더미를 빠져나올 거고, 사실 난 울음소리도 내지 않을 테고, 그럴 필요가 없다. 곰팡이 더미에 매달려, 부풀리고, 부풀리며, 내 이야기들을 얼마나 많이 했던가. 그래, 난 전설이 됐어, 라고 스스로 말하며. 이런 식으로 흥분해 봐야 뭐가 달라질까? 아니, 이렇게 말하자, 난 태어나지도 않았고 따라서 죽지도 않겠고, 그게 더 낫다. 만일 내가 내 얘기를 한다면, 그런 다음 내 새끼인 다른 사람 얘길 하고 다른 것들을 먹어 치운 것처럼 그 녀석도 먹어 버린다면, 그건 언제나 사랑이 필요했기 때문인데, 빌어먹을, 이게 아니었는데, 사람 모양의 창조물이 필요했기 때문이고, 멈출 수가 없네. 그렇지만 내가 태어났고 오랫동안 살았고 잭슨을 만났고 도시와 숲과 사막을 돌아다녔던 것 같으며, 밤에 인간들의 노랗고 짧은 빛들이 반짝이는 섬들과 반도 앞에 있는 바닷가에서 한참을 울면서 있었던 것 같은데, 해초와 젖은 바위 냄새를 맡으며 바람결에 파도가 거품으로 나를 때리는 소리를 듣거나 모래사장 위로 한숨을 쉬며 가까스로 조약돌을 할퀴던 바위 뒤 모래에 숨어서 내가 행복해했던 은신처에는 밤새도록 희거나 강렬한 색깔의 엄청난 빛들이 가득했는데, 아니, 절대 행복해했던 건 아니고, 밤이 절대 끝나지 않기를, 또 자, 삶은 지나가는 거야, 그동안 누려야지, 라고 사람들이 말하게 만드는 낮이 오지 않기를 바랐던 것 같다. 게다가, 내가 태어났든 아니든, 내가 살았든 아니든, 내가 죽었든 아니면 그저 죽어 가는 중이든 그런 건 상관없고, 내가 뭘 하는지, 누구인지, 어디서 왔는지, 내가 존재하는지에 대해 모르는 채로 항상 해 왔던 것처럼 계속할 것이다. 그래, 내가 무슨 말을 하든, 난 내 품에 안을 수 있는, 나의 모습을 한 작은 피조물을 만들려고 애쓸 것이다. 그리고 그게 형편없어 보이거나 나와 너무 닮은 것 같으면, 먹어 치울 것이다. 그런 다음엔, 내가 어떤 기도를, 누구를 위한 기도를 해야 하는지도 모르는 채, 불행하게, 한참을 혼자 있게 되겠지.

그를 다시 찾는 데 한참이 걸렸지만, 이제 됐다. 내가 그를 어떻게 알아볼 수 있었을까? 모르겠다. 또 뭐가 그를 이렇게까지 변하게 만들 수 있었을까? 아마도 삶이겠지, 사랑하고, 먹고, 심판자들을 피하려는 노력들. 어쩌면 뭔가 알게 되지 않을까 하는 희망을 품고, 나는 그의 안으로 미끄러져 들어가 본다. 처음 보기에 그곳은 어떤 잔해도, 흔적도 없는 땅이다. 하지만 난 결국 거기서 어떤 자취들을 찾아내게 되겠지. 내가 그를 되찾은 곳은 도시 한복판, 어떤 벤치에서였다. 이제는 거의 노인이다. 내가 그를 어떻게 알아봤을까? 아마도 눈. 아니, 어떻게 알아봤는지 나는 모르고, 그 말을 번복하진 않겠다. 어쩌면 그가 아닐지도 모르고. 상관없다. 이제 그는 내 것이니까. 그는 아직 살아 있는 존재고 남성이라는 건 말할 필요도 없으며, 내 기억들이 내 것이라면, 마치 회복기와도 같은, 그리고 사람들이 해가 진 후 종종걸음을 치며, 또는 저 밑바닥, 지하철 통로에서 음미하는, 그런 저물어 가는 삶을 살고 있다. 주변에는 온통, 필요하지도 않은 시간에 맞출 필요도 없는 그곳에서 언제나, 표를 사고, 짐을 싣는 짜증 나는 무리들. 내게 또 뭐가 필요할까? 그래, 온기 그리고 먹기에 그리 나쁘지 않은 작은 것들을 찾다 보면 하루는 짧았고 쉴 틈이 없었다. 끝까지 이런 식일 거라 상상할지도 모르겠다. 하지만 갑자기 모든 게 다시 분노하고 으르렁거리기 시작하고, 우린 거대하고 축 늘어진 고사리들 속에서 길을 잃거나 폭풍우로 황폐해진 대초원 너머로 던져져, 혹시 자기도 모르는 사이에 죽은 건 아닌지 또는 어딘가에서 다시 태어난 건 아닌지 자문해 보게 된다. 그러다 보면, 하루가 끝날 무렵이면 빵집 주인들이 자주

너그러워지곤 했던, 그리고 요령만 알면 거의 공짜로 얻을 수
있었던, 내가 늘 좋아했던 사과들, 또 꼭 필요한 사람들에게
태양과 피난처가 주어졌던, 그 짧았던 몇 년간을 믿기가
어려워진다. 아니, 정말 내 얘기라고! 아무튼 이제 그가 저기, 강을
등지고, 옷은 중요하지 않다는 걸 나도 알고, 또 알지만, 우리가 곧
보게 될 옷을 입고, 편안하게 벤치에 앉아 있는데, 다른 사람들은
절대 없을 거라는 느낌이 온다. 낡은 상태로 보아 그가 저 옷들을
입은 지 이미 오래되었다고 해도, 아무 상관 없다, 그게 마지막
옷들이니까. 하지만 무엇보다 주목할 만한 건 그의 망토인데, 그를
완전히 감싸서 다른 사람들 눈에 띄지 않게 해 준다는 점에서
그렇다. 그 망토는 위에서 아래까지, 최대 3, 4인치를 두고 서로
떨어져 있는 적어도 열다섯 개의 단추들로 잘 채워져 있어서,
안쪽에서 무슨 일이 일어나는지 전혀 드러나지 않게 해 주고 있기
때문이다. 그것은 심지어, 우선 넓적다리뼈가 골반과 직각을
이루고 있는 몸의 아래쪽, 그다음엔 넓적다리뼈들이 다시 직각을
만들어 내는 무릎, 몸이 이렇게 이중의 절단면을 지니고 있음에도
불구하고, 땅에 얌전하게 나란히 놓인 두 발까지도 어느 정도 가려
주고 있는데, 그 자세에는 어떠한 흐트러짐도 없었고, 그가 어떤
끈으로 지탱되고 있다고 믿을 정도였지만 아무것도 없었으며,
그만큼 자세가 움직임 없이 경직되어 있었고, 새벽의 여신이
사랑했던 아들 멤논의 거상[12]처럼 면과 각이 선명했다. 다시
말하자면 그가 걸을 때, 또는 그냥 서 있기만 할 때도, 망토 끝이
말 그대로 바닥을 빗질하듯 했고 걸을 때면 그게 끌리는 소리가
들렸다는 것이다. 이 망토는 사실 몇몇 커튼처럼 끝에 술이 달려
있었으며, 소매 끄트머리 또한 들쭉날쭉한 긴 실들이 드러나
있어서 바람에 멋대로 흔들렸다. 그리고 당연히 손도 가려졌는데,
이 누더기의 소매들이 나머지 부분들과 마찬가지였기 때문이다.
하지만 벨벳이나 아마도 털로 되어 있어서 그런지, 칼라는 여전히
깔끔했다. 아무리 부정해 봐야 색깔도 중요한 법이니까 이제 그
문제로 넘어가 보면, 녹색이 지배적이라는 것만 얘기할 수 있겠다.
분명한 건 이 망토가 새것이었을 때는 아름다운 순 녹색이었다고
거리낌 없이 말할 수 있다는 건데, 예전엔 예쁜 녹색 병이 달린

표지판이 있는 삯마차와 사륜마차 들이 있었으니까 말하자면 그런 마차의 녹색이라는 얘기고, 나도 분명 그걸 본 적이 있었으며 내가 그걸 타고 여행을 했다고 해도 놀랍진 않을 거다. 하지만 그 옷을 내가 망토라고 부르는 건 어쩌면 잘못일지도 모르겠고, 그걸 보고 외투 또는 아예 롱 코트라고 해야 더 적절할 것 같기도 한데, 사실 그 옷의 효과가 바로 그것, 즉 옷이 감싸는 부분 위로 도도하고 무심하게 솟아오른 머리는 당연히 제외하고, 모든 것의 위에서 다 덮는 것이기 때문이다. 그래, 얼굴에는 열정이, 어쩌면 행동들도 드러나 있을지 모르지만, 지금으로선 더 이상 괴로워하는 것 같진 않다. 하지만 절대 알 수 없는 일이고. 단추 얘기를 하자면, 그것들은 진짜 단추라기보다는, 길이가 2, 3인치 정도 되고 중앙에 실이 통과하는 구멍이 하나 있는, 나무로 된 작은 원기둥에 가까운데, 누가 뭐래도 구멍은 하나로 충분하며, 이는 계속 사용할수록 단춧구멍들이 과도하게 커지기 때문이다. 그리고 원기둥이라고 말한 건 내가 좀 성급했던 것 같은데, 이 막대 또는 갈고리 중에 실제로 원통 모양이 있긴 하지만, 형태가 불분명한 것들도 있기 때문이다. 하지만 모든 것의 길이는 대략 2인치 반이고 그래서 두 단이 서로 벌어지지 않게 하고 있으며, 모든 것이 공통적으로 이런 모양이다. 이제 이 옷의 천과 관련해서는, 거의 펠트로 된 것처럼 보인다고 말할 수 있는 게 전부다. 그리고 몸이 다양하게 요동치고 뒤틀릴 때 생겨난 옷의 푹 꺼진 부분과 돌출된 부분은 이제 진정된 채로 한동안 여전히 남아 있다. 망토에 대해서는 여기까지. 생각이 떠오르면, 다음번에는 신발에 대한 이야기를 해 볼 거다. 가장자리가 좁고 둥글게 말려 도도하게 불룩한, 강철처럼 단단한 모자에는 후두부 쪽에 넓은 틈이 있는데, 아마도 두개골이 잘 들어가게 하기 위함인 듯하다. 왜냐하면 망토와 모자에는 똑같이 이런 틈이 있는데, 망토는 너무 크고 모자는 너무 작기 때문이다. 이렇게 틈이 벌어진 가장자리가 함정의 입구 모양을 하고 있더라도, 안전을 위해 끈 하나가 망토의 위쪽 첫 번째 단추에 모자를 붙들어 매고 있는데, 이유는, 중요하지 않다. 이 모자의 구조에 대해 더 이상 할 말이 아무것도 없긴 하지만, 그래도 가장 중요한 얘기가 아직 남아 있는데, 물론 그것의 색깔 얘기를 이제 해 보려 하고, 그에 대해 할 수 있는 얘기는, 해가 쨍쨍할 때 담황색과 담회색으로 약하게 반사된다는 것, 그리고 그렇지 않을 때는 절대 완전히 검게 되지는 않지만 검은색을 띤다는 게 전부다. 그리고 이 모자가 전에 어떤 운동선수나 경마광, 또는 양 사육자의 것이었다고 해도 전혀 놀랍지 않았을 것이다. 이제 망토와 모자를 따로 떼어 놓지 않고 서로의 관계 속에서 생각해 보면, 곧 기분 좋게 놀라며 이 둘이 얼마나 잘 어울리는지 알게 된다. 사실 이 둘을 같은 시기, 아마도 같은 날에, 하나는 양복점에서, 다른 하나는 모자 가게에서, 같은 멋쟁이한테 샀을 수도 있는데, 작고 고상한 머리만 빼고 나머지는 모두 6피트 이상 되는 키와 어울리는, 그런 잘생긴 남자들이 있으니 말이다. 조화롭게 끝나 가는 기간들과 맺고 있는 이 변함없는 관계들 중 하나 앞에서 자기 자신을 다시 한번 보는 건 기쁜 일이며, 그건 사람을 녹초가 되게 만들어 거의, 내가 영혼의 불멸에, 라고 말할 뻔했으나 무슨 연관이 있는지 알 수는 없지만, 굴복하게 한다. 우리가 지금까지 공적으로 백일하에 드러난 것들만 살펴봤으니까 이제 말 그대로의, 숨겨지고 은밀하기까지 한 옷차림으로 넘어가 보자면, 지금으로서는 이 문제에 대해 확신을 갖고 내세울 게 아무것도 없다. 왜냐하면 사포—아니, 난 더 이상 그를 이렇게 부를 수 없고, 지금까지 어떻게 이 이름을 참아 낼 수 있었는지 궁금하기까지 하다. 그러니까 왜냐하면, 보자, 왜냐하면 맥먼, 이것도 더 나을 건 없지만 낭비할 시간이 없으니까, 왜냐하면 맥먼은 이 긴 외투 안에 홀딱 벗었을지도, 그래서 겉으로는 아무것도 드러나지 않을지도 모르기에. 성가신 건, 그가 움직이지 않는다는 사실이다. 그는 아침부터 거기 있었는데 지금은 저녁이다. 한 시간 후면 밤이 될 거다. 항구에는 굴뚝이 검고 붉은 마지막 거룻배들이 빈 나무통들을 싣고 들어오고 있다. 물이 벌써 오렌지빛, 장밋빛, 녹색 석양의 광채를 부드럽게 흔들고, 물결에 흐려지게 하다가, 넓고 흔들리는 웅덩이에 다시 펼쳐 놓는다. 그는 강에서 몸을 돌리지만, 강은 밤이 불러 모은 갈매기들이 벨뷔 호텔 맞은편, 하수도 입구 주위에서 극심한 굶주림으로 내는 끔찍한 울부짖음 속에서 그에게 모습을 드러낼지도 모른다. 그래, 갈매기들 또한, 밤에 높은 바위들 위로 날아오르기 전에, 쓰레기 위에서 마지막으로 열광하고 있는 것이다. 하지만 그가 마주하고 있는 건, 하루 일과가 끝난 다음 이제 긴 저녁 시간을 앞두고 이 시간에 거리에 있는, 수많은 사람들이다. 사무실이며 가게의 문들, 그리고 또 다른 문들이 각자 자기 몫의 사람들을 토해 낸다. 이렇게 자유를 되찾은 무리들은 도로에, 배수로에, 잠시 멍한 채로 촘촘히 모여 있다가, 각자 자기에게 주어진 길을 따라 흩어진다. 처음엔 선택할 수 있는 길들의 수가 많지 않으니까, 어쩔 수 없이 같은 방향부터 시작해야 한다고 스스로 생각하는 사람들조차, 그들조차 대체로 서로 인사한 다음, 누군가는 아마도 늦었다고 말하며, 다른 누군가는 다른 방향에서, 사실 아무 데서나, 장을 봐야 한다는 핑계를 대고, 아니면 어차피 각자 자기 습관이 있고 다른 사람들도 그러하다는 걸 알기에 그런 건 사실 믿지도 않기 때문에, 아무 설명도 없이, 그러나 정중하게, 서로 헤어진다. 아주 드물기는 하지만, 자기와 비슷한 누구하고라도 자유롭게 길동무를 하고 싶은 사람에겐 유감이지만, 운 좋게도 바로 그날 저녁, 작업장이나 카운터에서 나오다가, 자기와 똑같은 욕구를 지닌 누군가를 우연히 만나는 경우도 있을 수 있다. 그러면 그들은 행복해하며 잠시 같이 걸은 다음, 아마도 각자 속으로, 이제 저 녀석은 뭐든지 다 해도 된다고 생각하겠지, 라던가, 사회생활의 자질구레한 일들에 대해 혼자 다시 던져 보는, 어쩌면 더 짧거나 불완전하기까지 한 문장으로 혼잣말하며, 헤어진다. 그러니까 그토록 많은 사람들에게 휴식과 오락의 길을 다시 열어 주는 이 시간에, 대부분의 관심사가 단순히 에로틱한 문제로 귀결되는 커플들의 수는, 거리와 교차로를 온통 누비고 다니면서 난간에 팔꿈치를 괴고 때로는 건물들의 벽에 등을 기대며 쾌락의 장소들에 접근하는 걸 막고 있는 독신자들에 비하면 아주 적다. 하지만 그들은 곧 자기들을 기다리는 장소에 도착하게 되는데, 어떤 사람들은 자기 집이나 다른 사람 집으로, 또 어떤 사람들은 말하자면 바깥, 공공장소나 적당한 곳, 비가 올 것 같으면 대체로 입구나 차양 아래로 가는 것이다. 그리고 그들 중 먼저 도착하는 사람은 대체로 기다리는 일이 거의 없는데, 그들이 마음에 담아 두고 있는 모든 말을 할 시간이, 그리고 혼자서는 할 수 없는, 함께해야 할 일들을 할 시간이 너무나 짧다는 걸 알기에, 모두가 정말이지 서로를 향해 서둘러 가기 때문이다. 그렇게 해서 이제 그들은 몇 시간 동안 안전하게 다시 함께 있다. 그런 다음엔 졸음과, 작은 연필이 달린 작은 수첩, 하품하면서 하는 작별 인사로 이어질 것이다. 그중에는 약속 장소에 더 빨리 가기 위해, 또는 좋은 시간을 보낸 다음, 그들의 좋은 침대가 기다리는 집이나 호텔로 돌아가기 위해 마차를 타는 사람들도 있다. 그러면 말이 거쳐 온 짧은 기간을, 즉 관상용이었거나, 경주마였거나, 짐을 실었거나, 돈이 좀 있는 집에서는 수레를 끌었던 과거와 도살장 사이의 과정을 보게 된다. 하지만 달리기 시작하면, 아마도 그것이 불러일으키는 기억들 때문에, 말은 달라지는데, 그런 상황에서 달리고 당기는 것만으로는 말을 기쁘게 해 줄 수 없을 것이기 때문이다. 하지만 드디어 손님을 태운다는 걸 알리며 수레의 막대가 들어 올려질 때, 아니면 반대로, 손님이 자기가 가려는 방향으로 또는 어쩌면 더 편안할 수 있는 뒤로 물러나는 방향으로 이동한 다음 말을 매고 있는 봇줄이 등줄기로 들어오기 시작할 때, 말은 그제서야 고개를 들고 뒷다리에 단단히 힘을 주며 거의 만족스러운 모습을 보인다. 마부의 모습 또한 보이는데, 그는 땅에서 10피트 정도 높이에 있는 자기 자리에서, 날씨와 계절에 상관없이, 대체로 원래는 밤색이었던, 그가 방금 말의 엉덩이에서 빼앗아 온 것과 똑같은 무릎 덮개를 걸치고 혼자 있다. 아마도 손님을 기다리느라 그런지 그는 대개 시퍼레진 얼굴로 화가 나 있고, 조금이라도 돈을 받고 움직이는 일이 그를 미치도록 흥분시키는 듯하다. 그는 엄청나게 크고 분노한 손으로 말굴레를 잡아당기거나, 반쯤 일어서서 몸을 앞으로 기울이며, 그걸로 말의 잔등 구석구석을 화내며 때린다. 그리고 온갖 욕을 뱉어 가며, 혼잡하고 어두운 거리 한복판으로 미친 듯이 마차를 몬다. 하지만 손님은, 자기가 가려는 장소를 말한 다음, 자기가 갇혀 있는 이 어두운 방에서만큼이나 돌아가는 상황 앞에서 아무것도 할 수 없다는 걸 알고, 모든 책임에서 벗어났다는 편안한 느낌을 지닌 채

어쩌면 그냥 방관하거나, 항상 이러는 건 아닐 거야, 라고
혼잣말하다가 곧, 그런데 손님들 종류가 수백 가지도 아니고, 항상
이랬던 거야, 중얼거리며, 자기가 어느 곳과 가까워지고 있는지,
어느 곳에서 멀어지고 있는지, 곰곰이 생각한다. 이렇게 말과
마부, 그리고 손님은, 가장 빠른 길로, 또는 여기저기 돌아가면서,
엉뚱한 곳에 자리 잡은 타인의 무리를 가로질러, 정해진 곳을 향해
서둘러 간다. 그리고 각자에게는 나름대로의 이유가 있는데, 그럴
만한 가치가 있는지, 또 다른 곳보다, 아무 데도 안 가는 것보다,
거길 꼭 가야 할 만큼 좋은 이유인지 가끔씩 자문해 보기도 하고,
말은, 대체로 한 번, 또 여러 번 가 보고 나서야 자기가 어디로
가는지 알긴 해도, 막막하기로는 사람들과 크게 다를 바 없다. 해
질 녘이라면 주목해야 할 현상이 또 하나 있는데, 계절에 따라
달라지긴 하지만 거의 석양과 같은 모습으로 잠시 불이 켜지는
창문과 유리창 들의 숫자다. 그렇지만 맥먼, 휴, 다시 그 녀석이네,
그에게는 어떤 봄날의 저녁이고, 춘분의 바람이 대부분 창고인
높고 붉은 건물들과 여기저기 맞닿아 있는 부두를 따라
휘몰아치고 있다. 어쩌면 가을 저녁일지도 모르고, 이곳엔
나무들이 없으니까 어디서 왔는지도 모르는, 공중에서 돌고 있는
나뭇잎들은 이제 올해 처음 났을 때의 녹색을 거의 잃어버리고,
여름의 길었던 좋은 날들을 지나 늙어서 이젠 땅에 떨어져 썩어
가는 것 외엔 쓸모가 없어졌는데, 이제 사람도 짐승도 더 이상
그늘을, 반대로 새들은 알을 낳고 품을 둥지를 필요로 하지
않으며, 나무들은, 이유는 모르겠지만 아직도 녹색으로 남아 있는
것들이 있긴 하더라도, 어떤 생명도 숨 쉬지 않는 곳에서조차,
검게 변해 가야 한다. 맥먼에게는, 딱히 그가 겨울보다 여름을 더
좋아하거나, 그럴 것 같진 않지만 그 반대의 경우가 아닌 한,
지금이 봄이든 가을이든 마찬가지일 거다. 하지만 그가 더 이상
절대 움직이지도 않고, 위치도 태도도 절대 바꾸지 않을 거라
믿는다면 잘못된 생각일 텐데, 왜냐하면 그에겐 앞으로 늙어 갈
시간이 얼마든지 있고, 그런 다음엔, 어떤 내용인지 제대로 알
수도 없고 이미 알려진 것에 크게 추가된 것도, 또 그의 혼란을
없애 줄 어떤 것도 없어 보이는, 다만 건초를 저장하기 전에

말리는 것처럼 필요한 이런 종류의 마무리가 남아 있기 때문이다. 따라서 그는, 좋든 싫든 일어날 것이고, 크게 불편해 보이지는 않는 이곳으로 돌아오지 않는 한, 다른 장소들을 거쳐 다른 곳으로, 또 거기서 다른 장소들을 거쳐 또 다른 곳으로 가게 될 것인데, 아무것도 확실하진 않지만, 긴 시간 동안 이렇게 계속 또 계속될 것이다. 왜냐하면 죽지 않기 위해서는, 그곳에 나처럼 생기를 불어넣어 줄 누군가가 있지 않은 한, 왔다 갔다 해야 하기 때문이다. 움직이지 않고 이틀, 사흘, 심지어 나흘까지도 버틸 수 있지만, 늙어 갈 날이 창창하고 그런 다음엔 천천히 증발해 버릴 텐데, 그깟 나흘이 무슨 대수일까? 물론 우리가 아직 그걸 잘 아는 건 아니고, 누구나 그렇듯이 약하기 그지없는 건 사실이지만, 인간들에게 있어서 문제는 그게 아니다. 왜냐하면 이런저런 걸 모른다든지, 전부를 알거나 아무것도 모른다든지, 이런 건 전혀 쓸모없기 때문이고, 맥먼은 아무것도 모르고 그저, 어떤 것들, 다른 것들 중에서도 그를 두렵게 만드는 것들에 대해 자기가 모른다는 것만 생각하고 싶을 뿐인데, 이는 인간적이지만, 그런 시간도 곧 지나갈 것이다. 그건 잘못된 계산이기도 한데, 다섯 번째 날에는 일어나야 하고, 또 실제로 일어나게 되는데, 그 전날, 더 좋기로는 전전날, 그러기로 마음먹었을 때보다 훨씬 더 힘이 들 텐데, 확실하진 않지만 정말 더 힘들 거라고 가정해 본다면, 왜 계산을 잘못해서 고통을 더하냐는 얘기다. 왜냐하면, 일어나는 문제에 있어서, 다섯 번째 날이 되면 우리는 네 번째나 세 번째 날 생각은 더 이상 하지 않고, 반쯤 정신이 나가서 당장 힘들 것만 생각하기 때문이다. 가끔 그러지 못하는, 그러니까 서 있지 못할 때가 있고, 그러면 앞으로 나아가기 위해서 수북이 쌓인 풀과 울퉁불퉁한 지면을 이용해 가장 가까운 채소밭까지, 또는 가시덤불까지 기어가야 하는데, 거기엔 시긴 해도 그럭저럭 괜찮은 먹을 것들이 가끔 있고, 채소밭보다 나은 다음과 같은, 즉 기어들어 가서 숨을 수도 있다는 장점이 있으며, 이는 예를 들어 감자들이 잘 여물었을 때는 곤란할 수도 있고, 거칠거나 겁에 질린, 하지만 성질이 나쁜 경우는 드문, 그곳의 짐승이며 새들 모두를 방해할 때가 많은데, 그건 소소한 기쁨이다. 이는 그에게

3주 또는 한 달을 살아남기에 충분한 먹을 것을 하루 사이에 구할 방법들이 있기 때문은 아니고, 말라비틀어지는 것까진 아니더라도, 늙어 가는 과정 전체에 비하면, 한 달은 새 발의 피가 아닌가. 하지만 그에겐 그런 방법들이 없고, 있더라도 그걸 사용하지 못할 것인데, 그만큼 그는 다음 날이 멀리 떨어져 있다고 느낀다. 그리고 어쩌면, 다음 날을 기다려 봤자 허사였기에, 그는 더 이상 그걸 믿지 않는다. 아마도 그는, 빛도 변하지 않고 잔해들도 다 비슷한, 무한한 순간의 깊은 곳에서 혼자 살아남아 방황하는 게 곧 삶인 그런 단계에 이른 것이다. 달걀 흰자위보다 조금 더 푸르스름한 두 눈이 자기 앞의 공간을 응시하고 있는데, 거긴 깊은 수렁 속의 영원한 평온으로 충만할 것이다. 하지만 두 눈은, 살들이 부드럽고 갑작스럽게 서로 조이면서, 대체로 화내는 법은 없이, 때로 감기고, 그 위로 갇혀 버린다. 그러면 빨갛고 주름 잡힌 늙은 눈꺼풀들이 보이는데, 각 눈물샘당 두 개, 이렇게 넷이나 되기에, 서로 만나기는 어려워 보인다. 그리고 아마도 그때, 그는 오래된 꿈속의 하늘과 유람선들, 땅, 그리고 모두 함께 움직이지 않는 한 아무것도 움직이지 않는 파도들의 경련, 또 예를 들자면 서로 얽매이지 않고 각자 마음대로 자유롭게 오가는 사람들의 너무나 다양한 움직임들을 보게 된다. 그리고 그들은, 각자 자기 있는 곳에서 커다란 갑각류들이 찰칵거리듯 요란한 소리로 떠들썩하게, 아무 거리낌 없이 왔다 갔다 한다. 그러다 그중 한 명이 죽으면, 다른 사람들은 마치 아무 일 없었다는 듯 계속한다.

내 느낌으로는

내 느낌으로는 그게 오고 있다. 어떻게 돼 가냐고, 고맙게도, 그게 오고 있다. 난 적기 전에 확실히 해 두고 싶었다. 철두철미하게 정확하고 엄격한 것, 이게 말론이다. 그러니까 그게 곧 온다는 걸 확실히 느끼고 싶었다는 얘긴데, 이미 온 것처럼 보였던 날들만 제외하고는, 난 그게 언젠가 온다는 걸 한 번도 의심한 적이 없었기 때문에. 왜냐하면 내가 아무리 이야기들을 해 봐야 다 소용없고, 반대되는 증거들이 넘쳐나는 날들조차, 내가 땅의 공기를 마시며 살아간다는 생각을 멈춰 본 적이 사실 단 한 번도 없었기 때문에. 곧, 그러니까 사람들이 내게 알려 줬던 날짜들의 이름과 시계 눈금판의 의미로 말하자면 지금부터 이삼일 내라는 얘기고, 나는 그 수가 너무 적다는 사실에 놀라서 더! 더! 이렇게 외치며 작은 주먹을 흔들곤 했는데, 사실 대략 이삼일이라니, 장난 아닌가. 하지만 건강을 위해서는 지는 게임을 해야 하니까, 아무렇지도 않은 척하며 마치 내가 성 요한 축일까지 살아남아야 하는 것처럼 계속할 뿐인데, 왜냐하면 내 생각엔 지금 사람들이 5월이라고 부르는 순간까지 왔으니까, 그런데 왜 그런지는 모르겠고, 그러니까 내가 왜 그 순간까지 와 있다고 믿는지 모르겠고, 5월(mai)은 마이아(Maia)에서 왔으니까, 빌어먹을, 이것도 기억하고 있다니, 성장과 풍요의 여신, 그래, 내가 성장과 풍요의 계절에 들어와 있는 것 같은데, 그냥 단순한 믿음이지만, 풍요는 수확과 더불어 나중에야 오는 거니까, 적어도 성장에 대해선 맞는 것 같다. 그러니 진정하자, 진정하자, 이것도 또 속임수, 난 만성절에도, 국화꽃에 둘러싸여, 여전히 여기 있겠고, 아니, 이건 과장, 성인들이 자기들 납골당 위에서 징징대는 소리를, 올해는 듣지 못할 거다. 그래도 이렇게까지 길게 연장될 수 있다고 느끼는 건, 좀 끌리는 일이다. 모든 게 가장 가까운 바다 쪽으로 당겨지고, 평소에도 이미 나머지 부위보다 내게서, 그러니까 머리로부터, 너무나 멀리 떨어져 있는 발이 특히 그러한데, 내가 몸을 숨겼던 곳이 바로 거기니까, 내 발은 내게서 몇 킬로미터 떨어져 있는 것만 같고, 두 발을 내게로 끌어와 치료하고 씻겨 주려면, 일단 발이 어디 있는지 찾아내는 시간부터 계산해서, 한 달로도 충분하지 않겠지. 신기하게도, 감각이 자비롭게 사라져 버린 탓에, 이제 두 발이 느껴지지가 않지만, 가장 성능 좋은 망원경으로도 보이지 않는 곳에 그것들이 있다고 느낀다. 이게 소위 말하는, 무덤에 한 발을 담그고 있다는 걸까? 모든 게 다 마찬가지일 텐데, 만일 그게 단지 한 부분만의 현상이라면, 평생 동안 아무 성과 하나 없이 부분적인 현상들만 이어지거나 연결되었던 탓에, 내가 그걸 알아차리지 못했을 것이기 때문이다. 하지만 내 손가락들 또한 다른 위도 아래서 글을 쓰고 있으며, 내 노트 사이로 숨 쉬는 공기가 내가 졸고 있을 때 나도 모르는 사이에 페이지를 넘겨서, 그 결과 주어가 동사와 멀리 떨어지고 목적어는 빈 공간 어딘가에 자리를 잡게 되는데, 이 공기는 이 전전(前前) 거처의 공기가 아니며, 그런대로 좋다. 그리고 내 손 위에 있는 건 아마도, 나뭇잎과 꽃과 잊힌 태양의 선명한 흔적들이 일렁이는 그림자일 거다. 이제 나의 성기, 그러니까 기관 그 자체, 특히, 내가 아직 총각이었을 때 정액이 쏟아져 나오던 끄트머리, 차례차례로, 하지만 지속되는 시간 동안 너무 연달아 나와서 마치 한 줄기처럼 내 얼굴 가득 뿌려지던 정액, 그리고, 내가 요독증으로 죽지 않는 한 아직도 가끔씩 찔끔거리며 오줌이 나오는 끄트머리, 난 더 이상 그걸 눈 뜨고 못 보겠다, 꼭 안 보겠다는 게 아니라, 난 그걸 충분히 봤고, 우린 서로를 충분히 마주 봤지만, 당신을 위해서 하는 얘기다. 하지만 아직 그게 다가 아니고, 각자 자기 축을 따라 사라져 가는 건 내 손발만 있는 게 아니며, 아직 멀었다. 왜냐하면, 예를 들어, 굳이 항문을 보겠다는 게 아니라면 모든 것의 마지막이라고 비난받을 수는 없는 내 엉덩이가, 그럴 리 없겠지만 만일 정해진 시간에 똥을 싸기 시작한다면, 무더기가 쏟아져 나오는 걸 오스트레일리아에서도 볼 수 있을 거라고 난 정말로 생각한다. 그리고 하느님이 보우하사 내가 만일 다시 한번 서 있게 된다면, 난 아마도, 오 물론 누워 있을 때보다는 아니지만 그보다 더 눈에 띄는, 우주의 제법 큰 부분을 채우게 될 거다. 내가 항상 주목해 왔듯이, 눈에 띄지 않는 최선의 방법은 납작 엎드려서 더 이상 움직이지 않는 것이기 때문이다. 자, 결국 거의 보석 상자 안에 묻힐 수 있을 때까지 점점 쪼그라들 거라고 항상 믿어 왔던 내가, 이제 이렇게 부풀어 오르고 있네. 어쩌면 중요한 건, 잭슨처럼 말하자면, 너무나 작아져서 엄청난 우연처럼 보이는 것이고, 중요하다는 건, 아직 굴복하지 않은 내 진짜 머릿속 어딘가에, 굴복한 내 머리의 잔해에 파묻혀 있는 이 보잘것없는 얼간이를 의미하는데, 중요하건 우연이건 그 안에서 뭘 하는지 모르고 이해할 수 없긴 해도 내 머리가 아주 작은 건

사실이고, 나방의 홑눈만큼이나 줄어든 건 아마도 우연이겠고,
다른 하나는 그림자 속에 엄청나게 흩뿌려졌는데, 내가 말해야
했던 건 어쩌면 이거였을 거다. 상관없다, 중요한 건, 다시
말하지만, 내 이야기들에도 불구하고 난 여전히 이 방 안에, 이걸
방이라고 부르자, 꼭 그러고 싶다, 버티고 있다는 사실이며, 난
평온하고, 필요할 때까지 버틸 것이다. 그리고 혹시라도 내가
숨을 거두게 된다면 그건 거리도, 병원도 아닌, 이곳, 내 물건들
가운데, 이 창문 옆일 것이며, 가끔 나는 창문이, 티에폴로가
그린 뷔르츠부르크의 천장화[13]처럼 그림이 아닌가 생각했었는데,
나도 참 대단한 관광객이었던 모양이지, 진짜 트레마[14]가 아니긴
해도 철자 위의 트레마까지 기억나다니. 다시 나의 임종에 대해
말하자면, 확신할 수 있기만 하면 좋을 텐데. 그래도 내가 수없이
봤던 건, 이 늙은 머리가, 내 뼈대가 굵어 무게가 많이 나갔던지,
무릎 높이로 문을 통해 나가는 것이었고, 그런 다음엔, 내 생각에,
문이 점점 더 낮아졌던 것 같다. 그리고 머리는 매번, 나는 크고
층계참은 작으니까, 기둥에 부딪치고, 내 발을 끌고 가는 자는,
내 몸 전체가 빠져나올 때까지, 그러니까 층계참을 벗어날
때까지 계단에서 기다릴 수는 없지만, 벽을, 그러니까 층계참의
벽을 들이받지 않기 위해 앞쪽으로 몸을 돌리기 시작해야 한다.
그러다 보면 내 머리가 기둥에 부딪치는 건 불가피한 일이다.
그래도 내 머리는 아무렇지도 않지만, 그걸 옮기는 자는, 나를
모르고 알았던 적도 없으니까 아마도 존중하는 의미에서, 아니면
손가락이 다칠까 봐 겁이 나서, 어이 밥, 살살 해! 라고 외친다.
쾅! 살살! 앞으로! 문! 이제 드디어 방은 비워지고, 혹시 모르니까
소독한 다음에, 대가족 또는 비둘기 같은 한 쌍의 커플을 맞을
준비를 갖추게 된다. 그래, 이미 일어난 일이고, 이제 사용할 수
있는 시간을 기다리기만 하면 돼, 난 이렇게 되건다. 이렇게 잔뜩
수다를 떨고 있지만, 그 안에 어떤 진실이 있는 걸까? 모르겠다.
다만 난, 진실이 아닌 것, 그러니까 내게 이미 일어나지 않은 것에
대해서는 아무 말도 할 수 없다고 믿으며, 그게 같은 건 아니지만
상관없다. 그래, 나에게서 좋아하는 것, 그러니까 내가 좋아하는
것들 중 하나는, 아무 말도 안 하거나 다른 말을 하는 게 더 낫지

않을까 고민하지도 않고, 예를 들어 공화국이여 일어나라![15] 또는
자기야! 이렇게 말할 수 있는 능력인데, 그래, 난 전에도 후에도
고민하지 않았고, 그저 입만 열고 내 오래된 이야기에 대해, 모든
게 조용히 진행될 수 있도록 다시 날 잠잠하게 해 주는 긴 침묵에
대해 증언하기만 할 뿐이었다. 혹시라도 내가 입을 다문다면
그건, 비록 모든 게 말해진 건 아니더라도, 말해진 게 아무것도
없더라도, 더 이상 할 말이 없기 때문이다. 하지만 그런 병적인
질문들은 내버려 두고, 내가 제대로 기억한다면 앞으로 이삼일
후에 있을 내 죽음 문제로 돌아가 보자. 그때가 되면, 저세상에서
계속되지 않는 한, 머피, 메르시에, 몰로이, 모랑, 그리고 말론
등등은 이제 끝장이 날 거다. 하지만 정오에서 밤 열한 시 사이는
아니고, 일단 죽은 다음 다시 생각해 보자. 난 얼마나 많은
사람들의 머리를 때리거나 거기에 불을 질러서 죽였던가. 문득
생각해 보니 네 명 이상은 떠오르지 않고, 다 모르는 자들이고, 난
그 누구도 알았던 적이 없다. 예전에 그랬듯이, 그게 무엇이든지
간에, 내가 생각해 낼 수 없었던 것들 중 하나라도 보고 싶다.
늙은이도 하나 있었는데, 아마 런던이었던 것 같고, 다시 런던
얘기가 나오는데, 난 그의 면도칼로 그의 목을 그어 버렸다.
그러면 다섯 명이다. 그자에게 이름도 있었던 것 같고. 그래,
이제 내게 필요한 건 예측하지 못했던 일, 가능하면 색깔이 있는
게 내게 더 좋을 것 같다. 왜냐하면 나는 아마도, 내가 잘 아는
긴 복도들에서, 내가 걸어 놓은 작은 해와 달 들과 함께, 그리고
사람들과 그들의 계절들을 표현하기 위해 주머니에 조약돌을
가득 넣고, 단 한 번의 여행만을 남겨 두고 있을 것이기 때문인데,
그저 단 한 번, 그것이 내가 원하는 바다. 그런 다음엔 이곳으로,
모호하긴 하지만 나에게로 돌아와서, 더 이상 나를 떠나지 않고,
내가 뭘 갖고 있지 않은지 더 이상 궁금해하지도 않겠지. 아마도
우리 모두가, 이 더럽고 좁고 희끄무레한 방, 상아 속처럼, 그것도
마치 오래된 충치처럼 속이 빈 방으로 돌아와서 모이겠고, 더
이상 서로를 떠나지도 감시하지도 않을 거다. 아니면 내가 떠났을
때와 마찬가지로 나 혼자 돌아올 수도 있는데, 그럴 것 같지는
않고, 나는 그들이 복도에서 돌무더기 속에 비틀거리며, 자기들도

데려가 달라고 내 뒤에서 애원하며 외치는 소리를 듣는다. 이미 결정된 일이다. 내가 제대로 계산했다면 시간이 딱 되고, 잘못 계산했다면 차라리 다행이며 더 바랄 게 없는데, 사실 나는 아무것도 계산하지 않았고 아무것도 바라지 않는다. 마지막으로 한 바퀴 돌고 돌아와서 여기서 해야 할 모든 일들을 할 시간이 딱 된다는 건데, 예를 들어 뭘 해야 하는지는 이제 모르지만, 아 그래, 내 물건들을 정리하는 거, 아직 여기서 할 일이 있기 때문이고, 적당한 때가 되면 다시 생각이 나겠지. 다만 떠나기 전에 나는 벽 속에 있는 구멍을 하나 찾고 싶은데, 그 뒤에서는 너무나 특별한 일들이 끊이지 않고, 대체로 온갖 색으로 일어난다. 마지막으로 한 번 보고 나면—키테라[16]라도 가는 것처럼, 이라고 말할 뻔했네, 정말이지 그만둘 때가 됐군—만족스럽게 떠날 수 있을 것 같다. 어쨌든 이 창문은, 어느 정도까지는 내가 바라는 모습을 하고 있으니까, 그래, 공연히 말려들지 말라고. 내가 주목하는 건 우선, 그것이 거의 둥근 창이나 현창에 가까울 정도로 유난히 둥글다는 점이다. 상관없다, 다른 쪽에도 뭔가가 있으니까. 나는 우선 밤을 보는데, 그러면 놀라게 되고, 왜인지는 모르겠지만 아마 내가 다시 한번 놀라고 싶기 때문인 것 같다. 왜냐하면 내 방은 밤이 아니라는 걸 알기 때문이며, 내가 무슨 말을 했건 이곳은 한 번도 밤이었던 적이 없고, 지금보다는 대체로 덜 밝을 때가 많은데, 반면 저 밖은 한밤중이고, 별이 별로 없긴 하지만, 이 검은 하늘이, 단지 칠해진 거라면 그럴 수 없을 텐데 진짜 별들처럼 유리 위에서 흔들리고 있으니까, 인간들의 것임을 알려 주기엔 충분할 정도로 빛나고 있다. 그리고 마치 이것만으로는 그게 정말 바깥인지 내게 확신을 주기에 부족하다는 듯이, 이제 맞은편 집에 불이 켜지거나, 불이 켜졌다는 걸 내가 알아차리게 되는데, 왜냐하면 나는 단번에 모든 걸 파악하는 그런 사람이 아니라, 오래 쳐다보면서 사물들에게 그들과 나 사이에 놓인 긴 길을 거칠 시간을 주니까. 나를 조롱하기 위해 일부러 그런 게 아니라면, 그건 사실 행복한 우연이고 좋은 징조인데, 제대로 닫히지 않은 이 세상에 아직 남아 있는 이 장소에서 내가 떠나는 걸 도와주는 데 있어서, 소란과 난폭함으로 가득 차 있음에도 아무

일도 일어나지 않는 이 밤하늘보다 더 나은 걸 전혀 찾지 못할
수도 있었기 때문이다. 그게 아니라면 밤이 새도록, 혹시라도 있을
다른 세상들이 천천히 추락하고 떠오르는 걸 계속 지켜보거나
별똥별들을 기다려야 하는데, 내겐 지샐 밤이 없다. 그리고 그들이
새벽이 되기도 전에 일어났는지, 아니면 아직 잠들지 않았거나,
어쩌면 끝나자마자 다시 누워서 자려는 생각으로 한밤중에
일어났는지 알아보는 데는 관심이 없으며, 그들이 어두운 커튼,
그래서 말하자면 흐릿한 그림자를 만드는 어두운 빛이라고 할
수 있는, 그런 커튼 뒤로 서로 붙어서 서 있는 모습을 보는 걸로
내겐 충분한데, 그들은 서로 너무나 촘촘히 붙어 있어서 마치
하나의 몸, 따라서 하나의 그림자처럼 보이기 때문이다. 하지만
그들이 비틀거리면 난 그들이 둘이라는 걸 분명히 알 수 있어서,
그들이 기를 쓰고 붙어 있어 봐야 아무 소용도 없고, 혼자서도
충분히 할 수 있기에 왔다 갔다 하고 삶을 유지하기 위해 서로를
필요로 하지 않는, 각자 자신의 경계에 갇힌 또렷하고 분리된 두
몸이라는 게 잘 보인다. 저렇게 서로 문지르는 걸 보면 그들은
추운 건지도 모르겠는데, 왜냐하면 마찰은 열을 유지해 주고 열이
사라진 다음에도 다시 돌아오게 해 주기 때문이다. 이 모든 게
귀엽고 흥미로운데, 비틀거리고 흔들리는 여럿으로 이루어진 이
크고 복잡한 것은, 어쩌면 셋일지도 모르지만, 색깔은 보잘것없다.
하지만 밤은 분명 더운 것 같은데, 이제 커튼이 올라가고 모든
매력적인 색깔들, 연한 분홍색과 살 같은 흰색, 그리고 어떤 옷과,
내가 알아볼 시간이 없었던 금에서 나오는 더 선명한 장밋빛이
눈부시게 쏟아져 나오기 때문이다. 그러니까, 그렇게 얇은 옷을
입고 바람을 맞으며 밖에 있는 그들은, 춥지 않다. 아 난 왜 이렇게
어리석을까, 이제 알겠다, 그들은 분명 사랑을 하고 있는 중이고,
아마 저런 식으로 하는 모양이지. 좋아, 덕분에 기분이 좋아졌다.
이제 하늘이 여전히 그대로인지 볼 거고, 그런 다음 갈 거다.
그들은 이제 커튼에 꼭 붙어서, 더 이상 움직이지 않는다. 벌써
사랑을 끝내다니, 가능한 일인가? 그들은 개처럼 서서 사랑을
나눴다. 이제 곧 헤어질 수 있을 것이다. 아니면, 본격적으로
서로에게 달려들기 전에, 단지 잠깐 숨을 고르는 건지도 모른다.

앞으로, 뒤로, 얼마나 좋을까. 그들은 힘들어하는 것처럼 보인다. 자, 이제 그만, 안녕.

은신처에서 멀리 떨어져 있다가 비에 놀란 맥먼은 걸음을 멈추고, 이렇게 말하며 누웠다, 표면을 이렇게 땅에 붙이면 계속 마른 채로 있을 거야, 반면에 서 있으면, 비도 전기처럼 단지 시간당 얼마나 내리는지가 문제일 뿐, 난 온몸이 다 똑같이 젖겠지. 그래서 그는, 얼마든지 똑바로 눕거나 공평하게 어느 한쪽 옆으로 누울 수도 있었기에, 잠시 망설인 다음 엎드릴 것이다. 하지만 그의 생각으로는 목덜미에서 엉덩이까지 이르는 등이 가슴과 배보다 덜 약한 것 같았는데, 이는 그가 만일 토마토 상자였더라도 마찬가지였겠지만, 그의 모든 부위가 죽을 때까지 서로, 또 그 외에 그가 전혀 이해하지 못하는 것들에 밀접하게 그리고 단단하게 연결되어 있다는 것, 그리고 예를 들어 꼬리뼈 위로 이유 없이 떨어지는 물 한 방울이, 몇 년 동안 볼 근육에 경련을 일으키게 할 수도 있다는 걸 모르기 때문인데, 가령 늪지를 건넌 다음에 다리에 일종의 편안함 말고는 어떤 느낌도 없었다가, 어쩌면 그저 습지 물의 움직임으로 인해 기침과 재채기를 하기 시작할 때 볼 수 있는 그런 경우다. 무겁고, 차갑고, 수직으로 떨어지는 비였고, 이를 통해 맥먼은, 마치 격렬함과 지속 시간 사이에 무슨 관계가 있기라도 한 듯, 곧 그칠 거라고, 또 자기가 10분 15분 후면 전면이 재투성이인 채로 일어날 수 있을 거라고 추측했다. 그가 혼자, 이런 식으로 더 오래 계속하는 건 불가능해, 라고 말하면서도 평생 해 온 게 바로 이런 종류의 이야기였다. 오후의 어느 시간, 이 창백한 낮이 벌써 몇 시간째 계속되고 있어서 정확히는 알 수 없지만, 정말 십중팔구는 오후였다. 겨울처럼 춥지는 않았지만 미동도 없는 공기는 따뜻해질 기약도 그랬던 기억도 없는 듯했다. 틈을 통해 들어와 모자에 가득 찬 물 때문에 불편해진 맥먼은 그걸 벗어서 관자놀이에 얹었는데, 다시 말해서 고개를 돌려 뺨을 땅에 붙였다. 활짝 벌린 두 팔 끝에 달린 그의 양 주먹은, 그가 절벽에 매달렸을 때 낼 법한 그런 힘으로, 각각 풀 무더기를 꼭 잡고 있었다. 이 묘사를 계속해 보자. 비는 그의 등에 처음엔 북소리를 내며, 그러다 곧, 마치 빨래통에서 빨래가 콸콸거리고 빨아들이는 소리와 함께 춤을 출 때처럼 세탁되는 소리를 내며 퍼부었고, 그는 비가 자신에게 떨어질 때와 땅에 떨어질 때 그 소리가 얼마나 다른지 확실하게, 또 흥미롭게 알게 되었는데, 왜냐하면 그의 귀는, 비 오는 날씨엔 드물게도, 거의 뺨만큼이나 평평하게 땅에 붙어 있었기 때문이며, 그는 멀리서 땅이 물을 마시며 울부짖는 소리와 휘어져서 물이 흐르는 풀의 한숨 소리를 듣고 있었다. 벌을 받는다는 생각이 그에게 떠올랐는데, 사실 그런 망상은 으레 하는 거였고 아마도 몸의 자세와 고통받는 것처럼 경직된 손가락들 때문이었을 것이다. 그리고 자기 잘못이 뭔지 정확히 알지도 못하면서, 그는 산다는 게 그에 대한 충분한 벌이 아니라고, 또는, 산 자들에게 사는 것 외에 다른 게 있기라도 한 것처럼, 이 벌이 또 다른 벌들을 계속 불러낼 수 있으니까 그 자체로는 잘못이 아니라고 느꼈다. 그리고 그는 어쩌면, 기억도 없는데 점점 더 성가시게, 어머니 집에서 살겠다고 동의한 다음 그녀를 떠난 게 정말 벌을 받을 만한 잘못인지 자문했을지도 모른다. 하지만 그는 그것 역시 자신의 진짜 잘못이라고 볼 수 없었는데, 그건 오히려, 그가 제대로 해내지 못했던 것에 대한, 그리고 그의 잘못을 씻어 주기는커녕 그를 이전보다 더 그 안에 깊이 밀어 넣는, 또 다른 벌이었다. 그리고 사실, 아직 생각이란 걸 하는 사람들에게 원인과 결과가 혼동되는 일이 자주 있듯 그의 정신 속에서 잘못과 벌에 대한 생각들은 조금씩 뒤섞여 갔다. 그래서 그는 자주 괴로워하며 몸을 떨었고, 난 이 대가를 단단히 치르게 될 거야, 라고 혼자 말하곤 했다. 하지만 제대로 생각하고 느끼려면 어떻게 행동해야 하는지 모르는 채로, 그는 지금처럼, 그때처럼, 이유 없이 미소 짓기 시작했는데, 은신처에서 멀리 떨어져 있던 그가 갑자기 비를 맞았던 그 3월의, 또는 11월, 아니 10월의 그 오후가 이미 오래전 일이었기 때문이고, 그래서 미소를 짓고, 이 거세게 내리는 비와, 잠시 후엔 별들이 나타나 그의 길을 비춰 주고 그가 원할 경우 방향을 잡게 해 주리라는 약속에 대해 감사했던 것이다. 왜냐하면 그는 자기가 평원에 있다는 것, 그리고 산도, 바다도, 마을도 멀지

않다는 것, 또 약간의 빛과 제자리에 떠 있는 별들 몇 개만 있으면
충분히, 하나, 또는 두 번째, 세 번째에 보란 듯이 다가갈 수
있거나, 마음먹기에 따라서는 평원에서 버틸 수 있다는 것 말고는,
그가 어디에 있는지 제대로 알지 못했기 때문이다. 왜냐하면
자기가 처하게 된 곳에서 버티려면 빛 또한 필요하고, 그렇지
않으면, 어둠 속에서는 불가능하긴 하지만 제자리에서 맴돌거나,
다시 해가 뜰 때까지 그대로 멈춰서 더 이상 움직이지 말아야
하는데, 그러면 아예 추위가 없으면 모를까 얼어 죽게 된다.
하지만 맥먼이 자기가 했던 일, 즉 언젠가는 나무나 폐허와
마주치게 될 거라는 희망을 안고 최대한 직진해서 계속 자기 길을
가는 대신에 땅에 그냥 누워 버린 데 대해 자기 탓을 하기
시작하지 않았다면, 비가 계속 거세게 내리는 걸, 또 마침내 해가
지는 걸 바라보며 40분 또는 45분이 지나도록 낙관적으로
기다렸던 그는 거의 초인적인 존재임에 틀림없었을 것이다.
그리고 이렇게 거세고 오래 내리는 비에 대해 놀라는 대신, 그는
처음 빗방울이 떨어질 때 그것이 거세고 긴 비가 되리라는 걸,
그리고 가던 길을 멈추고 눕는 대신에, 자신이 고작 인간일 뿐이고
또 인간의 아들과 손자일 뿐이기에, 최대한 발걸음을 재촉해서
닥치는 대로 앞으로 계속 직진해야 한다는 걸 깨닫지 못했던
스스로에 대해 놀랐다. 하지만 그와, 처음엔 턱수염, 그다음엔
콧수염이 있는 이 엄격하고 진지한 사람들 사이에는 다음과 같은
차이가 있었는데, 그 자신의 정액은 결코 누구에게도 해를 끼친
적이 없었다는 것이다. 그는 결국 자기 선조들을 통해서만 자기
종족과 연관된 셈인데, 영원히 살 거라 믿었던 그들은 모두
죽었다. 하지만 아예 안 하느니 늦게라도 하는 게 더 낫다는,
그래서 진짜 사람들, 진짜 연결 고리들이 자기들의 잘못을 깨닫고
그걸 극복해서 빨리 다음으로 넘어갈 수 있다는 생각은 맥먼의
능력 밖의 일이었는데, 그에겐 자신의 도덕성 속에서 질질 끌며
뒹굴 시간이 충분하지 않은 것처럼 보일 때가 가끔 있었기
때문이다. 충분히 기다린 사람은 영원히 기다리게 될 것이다, 뭐
여기까지 가지 않더라도, 일정 기간이 지나고 나면 더 이상 아무
일도 일어날 수 없겠고, 아무도 오지 않겠고, 스스로 헛된 걸

알면서도 기다리는 것 외엔 아무것도 없을 것이다. 그의 경우가
아마도 이렇다. 그리고 (예를 들어) 우리가 죽는다면, 그땐 너무
늦은 거고, 너무 오래 기다린 것이며, 이제 멈출 수 있기에는
우리의 삶이 충분하지 않다. 그는 아마도 이런 상황이었을 것이다.
하지만 행동도, 머릿속에 일어나는 것도 그리 중요하지 않다는 걸
나도 알고, 알긴 하지만, 아닌 것 같기도 하다. 그래, 정말 아닌 것
같다. 왜냐하면, 자기가 했던 일들, 그리고 자신의 끔찍한 판단
오류에 대해 자책한 다음, 그는 일어나서 다시 움직이는 대신에,
전면을 온통 폭우에 맡긴 채 등을 돌렸기 때문이다. 그리고 그때,
자신의 유쾌한 고향 마을에서 맨머리로 걷기 시작한 이후
처음으로 그의 머리카락이 선명하게 드러났는데, 그의 모자는
그의 머리가 방금 있었던 자리에 남겨져 있었다. 왜냐하면, 거칠고
이를테면 무한한 장소에 엎드려 있다가 바로 누울 때, 일부러
피하려고 하지 않는 한 온몸과 머리가 옆으로 이동하게 되고,
머리는 원래 있었던 곳에서 대략 x인치 떨어진 곳에 와서 놓이게
되는데, 이때 x는, 머리가 어깨 한가운데에 있으므로, 어깨의 폭을
인치로 표시한 값이다. 하지만 만일 우리가 좁은 침대, 그러니까
사람 하나 들어갈 정도의 너절한 침대 같은 것에 있다면, 바로
누웠다가 엎드리거나, 또 그런 식으로 계속해 봐야 소용없이,
일부러 머리를 오른쪽으로, 왼쪽으로 기울이지 않는 한 머리는 늘
같은 자리에 있게 되는데, 조금 시원해질까 하는 기대를 갖고 이런
수고를 하는 사람들도 분명 있다. 그는 대기와 하늘에 남아 있는
전부인 이 거무스름하고 흘러내리는 덩어리를 보려고 애를 써
봤지만, 비가 그의 눈을 아프게 해서 감기게 했다. 그래서 그는
입을 벌리고 그렇게, 양손도 최대한 서로 멀리 떨어뜨린 채로 활짝
열고, 오랫동안 있었다. 왜냐하면, 흥미롭게도, 엎드렸을 때보다
바로 누웠을 때 바닥에 덜 달라붙는 경향이 있기 때문인데,
이것이야말로 더 깊이 살펴볼 만한 흥미로운 관찰 대상이다.
그리고 풀을 더 꽉 잡을 수 있도록 그가 한 시간 전에 소매를 걷어
올렸던 것처럼, 그는 비가 손의 푹 들어간 곳, 또는 경우에 따라
평평한 곳이라 불리는 자신의 손바닥을 두드리는 걸 느낄 수
있도록, 소매를 다시 걷어 올렸다. 그리고 와중에—아니

머리카락을 잊을 뻔했는데, 색깔로 보자면 시간이 어두워짐에
따라 거의 흰색이 되었고, 요컨대 뒤쪽과 양옆이 매우 길었다.
그리고 날이 건조하고 바람이 불면 머리카락은 거의 풀과 같은
식으로 풀밭에서 나부꼈을 것이다. 하지만 비가 그것을 땅에
붙들어 두고 일종의 진흙 반죽, 진흙 반죽이 아니라 일종의 진흙
반죽 속에서 마구 휘저었다. 불편을 느끼지 않고서는 그런 자세로
오랫동안 버틸 수 없는 법이기에, 그는 그런 고통의 와중에, 비가
절대 그치지 않기를, 그에 따라 자신의 괴로움과 고통도 절대
그치지 않기를 바라기 시작했는데, 사실 누워 있는 것 자체로는
딱히 불편할 일이 전혀 없었지만, 마치 괴로워하는 자와 괴롭히는
자 사이에 어떤 관계라도 있는 것처럼, 그를 괴롭게 하는 게
비라는 건 거의 확실했기 때문이다. 왜냐하면 비가 멈추지
않았는데 그의 고통이 멈출 수 있었던 것처럼, 그의 고통이 멈추지
않았는데 비가 그칠 수도 있었기 때문이다. 그리고 이 중요한
절반의 진실을, 그는 어쩌면 이미 어렴풋이 알고 있었을지도
모른다. 왜냐하면, 이 무겁고, 차갑고(얼어붙을 정도는 아니지만),
수직으로 내리는 비 아래서, 때론 엎드리고 때론 몸을 뒤집으며
자신에게 남은 (그리고 거기서 기분 좋게 더 줄어들 수도 있었던)
삶의 시간을 보낼 수 없음을 아쉬워하며, 비 때문에 괴로워한다고
믿는 게 혹시 잘못된 건 아닌지, 또 그의 고통은 사실 완전히 다른
이유들 때문이 아닌지, 막 궁금해하려던 참이었기 때문이다.
왜냐하면 그것만으로는 사람들이 괴로워하기에 충분하지 않으며,
자기들의 순수한 행복을 감히 방해하는 게 뭔지 그들이 아주
정확히 알 수 있으려면, 더위와 추위, 비와 그것의 반대인 좋은
날씨, 그리고 그와 더불어 예를 들어 사랑, 우정, 검은 피부와 성적
결함과 펩신 부족, 요컨대, 머리와, 안짱다리처럼 무슨 뜻인지
궁금한 그것의 뼈대를 포함해서, 일일이 열거하기에 너무나 많은
몸의 분노와 발광이 필요하기 때문이다. 왜냐하면 그것이야말로
사람들이 모른 채 견뎌 내기엔 어려운 것이기 때문이다. 그리고
자신들의 종양이 유문에 있는지 아니면 반대로 십이지장에
있는지 확실히 알기 전에는 절대 단념하지 않는 엄격주의자들도
있다. 하지만 그렇게 날아오를 수 있는 날개가 맥먼에겐 아직

없었으며, 그는 천성이 세속적인 사람이었고, 순수 이성에
있어서는, 특히 우리가 다행히도 그를 제한했던 그런 상황에는 잘
어울리지 않았다. 사실 그는 기질상 조류보다는 파충류에 더
가까운 편이었고, 서 있는 것보다는 앉아 있는 걸, 그리고 앉아
있는 것보다는 누워 있는 걸 더 편하게 느끼며 심한 훼손도
굴복하지 않고 받아들일 수 있었는데, 그래서 그는 사소한 핑계만
있어도 눕고 누웠으며 아등바등[17] 즉 삶의 약동이 꽁무니에 불을
놓을 때에야 간신히 다시 출발하기 위해 일어났다. 그리고 그는
존재의 대부분을, 4분의 3, 심지어 5분의 4까지는 아니더라도, 돌
같은 부동 상태로 보낸 게 틀림없었는데, 그래서 처음엔 표면만
움직이지 않았지만 주요 부위들까지는 아니더라도 최소한 감각과
분별력도 조금씩 그렇게 되었다. 그리고 그는 자신의 많은
조상들에게서, 자기 아빠와 엄마를 통해, 물론 다른 장점들 중
다행스런 우연을 통해, 아주 튼튼한 자율신경계를 천성적으로
물려받아서, 죽어 가는 사람들의 숫자에서 그를 당장 삭제하게 될
그런 종류의 큰 어려움 없이, 지금 막 도달하게 된, 그리고 물론
내가 하는 말이지만 앞으로 도달하게 될 나이에 비하면 그저
장난에 불과한 그런 나이까지 이를 수 있었다. 왜냐하면 아무도
그를 도와주러 오지 않았으며, 무고한 사람의 길에 널린 가시와
함정을 피할 수 있도록 도와주지도 않았고, 그래서 오직 자기 힘과
수단만으로 치명적인 상처 없이 아침부터 저녁까지 그다음엔
저녁부터 아침까지 버틸 뿐이었다. 특히 그는 물려받은 재능이
거의 없었으며, 보잘것없는 짤랑거리는 현금뿐이었고, 이마에
땀을 흘려 가며, 또는 그의 지능을 사용해 가며 돈을 벌 줄
알았다면 그런 건 중요하지 않았을 것이다. 하지만 시간당 3펜스
또는 6펜스까지 돈을 받고 예를 들어 어린 당근이나 무 밭을
돌보는 일을 맡은 다음에, 그냥 심심풀이로, 또는 채소를 또 꽃을
보면서 생긴, 그리고 깔끔하게 정리해서 기생충들이 사라진 밤색
땅만 보일 수 있게 해야 하는 그의 진짜 관심사를 말 그대로
눈멀게 하는, 알 수 없는 어떤 분노에 사로잡혀 모든 걸 뽑아
버리는 일이 자주 있었다. 또는 그렇게까지는 아니더라도, 그의
눈앞에서 모든 게 그냥 흐려져서, 보통 아무 쓸모가 없다고

말하는, 하지만 땅이 그렇게 혜택을 줄 정도면 개들도 좋아하고
사람들도 차를 끓여 먹을 때가 있는, 그런 나름대로의 쓸모가 있는
잡초들 중에서, 어떤 게 집을 꾸미는 데 쓰이는 것이고 또 어떤 게
사람과 짐승들이 먹을 수 있는 건지 더 이상 구별하지 못했고,
연장이 그의 손에서 떨어졌다. 그리고 자신도 모르고 있었지만
어쩌면 도로 청소부가 아니었을까 자문해 보며 몇 번 시도해 본 적
있었던 거리 청소 같은 보잘것없는 일조차, 그가 딱히 더 잘
해내는 것도 아니었다. 그리고 자기가 빗질한 곳이 도착했을
때보다 떠날 때 더 더러워 보인다는 걸 스스로도 인정할 수밖에
없었는데, 이는 마치, 납세자들 눈에 띄지 않게 우연히 숨겨진
곳으로 쓰레기를 찾으러 가서, 그렇게 모여진 쓰레기에 그가 없애
버려야 할 임무가 있는, 이미 눈에 보이는 쓰레기를 합칠 수
있도록, 어떤 악마가 그의 손에 닿게끔 시청이 모두 무료로
제공하는 빗자루, 삽, 손수레를 사용하도록 부추긴 것 같았다. 그
결과 하루가 끝날 때쯤 그가 담당했던 구역을 따라가다 보면,
오렌지와 바나나 껍질, 담배꽁초, 정체를 알 수 없는 종이들,
개똥이며 소똥, 그러고도 다른 오물들이 정성스럽게 거리를 따라
모여 있거나 도로 위쪽을 향해 부지런히 올라가는 걸 볼 수
있었는데, 아마도 지나가는 사람들을 가급적이면 최대로 역겹게
만들고 미끄러져 죽는 걸 포함한 최대한의 사고들을 유발하려는
목적인 것 같았다. 그래도 그는 더 경험 많은 동료들이 어떻게
하는지 관찰하며, 또 거기에 맞추면서, 만족을 주려고 진심으로
애썼다. 하지만 모든 건 마치 그가 자기 움직임의 주인이 아닌
것처럼 그리고 무언가를 하는 동안 자기가 뭘 하는지도, 일단 일을
끝낸 다음엔 자기가 뭘 했는지도 모르는 것처럼 진행되었다.
왜냐하면 사람들은 그의 코를 들이밀다시피 하며, 당신이 한 걸 좀
보라고, 이렇게 말해 줘야만 했는데, 그러지 않으면 그는 상황을
깨닫지 못하고 자기 대신 어떤 의욕적인 사람이라도 해냈을 법한
일을 자기도 완수했으며, 경험이 부족함에도 불구하고 거의 같은
성과를 냈다고 믿기 때문이었다. 반면에, 대부분 나무로
만들어지고 철저히 온대 지역의 속성을 따르는 탓에 오래가지
못하는 그의 막대-단추들 중 하나를 교체할 때처럼 자신을 위해서

자질구레한 일들을 하는 데 있어서는, 그는 흔히 말하듯 재주가 있었으며 아무 도구도 필요 없었다. 그리고 어느 정도 몸과 연결된 행동들을 포함한 그의 존재의 대부분, 그러니까 절반 또는 4분의 1을, 그는 그런 돈도 못 받는 건설과 수리 같은 자잘한 일들을, 대체로 제법 능숙하게 하며 보냈다. 왜냐하면 계속 왔다 갔다 하고 싶다면 그는 그렇게 해야 했고, 사실 딱히 그러고 싶었던 건 아니었지만, 비록 신이 자신의 피조물들처럼 무언가를 하거나 잊어버리고 안 하는 데 있어서 무슨 이유들이 필요한 것 같진 않지만, 오직 신만이 아는 그런 모호한 이유들 때문에 그렇게 해야 했다. 하지만 절대 알 수 없는 일이다. 어떤 측면에서 보면, 팬지나 금잔화 화단을 엉망으로 만들지 않고 돌볼 줄은 모르면서, 자갈과 가시와 또 사람들이 무심하게 혹은 못된 마음으로 버린 유리 조각에 발이 심하게 다치지 않도록 버드나무 껍질과 끈으로 자기 장화를 튼튼하게 만들 줄은 아는 게 맥먼의 모습인데, 다소 불평할지언정, 그는 그렇게 해야 했다. 왜냐하면 그는 길을 조심하며 걸을 줄도 또 자기 발을 어느 장소에 차례로 놓을지 (그랬더라면 그는 맨발로 걸을 수도 있었을 것이다.) 선택할 줄도 몰랐기 때문이다. 그리고 그가 자기 움직임들을 거의 통제하지 못하는 만큼, 그래 봤자 별 도움이 되지 않았다는 걸 알았을 것이다. 또 발이 옆으로 빗나가 부싯돌과 파편을 딛거나 쇠똥에 무릎까지 묻힐 때, 이끼로 반들반들한 장소들을 겨냥해 봐야 무슨 소용이 있을까. 하지만 이제 고려 사항 중 다른 순서로 넘어가 보자면, 맥먼이 경우에 따라서는 전반적인 마비 상태에 빠지기를 바라는 게 어쩌면 나쁘지 않을 것 같기도 한데, 바라는 거야 돈이 드는 것도 아니니까, 괜찮다면 팔 정도는 빼고, 어디에나 쓸모가 있는 모포 한두 채와, 운명의 날을 최대한 끝까지 미룰 수 있도록 그럭저럭 먹을 만한 사과와 기름에 절인 정어리를 이를테면 일주일에 한 번 정도 가져다주는 자비로운 사람 한 명 정도와 함께, 바람과, 비와, 소음과, 추위와, 7세기 같은 무더위와 한낮의 빛도 최대한 스며들지 않는 그런 곳에 꼼짝 못 하고 있다면, 정말 근사할 텐데. 하지만 그러는 동안, 그가 등을 돌렸어도 격렬한 비가 전혀 약해지지 않은 채, 맥먼은 마치 어떤 열기에 사로잡힌

듯 이리저리 몸을 던지며, 단추를 풀렀다 다시 채웠다 하며,
그러다 결국, 처음엔 한 바퀴를 돌 때마다 잠깐씩 멈추더니
나중에는 더 이상 멈추지도 않고, 아무 방향으로나, 하지만 늘
같은 방향으로 제자리를 돌며, 흥분하기 시작했다. 그의 모자는,
외투에 붙어 있었던 만큼 원칙적으로 그를 따라갔어야 했고 끈이
그의 목 주위를 휘감아야 했지만, 이론과 현실은 엄밀히 다른
것이라 전혀 그렇게 되지 않아서, 모자는 마치 버려진 물건처럼
원래 있던 곳, 그러니까 자기 자리에 그대로 있었다. 하지만
어쩌면 언젠가는 거센 바람이 불어와 다시 건조하고 가벼워진
모자가 평원을 뛰어오르며 달리다가 도시나 바다 끝까지
다다르는 걸 볼 수도 있을 텐데, 꼭 그렇다는 건 아니다. 맥먼이
땅에서 구르는 게 이번이 처음은 아니었고, 별다른 생각이 딱히
없어도 그는 항상 그렇게 해 왔다. 그리하여, 은신처에서 멀리
떨어져 있던 그가 비 때문에 놀랐던 장소, 그리고 모자 덕분에
주변 공간들과 계속 뚜렷이 구분되는 그곳에서 점점 멀어지며,
그는 자신이 규칙적으로, 아마도 거대한 원형의 아치에 따라 어느
정도의 속도까지 더해서 앞으로 나아가고 있다는 걸 알게
되었는데, 이는 그가, 자신의 사지 중 어느 하나가, 어떤 것인지는
모르지만, 다른 것보다 더, 하지만 큰 차이는 아니고, 무겁다고
추측했기 때문이다. 그리고 땅에서 구르며 그는 어떤 계획을 품고
가다듬게 되었는데, 그것은 필요하다면 밤새도록, 최소한 자신의
힘이 다할 때까지 계속 굴러서, 그가 서둘러 떠날 필요는 전혀
없는, 하지만 그래도 떠나야 한다는 걸 알고 있는 이 평원의 끝에
다가가려는 것이었다. 그리고 속도를 늦추지 않으며 그는, 다시는
일어나지 않아도 되고, 예를 들어 처음엔 오른발로, 그다음엔
왼발로 균형을 잡으며 서 있지 않아도 되는, 또 그가 왔다 갔다 할
수도 있고 지능과 의지 능력을 갖춘 커다란 원통 같은 방식으로
살아남을 수 있는, 그런 평평한 지방을 꿈꾸기 시작했다. 그렇다고
구체적인 미래의 계획들에 빠지진 않았는데, 왜냐하면 그건

빨리, 빨리 내 물건들. 진정하자, 진정해, 두 배로, 내게는 언제나
그렇듯이, 시간이, 충분한 시간이 있으니까. 내 연필들, 연필 두

88

자루, 그중 하나에는 나무에서 완전히 떨어져 나온 심만 내 두꺼운 손가락들 사이에 남아 있고, 길고 둥그런 다른 하나는 침대 어딘가에 있는데 그건 내가 비상용으로 준비해 두었지만 찾지는 않을 거고, 어디 있는지 아니까 다 끝나고 나서 시간이 있다면 찾을 거고, 못 찾는다면 그걸 가지지 못하겠고, 다른 것과 함께, 뭐라도 남아 있다면, 대체물을 가져오겠지. 진정하자, 진정해. 내 노트, 보이진 않지만, 왼손에서 그게 느껴지는데, 그게 어디서 났는지 모르겠고, 여기 왔을 때는 갖고 있지 않았는데, 그래도 내 거라는 느낌이 온다. 내가 예순이라도 된 것 같은, 그런 식이지. 그러니까 침대도 내 것일 테고, 작은 탁자, 쟁반, 꽃병들, 장롱, 담요들도. 천만에, 이 모든 것들 중 내 건 하나도 없다. 하지만 노트는 내 것인데, 설명하지는 못하겠다. 그러니까 연필 두 자루, 노트 그리고 역시 여기 올 때 갖고 있었던 건 아니지만 내 물건이라고 여겨지는 지팡이. 아마 그 얘긴 벌써 한 것 같고. 나는 침착하고, 시간이 있지만, 묘사는 최소한으로 할 것이다. 지팡이는 나와 함께 담요 밑, 침대에 있고, 예전에 나는, 내 사랑하는 아내, 이렇게 혼자 중얼거리며 그걸 문지르곤 했다. 하지만 그건 너무 길어서 베개 아래로 삐져나오고 내 뒤로 멀리 벗어나 버린다. 나는 기억나는 대로 계속한다. 어둡다. 창문이 거의 보이지 않는다. 거길 통해 다시 밤이 들어오는 것 같다. 내 물건들을 뒤적거려서 하나씩, 또는 버려진 물건들에게 자주 하듯이 몇 개씩 서로 붙여서 한꺼번에, 침대까지 끌어올 시간이 있겠지만, 그래 봐야 아무것도 안 보이겠지. 사실 내겐 그럴 시간이 있을지도 모르는데, 그럴 시간이 있다고 치자, 하지만 그걸로 아무것도 하지 말자. 하지만 더 맑은 날씨에 이 시간을 기다렸다가 모든 걸 다시 확인하고 검사한 게 분명 얼마 되지 않았을 거다. 하지만 그 이후로 내가 전부 잊어버린 모양이네. 아니, 천만에, 전부 다 잊어버리는 건 드문 일이지. 내가 찔리지 않도록 단추 두 개에 꽂혀 있는 바늘 하나, 왜냐하면 뾰족한 끝이 바늘귀보다 덜 찌른다면, 아니, 이게 아니지, 왜냐하면 뾰족한 끝이 바늘귀보다 더 찌른다면, 바늘귀도 찌르니까, 이것도 아닌데. 단추 두 개 사이로 보이는 바늘 몸통 주위를 약간의 검은 실이 여전히 두르고 있다. 작고 귀여운 물건,

마치—아니, 그건 아무것도 닮지 않았다. 비록 내가 파이프를 사용해 본 적은 한 번도 없었지만, 내 담배 연소통. 이동하는 중에 땅바닥 어딘가에서 발견했던 것 같다. 그건 잡초 속에 그렇게 버려져 있었는데, 담배를 들이마시는 부리가 똑 부러져 있었다는 게 갑자기 떠올랐다. 이 파이프를 고칠 수도 있었겠지만, 누군가 이렇게 말했을 거다, 뭐, 다른 거 사면 되지. 그런데 내가 발견한 건 연소통이 전부였다. 하지만 이 모든 건 추측이다. 어쩌면 나는 그게 예쁘다고 생각했거나, 내가 물건들, 특히 나무와 돌로 된 작은 휴대품들 앞에서 자주 느끼는, 그리고 나로 하여금 그것들을 품에 지니고 항상 간직하고 싶게 만드는 그 동정이라는 천박한 감정을 그걸 보고 느꼈을 수도 있겠는데, 그러면 나는 그것들을 주워서 주머니에 넣곤 했으며, 그러면서 울 때가 많았는데, 왜냐하면 오랜 경험에도 불구하고 감정과 열정에 있어서는 사실 발전이 없었기에 아주 늙어서도 울었기 때문이다. 그리고 여기저기서 내가 주워 모은, 또 그것들도 나를 필요로 한다는 느낌을 가끔 갖게 했던 그 작은 물건들이 곁에 없었다면, 나는 아마 어쩔 수 없이 잘난 사람들과 교류하거나 아무 종교라도 믿으며 위안을 받아야 했을 터인데, 그건 아닐 것이다. 또 기억나는 건, 나는 주머니에 손을 찔러 넣고 걷는 걸 좋아했는데, 지금 난 목발은 물론 지팡이도 없이 걸을 수 있었던 시기에 대해 말하려고 노력하는 중이기 때문이고, 그때 나는 주머니 깊은 곳에서 손과 마주치는 딱딱하고 모양이 분명한 물건들을 더듬고 어루만지는 걸 좋아했으며, 그게 그것들과 대화하고 그것들을 안심시키는 나만의 방식이었다. 그리고 나는 손에 조약돌, 마로니에 열매 또는 솔방울을 쥔 채로 편히 잠자곤 했으며, 몸이 쉴 수 있도록 녹초로 만드는 그런 잠에도 불구하고 깨어났을 때 손가락들을 구부려 그걸 여전히 잡고 있었다. 그러다 그것들이 지겨워지거나 내 감정 안에 다른 것들이 자리 잡으면 예전 것들을 버렸는데, 다시 말해서 나는 그것들이 영원히 편안하게 있을 장소, 아주 특별한 우연이 아닌 한 누구도 그것들을 찾을 수 없는 그런 장소를 오랫동안 찾았다는 얘기고, 그런 장소는 드물었으며, 난 그것들을 거기에 조심스럽게 놓았다. 가끔은 그것들을 땅에 묻거나, 잠깐이라도 물에 뜨지 않을 거라고 확신하는 것들은 최대한 땅에서 멀리 떨어지도록 있는 힘을 다해 바다에 던졌다. 하지만 나무로 된 친구들 중 몇 개도, 안에 돌을 채워 땅 밑으로 보냈다. 하지만 그래선 안 된다는 걸 알게 되었다. 일단 끈이 썩게 되면, 이미 그 경우가 아니더라도 다시 표면으로 떠오를 것이며, 머지않아 땅으로 돌아올 것이기 때문이었다. 결국 이런 식으로 해서, 나는 새로운 사랑 때문에 내가 더 이상 간직할 수 없었던 애정의 물건들을 처분했던 것이다. 그리고 그것들을 자주 그리워했다. 하지만 내가 워낙 잘 숨겨 놓아서 나조차도 다시는 그것들을 찾을 수가 없었다. 내게 아직도 노닥거릴 시간이 남아 있는지 모르겠지만, 어쨌든 이런 식으로 해야 한다. 사실 시간이 있다는 걸, 내 마음 깊은 곳에서는 알고 있다. 그런데 왜 노는 걸 서두르는 걸까? 모르겠다. 어쩌면 결국은 급한 건지도. 방금 전에 그런 느낌을 받았다. 하지만 나의 느낌들. 내가 가졌었던 모든 것들로부터 내게 남겨진 모든 것, 적어도 족히 열 개는 되는 물건들을 굳이 기억하고 싶지 않다면? 아니, 아니, 무조건 그래야 한다. 그러면 그건 다른 얘기가 된다. 내가 어디까지 했더라? 담배 파이프. 결국 난 그걸 절대로 없애 버리지 않았다. 난 그걸 무슨 그릇처럼 사용해서, 그 작은 공간에 뭘 넣을 수 있었는지 궁금하긴 하지만 그 안에 온갖 것들을 넣었고, 거기에 양철 덮개까지 만들어 주었다. 그다음. 이 불쌍한 맥먼. 숨 쉬는 것 말고는, 끝낼 수 있는 게 내겐 정말이지 아무것도 주어지지 않았던 것 같다. 욕심을 내면 안 된다. 하지만 이러다가 숨이 막히는 거 아닌가? 그럴지도. 헐떡거리는 소리는 또 어떻게 할 것인가. 어쩌면 그건 사실 꼭 필요하지 않을 수도 있다. 훌쩍거린 다음에, 빌어먹을 헐떡거리는 소리를 내지 않는 것. 삶이란 정말이지 항의하려는 마음까지도 사라져 버리게 만든다. 뭐, 그건 사소한 일이지. 내가 마지막으로 쓸 말이 무엇일지 궁금하다. 나머지들은, 남겨지는 대신 날아가 버리겠지. 난 그걸 절대 알 수 없을 거다. 이 목록 또한 절대 끝내지 못할 거야, 라고 작은 새 한 마리, 아마도 앵무새라는 이름의 성령이, 내게 이렇게 말한다. 아멘. 어쨌든 곤봉, 나도 어쩔 수가 없네, 이해하려고 하지 말고, 있는 그대로 끝까지 말해야 한다. 내가 항상 여기 있었다는, 심지어 여기서 태어났다는 느낌이 들 때가 있다. 그러면 많은 것들이 설명될 것이다. 아니면 오랫동안 여길 비운 다음에 다시 돌아왔거나. 하지만 감정이니, 가정이니 하는 것들은 이제 끝났다. 이 곤봉은 내 것이고, 그게 전부다. 피가 묻어 있지만 충분한 양은 아니다, 충분하지가 않다. 내가 어설프게 방어했지만, 그래도 방어는 했어. 가끔 난 그렇게 말한다. 원래부터 누런 부츠 한 짝, 어느 발인지는 이제 모르겠는데, 아마도 내가 지렛대로 사용하는 왼쪽. 다른 쪽은 사라졌다. 그들이 처음에 그걸 가져갔는데, 내가 더 이상 움직이지 못하게 되리라는 걸 아직 모르고 있었다. 그러고는 다른 쪽은 내게 남겨 놓았는데, 그걸 보면서 내가 슬퍼할 거라 기대했던 모양이다. 인간들이라는 게 그런 식이다. 아니면 그건 장롱 안에 있을지도 모른다. 사실 난 지팡이로 사방을 찾아봤지만, 장롱 위는 생각 못했다. 그리고 내가 장롱 위든, 다른 곳이든, 신발도 다른 어떤 것도 더 이상 절대 찾지 않을 것이기 때문에, 그건 이제 내 것이 아니다. 왜냐하면 내가 부득이한 경우 붙잡을 수 있을 정도로 위치를 잘 알고 있는 물건들만 내 것이기 때문인데, 이는 내 소유물들을 명확히 하기 위해서 내가 채택한 정의이고, 그러지 않으면 해결이 나지 않을 것이지만, 어떻게 하든 해결은 나지 않을 것이다. 그것은—이 얘기를 하는 건 잘못이지만—내가 여전히 갖고 있는, 끈 구멍이 엄청나게 많아서 눈에 띄는, 그 노란색과 많이 비슷하지는 않았는데, 나는 구멍이 그렇게 많은 신발은 본 적이 없었지만, 그것들 중 대부분은 원래 구멍이었던 부분이 다 갈라져서 쓸모가 없었다. 이 모든 것들이 구석에 뒤섞인 채 모여 있다. 이런 어둠 속에서도, 내가 원하기만 하면 그것들을 잡을 수 있을 것이다. 일단 건드려서 위치를 가늠할 것이고, 지팡이를 따라 정보를 모을 것이고, 원하는 물건을 걸어서 침대 밑까지 가져올 것이고, 그것이 바닥을 따라 나를 향해 미끄러지거나 덜컹거리며 오는 소리를 들을 것이고, 점점 가까워질수록 마음은 점점 멀어질 것이고, 창문과 천장을 조심하며 그것을 침대 위로 끌어올릴 것이고, 마침내 손안에 넣게 될 것이다. 그게 모자라면 아마 난 그걸 쓸 것인데, 그러면 좋았던 옛 시절이, 그에 대한 기억이 충분하긴 하지만, 떠오를 것이다. 모자엔 이제 챙이 없어서 종 모양의 유리 덮개처럼 보인다. 그걸 쓰고 벗으려면 양손으로 꽉 눌러 잡아야 한다. 그건 아마도 내 것들 중에서 내가 역사를 잘 기억하는, 그러니까 언제부터 그게 내 소유가 되었는지를 잘 기억하는 유일한 물건일 것이다. 나는 모자의 챙이 어떤 상황에서 없어지게 됐는지 알고 있는데, 내가 거기 있었다. 그건 자는 동안에도 그걸 계속 갖고 있기 위해서였다. 난 사람들이 이 모자를 나와 같이 묻어 줬으면 좋겠고, 그냥 별거 아닌 변덕일 뿐이지만, 뭘 어떻게 해야 할까? 메모하자, 너무 늦기 전에, 어떻게든 그걸 푹 눌러쓸 것. 하지만 모든 일에는 각자 때가 있는 법. 계속해야 할지 모르겠다. 어쩌면 내가 더 이상 갖고 있지 않은 걸 내 것이라 우기고, 사라지지 않은 것들을 사라졌다고 판단한다는 느낌이 들고, 세 번째 카테고리에 속하는, 즉 내가 아는 게 전혀 없고 그래서 착각할 위험도, 옳게 판단할 위험도 없는 물건들이 저기 구석에 있을지도 모른다는 생각을 하게 된다. 나는 또한, 마지막으로 내 소유물들을 점검한 이후 버트 브리지[18] 아래 양방향으로 물이 흘러갔다고 생각한다. 왜냐하면 나는, 죽을 만큼 충분히 이 방 안에 살아서, 무슨 작용에 의한 것인지는 모르지만 어떤 것들이 나가고 또 어떤 것들이 들어오는지 잘 알고 있기 때문이다. 그리고 나가는 것들 중에는, 한동안 자취를 감췄다가 돌아오는 것들도 있고, 또 다시는 돌아오지 않는 것들도 있다. 그러다 보니 돌아오는 것들 중 몇몇은 내게 친숙한 반면, 또 어떤 것들은 그렇지 않다. 이해가 되진 않는다. 또 더 신기한 것은, 겉으로 보기엔 딱히 공통점이 없으면서도 일종의 세트처럼 존재하는 물건들이 있는데, 그것들은 내가 여기 있게 된 후로 절대 나를 떠난 적 없이, 마치 아무도 살지 않는 어떤 방에라도 있듯이, 구석의 자기들 자리를 얌전히 지켜 왔다. 아니면 정말 재빠르게 움직였거나. 이 모든 게 얼마나 엉터리인지. 하지만 계속 그 모양일 거라는 얘기는 전혀 아니다. 내 소유물들의 양상이 바뀌는 걸 달리 설명할 방법이 없다. 이것 또한 아니다. 결과적으로, 엄밀하게 말해서, 내가 내린 정의에 따라 어떤 게 내 것이고 또 어떤 게 그렇지 않은지 내가 알기란 언제라도 불가능하다. 그래서 나는, 어쩌면 현실과는 아주 까마득한 연관성만 있을 뿐인 이 목록을 계속해야 할지, 또 여기서 그만두고 덜 중요한 다른 심심풀이에 전념하는 게 더 나은 게 아닐지, 아니면 그냥 아무것도 하지 않거나 어쩌면 하나, 둘, 셋, 이렇게 계속 수를 세면서, 스스로를 해치는 게 불가능해질 때까지 기다리는 게 낫지 않을지, 고민 중인 것이다. 꼼꼼하다는 건 바로 이런 거지. 내게 1페니가 있다면, 거기에 내 결정을 맡기겠다. 정말이지 밤은 길고 별 도움이 되지 않는다. 그럼에도 불구하고 내가 새벽까지 버틸 수 있다면? 그럭저럭. 좋은 생각이네, 아주 훌륭한 생각. 만일 새벽에도 내가 여전히 존재한다면, 고민해 보겠다. 졸음이 온다. 하지만 차마 잠들 수가 없다. 최후의 순간에, 최후의 순간들에[19] 고치는 건 항상 가능하다. 그런데 나 방금 죽은 거 아닌가? 이봐, 말론, 또 이러지 말라고. 내 물건들을 있는 그대로 다 끌어모아 나랑 같이 침대로 가져가면 어떨까? 그러면 뭔가 도움이 될까? 아닐 것 같다. 하지만 아마 난 그렇게 하겠지. 내겐 항상 이런 자원이 있다. 좀 더 또렷하게 보게 될 때. 그러면 그것들은 내 주위에, 내 위에, 내 아래에, 내 옆쪽에 있게 되겠고, 나는 내 물건들의 중심에 있게 되겠고, 구석에는 더 이상 아무것도 없겠고, 모든 건 나와 함께, 침대에 있게 될 거다. 나는 손으로 내 사진을, 내 돌을 잡아서 그것들이 가 버리지 않게 할 거고. 모자를 쓸 거다. 아마도 뭔가를, 어쩌면 내 신문이라던가 아니면 단추들을 입에 물게 되겠고, 다른 보물들 위에 눕게 될 거다. 내 사진. 그건 나를 찍은 사진은 아니지만, 아마 나도 근처에 있겠지. 그건 바닷가에서 정면으로, 근접해서 찍은 당나귀 사진인데, 사실 바다가 아니지만 내게는 바다다. 물론 그들은 그놈의 예쁜 눈이 필름에 잘 새겨지도록 당나귀의 고개를 들게 하려고 애썼지만, 그놈은 고개를 숙이고 있다. 귀를 보면 그놈이 뭔가 불만스러워하고 있음을 알 수 있다. 그들은 그놈의 머리에 밀짚모자를 씌웠다. 나란히 놓인 그놈의 가늘고 단단한 다리, 모래 위의 작은 발굽들. 사진사가 웃느라고 카메라가 흔들려서 윤곽이 흐릿하다. 바다는 너무나 부자연스러워 보여서 꼭 스튜디오 같다. 하지만 난 오히려 그 반대라고 말해야 할지도 모르겠다. 내가 다 세어 봤는데, 예를 들어 신발과 모자와 양말 세 켤레 말고는 다른 어떤 옷들의 흔적도 없다. 내 옷들, 내 외투, 내 바지, 그리고 퀸 씨가 자기는 이제 필요 없다며 내게 주었던 내 플란넬 내복은 어디로 간 걸까? 어쩌면 그들이 다 태워 버렸을지도. 하지만 문제는 내게서 사라진 것들이 아니고, 그 모든 건, 남들이 뭐라 하든, 이 시점에서 중요하지 않다. 어쨌든 난 곧 멈출 생각이다. 제일 좋은 건 마지막을 위해 남겨 놓았었는데, 지금 상태가 별로고, 어쩌면 이제 떠나는 건가, 설마 그럴 리가. 잠시 약해지다 지나가리라는 건, 누구나 다 안다. 약해지다가, 지나가고, 힘이 돌아오면 다시 시작한다. 아마 나도 곧 그렇게 되겠지. 하품이 난다, 심각한 상태라면 내가 하품을 할까? 그러지 말란 법도 없다. 만일 아직 남아 있다면, 기꺼이 수프도 조금 먹을 수 있을 것 같다. 아니, 남아 있더라도, 난 그걸 먹지 않겠다. 천만에. 벌써 며칠 전부터 그들이 더 이상 내게 새 수프를 주지 않는다고, 내가 얘기했던가? 분명 했겠지. 내 탁자를 문으로 보내고, 다시 내 옆으로 끌어오고, 담당자가 혹시 잊어버렸다면 소리를 듣고 제대로 이해할 거라는 희망을 갖고 탁자를 이리저리 움직여 본들 아무 소용 없고, 접시는 여전히 비어 있다. 반면 요강은 계속 가득 차 있고 다른 하나도 천천히 차오른다. 혹시라도 내가 그걸 다 채우게 된다면 나는 두 개 다 바닥에 비워야 하겠지만, 그럴 가능성은 희박하다. 더 이상 아무것도 못 먹으니까 중독도 덜해지고 배설하는 일도 드물어진다. 요강들은 내 것으로 보이진 않고, 난 그저 그것들을 통해 쾌락을 느낄 뿐이다. 그것들은 내 것이라는 정의에 잘 포함되지만, 내 것은 아니다. 어쩌면 정의 자체가 잘못됐을지도 모른다. 그것들은 각자 끄트머리에 돌출된 두 개의 마주 보는 손잡이를 갖고 있어서, 내가 지팡이를 밀어 넣어 움직일 수 있고, 들어 올리거나 내려놓을 수도 있다. 모든 게 다 대비되어 있다. 아니면 그냥 행복한 우연일지도. 그래서 부득이한 경우 내가 그것들을 뒤집고, 비워질 때까지 충분한 시간을 두고 기다리는 건 어렵지 않다. 요강 얘기를 하니까 좀 기운이 나네. 내 것은 아니지만, 내 침대, 내 창문, 그리고 나라고 말하듯이, 나는 내 요강이라고 말한다. 그래도 곧 그만둘 것이다. 나를 약하게

만들었던 건 내 물건들이고, 같은 이유들이 같은 결과들을
초래하는 만큼, 내가 다시 그것들을 열거한다면 나는 다시
망가지겠지. 마음 같아서는 내 자전거 벨 덮개에 대해, 내 목발의
절반에 대해 얘기하고 싶은데, 가로대가 있는 절반만 남아서 아기
목발 같다. 나머지 얘기도 더 할 수 있고, 그 어떤 것이 내가 그걸
못 하게 막을 수 있을까, 모르겠다, 못 하겠다. 그런 재앙에 맞서
평생을 성공적으로 싸워 온 내가, 어쩌면 배고픔으로,
기진맥진해서 죽을지도 모른다니. 그걸 믿을 수가 없다. 무기력한
늙은이들한테는 죽을 때까지 먹을 걸 준다. 그리고 그들이 더 이상
삼키지 못하게 되면 식도나 직장에 튜브를 삽입하고, 살인죄를
뒤집어쓰지 않으려고 영양 죽을 밀어 넣는다. 그러니 나는 대홍수
전처럼 나이를 잔뜩 먹고 배가 부른 채, 그냥 깔끔하게 늙어서
죽을 것이다. 어쩌면 그들은 내가 죽은 줄 알겠지. 아니면 그들
자신이 죽었거나. 그들이라고 말하면서도, 사실 난 그들에 대해
아무것도 모른다. 처음엔, 그런데 그게 처음이었던가, 늙은 여자를
봤고, 그다음엔 한동안 늙고 노란 팔을 봤지만, 그들 모두는 그저
어떤 목적을 가진 집단의 명령을 수행할 뿐이었는지도 모른다.
때로는 너무나 조용해서 지구에 아무도 살지 않는 것처럼 느껴질
정도다. 일반화하기를 즐기다 보면 이런 결과가 생긴다. 자기
구멍에 처박혀서, 며칠 동안 사물들 소리만 듣고 있다 보면,
자기가 인류의 마지막 생존자라고 믿기 시작하게 된다. 내가
지금부터 소리를 질러 보면 어떨까? 내가 무슨 관심을 끌고
싶어서가 아니고, 그저 누가 있는지 알아보려고 그러는 것뿐.
하지만 난 소리 지르는 걸 좋아하지 않는다. 할 말이 아무것도
없고 어디로 갈지도 모르는 사람답게, 나는 천천히 말했고, 천천히
움직였다. 이런 상황에서는 눈에 띄지 않는 게 더 나으니까.
100걸음 내에는 사람이 아무도 없을지도 모르고, 그다음엔
사람들이 서로를 밟고 걸어 다닐 정도로 밀집된 주민이 있을지도
모른다는 건 고려하지 않더라도 말이다. 그들은 감히 다가오지
못한다. 그럴 경우 내가 목이 쉬게 소리를 질러도 헛수고일
것이다. 그래도 시도해 볼 것이다. 시도해 봤다. 특별한 소리는
전혀 들리지 않았다. 아니, 마치 신물이 올라올 때처럼, 기관

안쪽에서 타는 듯이 꺽꺽거리는 소리가 들린다. 연습을 좀 하면 마지막엔 신음 소리를 내게 될지도. 자는 게 최선일 듯. 불행하게도 더 이상 졸리지 않다. 더욱이 난 이제 잠을 자면 안 된다. 이렇게 지루할 수가. 좋은 기회를 놓쳤다. 내가 머릿속에 떠오르는 것들 중 아주 일부만 말한다는 얘길 했던가? 분명 했겠지. 나는 서로 뭔가 연관이 있는 것들을 선택한다. 그건 항상 쉬운 일은 아니다. 그것들이 가장 중요한 것들이기를 바란다. 내가 과연 멈출 수 있는지 궁금하다. 심만 남은 연필을 던져 버리면 어떨까. 그러면 다시는 그걸 찾지 못하겠지. 그래서 후회할 수도 있다. 내 작은 연필. 지금은 그런 위험을 감수하기로 결정할 때가 아니다. 그러면 어떻게 해야 할까? 내 지팡이를 장대처럼 사용해서 내 침대를 어떻게든 옮길 수 있을지 모르겠다. 여느 침대가 그렇듯이, 내 침대에도 바퀴가 달려 있을 가능성이 높다. 내가 여기 있게 된 이후로 그 질문을 한 번도 해 본 적이 없다니 믿기지 않는군. 정말 좁은 침대라서, 어쩌면 그걸 끌고 문을 통과할 수 있을지도 모르고, 내려가는 계단이 있다면 심지어 그 계단을 내려가게 할 수 있을지도 모른다. 가는 거다. 어둠은 어떤 의미에서 내게 불리하다. 하지만 난 침대가 과연 말을 들을 것인지 계속 알아보려고 할 것이다. 지팡이를 벽에 대고 힘껏 밀어 보기만 하면 된다. 그게 통한다면, 모험을 시도할 정도로 충분히 밝아지기를 기다리며 이미 방 안을 작게 한 바퀴 돌고 있는 내 모습을 보게 된다. 적어도 그러는 동안은 난 더 이상 스스로에게 거짓을 말하지 않을 것이다. 그러고 나면, 혹시 모르지, 이런 육체적 노력이 심정지 같은 걸 일으켜서 나를 끝장내 줄지도.

지팡이를 잃어버렸다. 다시 낮이 되었으니, 이게 오늘의 주목할 만한 사건이다. 침대는 움직이지 않았다. 어두워서 지지할 곳을 잘못 선택한 모양이다. 그런데 모든 문제가 바로 그것이었으니, 아르키메데스가 옳았다. 내가 놓아 버린 게 아니라면 지팡이가 미끄러져서 나를 침대 밖으로 밀어낸 것 같다. 지팡이를 잃어버리느니 침대를 포기하는 게 당연히 더 나았을 텐데. 하지만 깊이 생각할 시간이 없었다. 떨어지는 것에 대한 두려움이 이런

미친 짓들을 하게 만든다. 재앙이다. 그걸 다시 겪고, 곰곰이
생각해 보고 거기서 교훈을 얻는 것, 이제 내가 할 수 있는 최선의
일이 아마 그것일 거다. 이렇게 해서 인간은 다른 영장류들과
구분이 되고, 발견에 발견을 거듭하며, 빛을 향해 항상 더 높이
올라간다. 사라지고 나니까, 지팡이가 내게 어떤 의미였고 무엇을
상징했었는지 이제야 알게 된다. 그렇게 해서 나는, 내가 한
번도 생각해 본 적 없었던, 이 모든 사건들에서 벗어난 **지**팡이를
고통스럽게 이해하게 된다. 내 의식이 갑자기 이렇게 엄청나게
확장되다니. 그 결과, 방금 내게 닥친 진정한 재앙 속에서, 나는
어떤 전화위복을 엿보게 된다. 위로가 된다. 고대적 의미에서 또한
재앙일 것이다. 용암 아래서 대리석처럼 차가운 채로 있는 것,
그걸 통해서 자기가 어떤 사람인지 보여 주는 것이다. 다음번엔
못 알아볼 정도로 더 잘할 줄 안다는 것, 그리고 다음번이란
없으며, 그게 다행이란 걸 아는 것, 이 정도면 한동안 즐길 수
있다. 원숭이가 자기 몸을 긁다가 우리를 여는 열쇠를 발견한
것처럼, 나는 이 솔 달린 막대기에서 최대한을 뽑아냈다고
믿었었다. 사실 원숭이에겐 그게 최선이다. 왜냐하면, 내가 내
지팡이를 영리하게 사용했더라면 내가 침대에서 벗어날 수도
있었을 테고 심지어는, 바닥이나 계단에서 뒹구는 게 지겨워졌을
때 다시 침대로 돌아갈 수도 있었으리라는 게, 이제 명백해졌기
때문이다. 그랬더라면 내가 좀 더 다양하게 해체될 수도 있었을
텐데. 어떻게 그 생각을 안 해 볼 수 있었을까? 내가 내 침대를
떠나고 싶어 하지 않았던 건 사실이다. 하지만 현명한 사람이라면
자기가 가능성조차 생각해 보지 않은 어떤 걸 원하지 않을 수
있을까? 이해가 안 된다. 현자는 아마 그럴 거다. 하지만 나는?
다시 낮이 되었다, 어쨌든 이곳에서는 그렇다. 오랫동안 그랬던
적이 없어서인지, 잠깐 낙심한 후에 잠이 들었던 모양이다. 낙심해
봐야 무슨 소용이 있나, 도둑 하나는 구원받았으니, 비율치고는
괜찮은 거 아닌가.[20] 침대에서 멀지 않은 곳에, 지팡이가 떨어져
있는 게 보인다. 그러니까 볼 수 있는 전체 중에 일부가 보인다는
얘기다. 마치 그것이 적도에라도 있는 것 같다. 아니, 꼭 그렇지는
않은데, 어쩌면 그걸 회수할 방법을 찾을지도 모르기 때문에, 난

98

정말 재주가 좋으니까. 그러니까 아직은 돌이킬 수 없이 완전히 잃어버린 건 아니다. 그동안은, 내가 제대로 기억한다면 내 정의에 따라 내 것은, 내 노트와, 내 연필심과 정말로 존재한다고 가정했을 때 내 프랑스 연필, 이것들을 제외하고는 아무것도 없다. 목록 작성을 그만두길 잘했다, 뭔가 감이 왔던 모양이지. 내가 자는 동안 그들이 뭔가를 먹인 모양인지, 조금 강해진 느낌이 든다. 아직 다 차지 않은 요강도 보이는데, 이제 그걸 잡을 수 없겠지. 내가 아기였을 때처럼, 어쩔 수 없이 침대에서 일을 보게 될 것 같다. 적어도 야단맞을 일은 없겠지. 그런데 내 얘기는 이제 충분히 했다. 지팡이가 없어서 다행스러워하는 것처럼 보일지도 모르겠다. 그걸 다시 찾으려면 어떻게 해야 하는지 아이디어가 있다. 방금 뭔가가 떠올랐다. 혹시 그들은, 수프를 주지 않음으로써 내가 죽는 걸 도와주려는 게 아닐까? 사람들은 너무 급하게 판단한다. 하지만 그 경우라면 내가 자는 동안 왜 음식을 먹인 걸까? 그런데 이것도 확실하지는 않다. 그들이 내가 죽는 걸 도와주고 싶다면 나한테 독이 든 수프를, 엄청나게 독이 든 수프를 주는 편이 더 현명하지 않을까? 어쩌면 그들은 부검을 두려워하는 건지도 모르겠다. 멀리 내다보는 사람들임이 분명하니까. 그러다 보니 내 물건들 중에 아무 표시 없이 알약만 몇 개 든 작은 약병이 있었던 게 생각난다. 변비약? 진통제? 이젠 기억나지 않는다. 그들에게 진정제를 요구했다가 설사약밖에 얻지 못하면, 짜증이 나겠지. 어쨌거나 그럴 일은 없다. 나는 차분하지만, 충분치가 않아서, 아직도 약간의 차분함이 더 필요하다. 이제 나에 대해서는 그만. 내 지팡이를 되찾기 위한 아이디어가 쓸모가 있을지 살펴봐야겠다. 내가 분명 아주 약할 거라는 건 사실이다. 아이디어가 쓸모가 있다면, 난 먼저 침대에서 벗어나려고 해 볼 거다. 그게 아니라면 난 뭘 해야 할지 모르겠다. 아마도 맥먼이 어떻게 되었는지 보러 가는 것. 내겐 항상 그 방법이 있다. 움직이는 게 왜 필요하지? 신경이 날카로워진다.

그의 모습으로 판단해 볼 때 한참이 지난 후 어느 날, 맥먼은 다시 한번, 어떤 정신병원에서 의식을 되찾았다. 그는 안에 처박혀 있어서 처음엔 그런 곳인지 몰랐지만, 그가 말을 알아들을 상태가 되자마자 사람들이 그에게 알려 주었다. 그들은 실제로 이렇게 말했다, 넌 176번 번호를 달고 성 요한 정신병원에 있어. 아무것도 겁낼 건 없어, 넌 친구들 속에 있으니까. 이게 말이 되는가! 이제 아무것도 신경 쓰지 마, 앞으로는 우리가 널 위해 생각하고 행동할 거야. 우린 그런 걸 좋아한단다. 그러니까 우리한테 고마워하지 마. 네 생명을 유지시키고 심지어 건강하게 해 줄 깨끗한 음식들 말고도, 너는 매주 토요일에, 우리 주인님께 경의를 표하는 의미에서, 최고급 흑맥주 반 파인트하고 씹는 담배를 받게 될 거야. 그러고는 그의 권리와 의무에 대한 지시 사항들이 이어졌는데, 그를 친절하게 대해 줌에도 불구하고 그가 알아야 할 몇 가지 의무들이 아직 있었기 때문이다. 지금까지 후한 대접을 받아 본 적이 없다가 이렇게 계속 반말로 자기를 대하는 것에 놀라서, 맥먼은 그들이 지금 자기한테 말을 걸고 있음을 바로 알아차리지 못했다. 그가 있게 된 방, 즉 독방에는 흰옷을 입은 남자와 여자들이 우글거렸다. 그들은 그의 침대 주위에서 바쁘게 움직였으며, 둘째 줄에 있던 사람은 그를 더 잘 보기 위해 발뒤꿈치를 들어 올렸고 목을 길게 늘이기도 했다. 말하고 있는 사람은 당연히 남자였고, 한창인 나이에 부드러움과 엄격함이 동일한 비중을 차지하고 있는 모습이었으며, 예수와 더 비슷하게 보일 의도였는지 턱수염을 지저분하게 기르고 있었다. 그는 손에 종이를 들고 있었으며 가끔 불안하게 그걸 힐끔거리는 걸로 보아 읽거나 암송할 생각이었던 것 같지만 사실 즉흥적으로 말하는 편이었다. 그는 마침내 그 종이와 함께 그가 방금 전에 끄트머리를 입에 넣었던 잊지 못할 연필 하나를 맥먼에게 건네주었고, 그저 단순한 절차라고 말하며 거기에 서명해 줄 것을 부탁했다. 그리고 맥먼이, 거부할 경우 벌을 받을까 봐 두려워서인지, 자기가 하는 일의 심각성을 이해하지 못했기 때문인지, 시키는 대로 했을 때, 상대방은 종이를 다시 가져가서 검토해 보더니, 맥 뭐라고? 이렇게 말했다. 그러자 아주 날카롭고 불쾌한 여자 목소리가, 맨, 이 사람 이름이 맥먼이에요, 라고 말하는 게 들렸다. 그 여자는 맥먼 뒤에 있어서 그는 그녀를 볼 수 없었는데, 그 여자는 양손에

하나씩 침대 기둥을 움켜쥐고 있었다. 당신 누구요? 턱수염이
말했다. 아니 몰이잖아요, 그러니까, 저 여자 이름이 몰이라고요.
턱수염은 방금 말한 사람 쪽을 돌아보았고, 그를 잠시 뚫어지게
본 다음 눈을 내리깔았다. 물론 그렇지, 물론이야, 그가 말했다,
내가 몸이 좀 아파서. 잠시 침묵한 다음, 멋진 이름이네, 하고
덧붙였는데, 이 찬사가 몰이 멋진 이름이라는 건지, 맥먼이 멋진
이름이라는 건지 정확히 알 수는 없었다. 빌어먹을, 밀지 말아요!
그가 짜증을 내며 말했다. 그런 다음, 갑자기 몸을 돌리더니,
도대체 다들 왜 이렇게 미는 거냐고!, 라고 소리쳤다. 실제로
호기심 많은 사람들이 새롭게 몰려들면서, 방은 점점 더 가득
찼다. 난 가 보겠어요, 턱수염이 말했다. 그러자 모든 사람들이
각자 먼저 나가려고 서로 부딪치며, 무질서한 가운데 자리를
뜨기 시작했는데, 몰만 예외적으로 움직이지 않았다. 하지만
모두 나갔을 때 그녀는 문으로 가서 문을 닫은 다음, 다시 침대
옆에 있는 의자에 와서 앉았다. 몸도 얼굴도 심하게 흉한, 작은
노파였다. 그녀는 아마도, 내 희망 사항이지만 내가 마무리 지을
수 있게 해 줄 엄청난 이벤트들 속에서 어떤 역할을 하기 위해
부름을 받은 것 같았다. 뼈의 어떤 기형으로 인해 뒤틀린 마르고
노란 두 팔, 얼굴의 반은 차지하는 것 같은 크고 두꺼운 입술은,
그녀에게서 (처음 봤을 때) 가장 역겨운 모습이었다. 그녀는
귀걸이 대신 머리가 조금만 움직여도 정신없이 흔들리는 두 개의
긴 상아 십자가상을 달고 있었다.

내 상태가 완전 최고임을 기록하기 위해 멈춘다. 어쩌면
망상일지도.

맥먼이 보기에 이 여자는 그를 감시하고 돌보는 임무를 부여받은
것 같았다. 정확하다. 이미 상부에서 176번은 몰 담당이라고
공표했었다. 게다가 그녀는 규정된 양식에 따라 그걸 요구하기도
했다. 그녀는 그에게 먹을 걸 가져다주었고(하루에 큰 접시 하나,
처음엔 더운 음식, 그다음엔 찬 음식), 매일 아침 그의 요강을 비워
주었으며, 매일 얼굴과 손을 씻는 방법을 알려 주었는데, 몸의

나머지 부분들은 일주일 동안 차례로, 즉 발은 월요일, 무릎까지의 다리는 화요일, 허벅지는 수요일, 이런 식으로 해서 일요일엔 마지막으로 목과 귀, 아니, 일요일에 그는 휴식을 취했다. 그녀는 방을 비로 쓸고, 가끔씩 침대를 정돈했는데, 절대 열리지 않는 유일한 창문의 뿌연 유리들을 문질러서 반짝거리게 하는 데 엄청난 즐거움을 느끼는 것 같았다. 그녀는 맥먼이 무언가를 할 때마다, 그게 해도 되는 건지 아닌지 그에게 알려 주었고, 그가 움직이지 않고 있을 때도 마찬가지로 그래도 되는지 아닌지 알려 주었다. 그 얘기는 결국, 그녀가 그의 곁에 항상 머물렀다는 걸까? 아니, 그녀에겐 분명 다른 곳에서도 돌볼 일이, 그리고 다른 지침들이 있었을 것이다. 하지만 초반기에, 그가 아직 새로운 행복에 적응하길 기다리는 동안에는, 그녀는 되도록이면 최대한 그를 떠나지 않았고 밤의 일정 부분을 그의 곁에서 보내기까지 했다. 그녀가 얼마나 배려심이 많고 천성적으로 선한지는, 다음 에피소드에서 드러나게 된다. 그가 이곳에 받아들여지고 나서 얼마 지나지 않은 어느 날, 맥먼은 자신이 평소의 옷차림 대신 무슨 죄수복처럼 거친 천으로 된, 길고 헐렁한 셔츠를 입고 있음을 알게 되었다. 그는 곧 자기 옷들을 달라고 시끄럽게 요구하기 시작했고, 그 요구엔 주머니에 있던 내용물들도 포함되어 있었는데, 왜냐하면 그가 침대에서 뒹굴며, 또 활짝 펼친 두 손으로 이불을 내려치며, 내 물건들! 내 물건들! 이렇게 여러 번 소리쳤기 때문이다. 그러자 몰이 침대 모퉁이에 와서 앉더니 자신의 두 손을 다음과 같은 방식으로 구분해서 움직였는데, 한 손은 맥먼의 두 손 중 하나에, 다른 손은 그의 또는 그녀의, 그의 이마에 얹었다. 그녀는 키가 너무 작아서 두 발이 바닥에 닿지도 않았다. 맥먼이 조금 진정하자 그녀가 그에게 말하기를, 그의 옷들은 분명 이제 존재하지도 않을 것이며 따라서 그에게 돌려줄 수가 없고, 옷에서 꺼낸 물건들로 말하자면 아무 가치도 없는 것들이라 그냥 버리기로 결정이 났는데, 은제 나이프 받침만 그에게 넘겨줄 수 있다는 것이었다. 하지만 이런 선언들이 맥먼을 너무나 혼란스럽게 만들었기에 그녀는 웃으면서 다급하게, 방금 한 얘기들은 그저 농담일 뿐이었고 사실 그의 옷들은 빨아서

다림질하고 수선하고 좀약을 뿌린 다음에 그의 이름과 번호가 적힌 상자에 잘 접어 넣어서, 영국 은행만큼이나 안전한 장소에 잘 보관해 두었다고 덧붙여야 했다. 하지만 맥먼이 그녀가 방금 자신에게 알려 준 사실들을 마치 전혀 이해하지 못하기라도 한듯 계속 자기 물건들을 요구했기 때문에, 그녀는 어쩔 수 없이, 수감 기간이 끝나기 전에는 어떤 경우에도 수감자가 부랑자 시절에 지녔던 물건들과 다시 접촉하지 못한다는 규정을 언급해야만 했다. 하지만 맥먼이 그의 옷들, 특히 그의 모자를 계속 집요하게 요구하자, 그녀는 그가 이성적이지 않다고 말하며 그를 떠났다. 그런 다음 잠시 후에, 문제의 그 모자를 손가락 끝으로 잡고서 다시 나타났고, 아마 채소밭 안쪽의 쓰레기 더미에서 찾아낸 것 같았는데, 왜냐하면 다 알아내려면 시간이 너무 걸리고, 또 퇴비로 너덜너덜해져서 모자가 완전히 망가져 있었기 때문이다. 그가 모자를 쓰는 게 그녀로서는 더욱 고통스러웠고, 그래도 그걸 도와주기까지 했는데, 일단 그를 앉히고 그가 힘들이지 않고 그 자세를 유지할 수 있도록 베개를 정리해 줬다. 그리고 그녀는, 긴장이 풀어진 늙고 멍한 얼굴을, 털 안쪽에서 미소를 지으려고 애쓰는 입술을, 마치 고마움을 표현하려는 듯 그녀를 돌아보는 또는 다시 쓰게 된 모자를 돌아보는 작고 붉은 눈을, 그리고 모자를 제대로 쓰기 위해 들어 올렸다가 다시 이불로 돌아와 떨고 있는 손을, 연민에 찬 눈으로 바라보고 있었다. 그들이 마침내 오랫동안 시선을 교환했고, 몰의 입이 열리고 벌어지면서 끔찍한 미소를 지었는데, 그러자 맥먼의 눈빛이 마치 자기를 노려보는 주인과 마주한 동물의 그것처럼 흔들렸고 결국 눈길을 돌리게 됐다. 에피소드 끝. 그건 들판 한가운데 버려져 있던 모자와 같은 것임에 틀림없었는데, 더 망가지긴 했지만 너무나 비슷했다. 그렇다면, 세월이 흐르면 어떻게 되는지 아는 사람에게 있어서, 육체적으로 정신적으로 너무나 닮았음에도 불구하고 혹시 같은 맥먼이 아닐 수도 있을까? 섬에 맥먼이라는 사람이 많은 건 사실이고, 게다가 대부분은, 결국 모두 같은 유명한 얼간이에게서 나왔음을 자랑스러워한다. 그래서 그들은 당연히 가끔 서로 닮을 수밖에 없어서, 그들이 잘되길 바라는 사람들의 생각조차 헛갈리게 만들 정도라 누가 누구인지 구분할 수만 있어도 사람들은 진정 흡족해할 것이다. 게다가 몸과 의식의 흔적이 조금만 남아 있어도 충분해서, 사람들의 뒤를 밟을 필요가 없다. 그게 여전히 살아 있는 사람이라고 부를 수 있는 존재인 한 실수할 리가 없다, 그가 범인이다. 자기가 아직 걸을 수 있는지, 그러니까 서 있을 수 있는지 불확실해하며, 그리고 만일 그럴 수 있다면 지휘부가 자신을 곤란하게 만들지도 모른다는 걸 두려워하며, 그는 오랫동안 침대에서 움직이지 않았다. 이러한 맥먼의 성 요한 병원 체류 첫 단계를 우선 고려해 보자. 그런 다음에 우리는 두 번째, 필요하다면 세 번째 단계로 넘어갈 것이다.

주목해 봐야 할 사소한 사항들이 산더미같이 있는데, 내가 제대로 해석한 거라면 내 상황으로 볼 때 매우 흥미로운 것들이다. 하지만, 이제서야 깨달았는데, 내 노트는 자기 대상이 될 만한 것들을 모두 사라지게 만드는 고약한 경향이 있다. 그래서 나는 이 특별한 열기에서 빨리 관심을 돌려, 어디라고 말은 안 하겠지만 그 열기가 내 기관의 몇 부분들을 장악했다고만 언급할 것이다. 다른 것과 더불어 그건 중요하지 않다. 게다가 난 오히려 차게 식기를 기대하고 있었으니!

이 첫 번째, 침대 단계의 특징은 맥먼과 그를 돌보는 여자 사이의 관계가 발전하는 것이었다. 그들 사이에는 일종의 친밀감이 천천히 형성되었는데, 그러다 어느 순간 그들은 함께 자고 나름대로 최선을 다해 성관계를 맺기까지 이르게 되었다. 그들의 나이와 육체적 사랑에 대한 경험 미숙을 고려해 봤을 때, 자기들이 천생연분이라는 느낌을 단번에 주는 데 실패했던 건 당연했기 때문이다. 그래서 마치 베개를 베갯잇에 넣을 때 베개를 반으로 접어 손가락으로 안에 밀어 넣듯이, 맥먼이 자기 성기를 상대방의 성기에 넣으려고 열심히 애쓰는 모습을 볼 수 있었다. 하지만 실망하기는커녕, 그들은 놀이에 열중하여 마침내, 둘 다 완벽한 성적 불능의 상태임에도 불구하고, 피부와 점막과 상상력의 모든 수단들을 동원해 가며, 그들의 메마르고 허약한 성행위로부터

일종의 어두운 쾌락을 분출시키는 데 성공했다. 그 결과 둘
중에 (그 시절에는) 더 솔직했던 몰이, 우리가 왜 60년 전에 못
만났을까! 이렇게 소리 지르곤 했다. 하지만 여기에 이르기까지,
너무도 많은 달콤한 말들과, 두려움과 거친 애무가 필요했는데,
그중 유일하게 중요했던 건, 그들이 맥먼에게 둘이 함께한다는
표현이 의미하는 바를 어렴풋이 알게 해 줬다는 점이다. 그래서
그는 말의 사용에 있어서 이론의 여지가 없는 발전을 이루어
냈으며 우정을 유지하게 해 주는, 네, 아니요, 좀 더요, 충분해요,
같은 말들을 적절한 위치에 사용하는 법을 짧은 시간 안에 배웠다.
이 기회에 그는 독서라는 매혹적인 세계에 뛰어들게 되었는데,
몰이 그에게 뜨거운 편지들을 써서 그의 손에 직접 쥐어 줬기
때문이었다. 그리고 일단 학교에 다녀 본 사람에겐 그 기억들은
워낙 집요한 법이어서, 그는 곧 편지 쓴 사람의 설명이 필요 없게
되었으며, 편지지를 그의 팔이 허용하는 한 최대로 멀리 떨어뜨려
잡고서도 혼자 모든 걸 이해할 수 있었다. 몰은 읽어 주는 동안
조금 떨어져서 눈을 내리깔고, 그래서 지금 어떻게 된 거냐
하면… 지금은… 지금은… 이렇게 중얼거렸는데, 그녀는 종이가
다시 봉투에 들어가는 소리가 그에게 이제 끝났다는 걸 알릴
때까지 이런 태도를 유지했다. 그러면 그녀는 그를 향해 경쾌하게
몸을 돌려서, 그가 편지를 입술로 물고 있거나 또 다른 4학년의
추억인 양 편지를 가슴에 꼭 누르고 있는 모습을 놓치지 않고 볼
수 있었다. 그런 다음 그는 그녀에게 편지를 돌려주었고 그녀는
그걸 베개 아래 두었는데 거기엔 이미 다른 편지들이 리본과 함께
순서대로 정리되어 있었다. 이 편지들은 형식과 내용 면에서 서로
크게 다르지 않았는데, 그것이 맥먼에게는 엄청난 도움이 되었다.
예를 들어 보자. 사랑하는 당신, 내가 죽기 전에 당신을 찾게 된 걸
하느님께 무릎 꿇고 감사하지 않은 게 아직 하루도 되지 않았어요.
우린 둘 다 곧 죽을 테니까요, 그건 분명해요. 그게 정확히 같은
순간이기를, 내가 바라는 건 그것뿐이에요. 어쨌든 내겐 약방
열쇠가 있어요. 하지만 우선, 하루 종일 비바람이 친 다음에
정말 뜻밖이라고밖엔 할 수 없는 이 멋진 석양을 즐겨요! 당신도
그렇게 생각하지 않아요? 사랑하는 당신! 우리가 왜 60년 전에 못

만났을까! 아니, 모든 게 다 좋아요, 서로를 역겨워하고, 우리의
젊음이 가 버리는 걸 보고, 예전의 황홀했던 순간을 구역질하며
되새기고, 더 이상 함께할 수 없는 걸 각자 다른 사람에게서 찾고,
한 마디로 서로에게 익숙해지는 그런 시간들이 없을 테니까요.
세상을 있는 그대로 봐야 해요, 그렇죠, 내 강아지? 당신이 날 품에
안고, 또 내가 당신을 안을 때, 젊은 날의, 아니 중년의 열정과
비교하면 보잘것없겠죠. 하지만 우린 이렇게 말해야 해요, 모든 건
상대적이라고, 수사슴과 암사슴에겐 그들의 욕구가 있고, 우리에겐
우리의 욕구가 있는 거라고. 당신이 잘 해내는 게 놀랍기까지
해요, 난 잘 안 되던데, 당신 정말 절도 있고 정숙하게 살았던
모양이네요! 당신도 눈치챘겠지만, 나도 마찬가지예요. 무엇보다,
특히 우리 나이에는, 육체가 전부가 아니라는 걸 생각해 봐요,
그리고 곧 모든 걸 보게 될, 또 뜬 채로 있기도 힘들 때가 많은
눈으로 우리만큼 해낼 수 있는, 또 내 의무가 우릴 갈라놓을 때,
열정의 도움 없이 오직 애정만으로 우리처럼 매일 해낼 수 있는
연인들이 있으면 찾아봐요. 그리고 우린 이제 모든 걸 서로 얘기할
수 있으니까, 내가 들은 증언들로 판단해 봤을 때 난 지금까지 한
번도 예쁘거나 몸매가 좋았던 적이 없었고 오히려 못생기고 거의
기형에 가까웠다는 걸 생각해 봐요. 특히 아빠는, 아직도 그 표현을
기억하는데, 내가 원숭이 같은 실패작이라고 말하곤 했죠. 내
사랑, 당신은, 미녀들의 심장을 더 빨리 뛰게 만드는 나이였을 때,
다른 상황에서도 그렇게 할 수 있었나요? 아닐 거 같네요. 하지만
늙어 가면서 이제 우리는 제일 잘빠진 동년배들보다 그냥 조금
더 추할 뿐이네요, 그리고 특히 당신은, 머리도 빠지지 않았구요.
그리고 사용해 본 적이, 이해해 본 적이 한 번도 없다 보니, 내가
보기에 우리에겐 신선함과 순결함이 없지 않아요. 결론적으로
이제 우리에게도 드디어 사랑의 계절이 왔으니, 즐기도록 해요,
12월이 되야 익는 배들도 있잖아요. 앞으로의 절차에 대해서는,
그냥 나한테 맡겨요, 두고 봐요, 우린 아직도 놀라운 일들을 할 수
있으니까. 둘이 머리와 발을 거꾸로 해서 눕는 자세에 대해서는,
난 당신과 생각이 달라요, 계속해 봐야 할 거예요. 그냥 몸을
맡기고, 어땠는지 나한테 알려 줘요. 아니, 이런 엉큼한 사람! 우릴

곤란하게 만드는 건 이 모든 뼈예요, 그건 분명해요. 그러니까 우리 있는 그대로를 받아들이자구요. 무엇보다 우리 걱정하지 말아요, 이건 그저 심심풀이일 뿐이니까요. 우리가 어둠 속에서 지쳐서 끌어안고, 우리 마음이 하나가 되려고 애쓰며, 겨울밤에 밖에 있다는 게 어떤 건지, 우리가 함께했던 게 어떤 건지 바람이 전하는 말을 우리가 듣던 때를 생각해요, 그리고 더 꼭 껴안으며, 이름 없는 불행에 함께 빠져 봐요. 바로 이런 걸 알아봐야 해요. 그러니 용기를 내요, 내가 사랑하는 털북숭이 늙은 아기, 그리고 당신의 얼큰한 인형에게, 당신이 짐작하는 거기에 진한 입맞춤을 해 줘요. 추신. 내가 굳은 부탁해 놨는데, 희망적으로 생각하고 있어요. 정상적인 방법으로는 자기 감정을 충분히 전할 수 없다는 것에 아마도 절망한 몰이 맥먼에게 일주일에 서너 번씩 보내는 고백의 말투는 대체로 이러했고, 그는 거기에 절대로, 그러니까 분명하게는 대답을 하지 않았지만, 자기 능력이 닿는 한 모든 수단을 동원해서 그 고백들을 받는 기쁨을 표현하곤 했다. 하지만 이 순애보가 끝나 갈 때쯤, 그러니까 조금 뒤늦게, 마침 편지들이 차츰 뜸해지기 시작했을 때, 맥먼은 자기가 알고 있는 모든 어휘를 동원해서 신기하게도 운을 맞춘 짧은 글들을 써서 여자 친구에게 주기 시작했는데, 그녀가 자기와 멀어지고 있다고 느꼈기 때문이었다. 예를 들어 보자.

얼큰한 인형과 늙은 아기
우리를 맺어 준 건 사랑
긴 인생의 끄트머리에
항상 즐겁지는 않았던
그래
항상 즐겁지는 않았던.

다른 예.

우리를 이끄는 건 사랑
손에 손을 잡고 글라스네빈[21]을 향해

그곳이 가장 좋은 길
내 생각에 또 당신 생각에
그럼
우리 생각에.

그는 대충 이런 성격의 글들을 10여 편 쓸 시간이 있었고,
그것들의 특징은 예외 없이 일종의 치명적인 접착제처럼
여겨지는 사랑의 중요성을 강조한다는 점이었는데, 이는
신비주의적인 텍스트에서 자주 볼 수 있는 것이었다. 맥먼이
이렇게 짧은 시간 동안에 그리고 처음에 다소 곤란을 겪은 후에
이렇게 고상한 개념에 다다를 수 있었다는 건 놀라운 일이다.
그리고 그가 좀 더 어린 나이에 성에 대한 진정한 지식을 접할 수
있었다면 과연 뭘 할 수 있었을지 곰곰이 생각해 보게 된다.

갈피를 못 잡겠다. 단 한 마디도.

몰이 그에게 솔직히 역겨움을 불러일으키던 초반기는 사실
곤란했다. 특히 그 입술이 끔찍했는데, 몇 달 후엔 그가 쾌락으로
앓는 소리를 내며 빨아 댈 입술과 거의 같았지만, 그걸 보기만
해도 그는 눈을 감을 뿐 아니라 좀 더 확실히 하려고 손으로
그녀의 입술을 가리기까지 했다. 그러니까 그 시기에 끈질기게
열심히 애를 썼던 건 그녀였고, 이는 그녀가 왜 마지막에
시들해졌으며 자기도 격려를 필요로 했는지 설명해 준다.
단순한 건강의 문제가 아니었다면 말이다. 이는 또한, 맥먼에
대해 자신이 착각했으며 그가 결국 자신이 생각했던 사람이
아니었다고 어느 순간 판단한 몰이, 그들의 교류를, 그가 너무
놀라지 않도록 부드럽게, 끝내고 싶어 했을 가능성을 배제하지는
않는다. 불행하게도 여기서 관심 있는 건 그저 여자에 불과한 몰이
아니라 맥먼이고, 그들 관계의 끝이 아니라 오히려 시작이다. 이
긴 양극단 사이의 짧지만 충만했던 기간, 한쪽의 열기가 점점 더
뜨거워지고 다른 쪽의 그것은 이미 조금씩 식어 가며 일시적인
온도의 균형이 이루어지던 시간에 대해서는, 문제 삼지 않을

것이다. 왜냐하면 가진 적이 없었고 또 더 이상 갖지 않기 위해 무언가를 가져야 한다면, 그걸 숨기지 않고 드러낼 이유는 전혀 없기 때문이다. 하지만 차라리 사건들이 말하게 하자. 어조는 대체로 이렇다. 예를 들어 보자. 어느 날, 사랑받는 것에 익숙해진 맥먼이 거기에 바로 응답을 해야 했지만 아직 그러지 않고 있었을 때, 그는 귀걸이를 살펴보고 싶다는 핑계를 대며 몰의 얼굴을 자기 얼굴에서 멀리 떨어뜨리고 있었다. 하지만 그녀가 하던 일을 계속하려고 하자 그는 그녀를 다시 멈추게 하고, 하나면 충분하다는 듯한 태도를 보이며, 예수가 왜 둘이지? 이렇게 되는대로 물었다. 거기에 대고 그녀는, 귀는 왜 두 갠데? 라는 터무니없는 대답을 했다. 하지만 잠시 후에, 미소를 지으며(그녀는 아무것도 아닌 일들에 미소를 짓곤 했다.), 사실 이건 도둑들이고, 예수는 내 입안에 있어, 라고 사과했다. 그리고 아래턱을 벌리고 입술을 엄지와 검지 사이에 넣고 그의 턱수염 쪽으로 가져가다가, 잇몸의 단조로움을 혼자서 파괴하고 있는 길고 노란 송곳니를 찾아냈는데, 그것은 저 유명한 희생을 드러내도록 아마도 치과용 드릴로 다듬어져 뿌리가 완전히 드러나 있었다. 난 이걸 하루에 다섯 번 닦아, 상처마다 한 번씩, 그녀가 이렇게 말했다. 자유로운 손의 검지로 그녀는 그걸 만져 보았다. 그녀가 말하길, 흔들리네, 조만간 이걸 삼켜 버린 채로 깨어날까 봐 두려워, 뽑아 버리는 게 낫겠어. 그녀가 입술을 놓자 그것은 탁 소리를 내며 곧바로 제자리로 돌아갔다. 이 사건은 맥먼에게 깊은 인상을 남겼고 그의 마음속에 몰이 한 걸음 더 들어오게 만들었다. 그리고 후에 그가 자기 혀를 그녀의 입안에 넣고 잇몸을 훑는 쾌락을 느낄 때, 이 십자가 모양의 이뿌리도 당연히 한몫을 했다. 하지만 이런 무해한 보조물들이 없다면 사랑이란 도대체 뭘까? 가끔은 밴드라든지 겨드랑이에 대는 천 등의 물건인 것 같기도 하고. 또 어떤 때는 그저 제삼자의 이미지가 되기도 하는데. 이 관계가 시들어 가는 걸 마무리하기 위한 몇 마디. 아니, 못 하겠다.

나의 권태가 권태로운, 지난달의 하얀 달, 유일한 후회, 그조차도 없는. 그녀보다 먼저, 그녀 위에서, 그녀와 함께 죽는 것, 그리고

죽은 여자 위에 죽어서, 불쌍한 인간들 주위를 도는 것, 그리고
죽어 가는 자들 중에서, 더 이상 절대 죽을 일이 없게 되는 것.
그조차도 아닌, 그것조차 아닌. 내 달은 이 세상에, 저 아래에
있었고, 난 조금이나마 그걸 원할 수 있었다. 그리고 어느 날,
조만간, 어느 밤의 땅에서, 조만간, 땅 아래에서, 어떤 죽어 가는
자가, 나처럼, 땅을 비추는 빛 속에서, 그조차도 아냐, 그것조차
아냐, 이렇게 말할 것이고, 후회할 거리 하나 찾지 못한 채, 죽을
것이다.

몰. 난 곧 그 여자를 죽일 거다. 그녀는 여전히 맥먼을 돌보고
있지만, 더 이상 예전 같지 않다. 청소가 끝나면 그녀는 방
한가운데, 의자에 자리를 잡고, 더 이상 움직이지 않았다. 그가
그녀를 부르면 그녀는 침대 위로 몸을 굽혔고 그가 간지럽혀도
내버려 두기까지 했다. 하지만 그녀가 다른 생각을 하고 있었고
또 그저 빨리 의자로 돌아가 그녀에게 친숙한 동작, 그러니까
두 손으로 위를 꾹 누르며 배를 천천히 마사지하는 일을 다시
시작하기만을 바라고 있었음은 분명했다. 그녀는 또한 냄새를
풍기기 시작했다. 그녀의 냄새가 좋았던 적은 한 번도 없었지만,
좋은 냄새를 풍기지 않는 것과 그 시기에 그녀가 풍기던 냄새를
풍기는 것 사이에는 엄청난 차이가 있다. 게다가 툭하면 구토를
했다. 그럴 때면 경련을 일으키며 흔들리는 자신의 등만 애인이
볼 수 있도록 몸을 돌리며, 오랫동안 바닥에 토하곤 했다. 그리고
이러한 분출은, 그것들이 바닥에 떨어져 그녀가 뭔가 치울 것을
찾아 장소를 청소할 때까지, 가끔 몇 시간 동안 계속되기도 했다.
50년 정도 더 젊었더라면 마치 임신한 것처럼 보일 수도 있었을
것이다. 그 시기 동안 머리카락이 엄청나게 빠졌고, 그녀는 탈모가
더 심해질까 봐 이젠 빗질도 두려워서 못 하겠다고 맥먼에게
털어놓았다. 그녀는 나한테 모든 걸 말해, 그는 만족스러워하며
혼자 이렇게 말했다. 하지만 이 모든 건 노란색에서 사프란색으로
눈에 띄게 변하는 그녀의 안색에 비하면 아무것도 아니었다.
그녀가 이렇게 쇠약해지는 걸 보면서도, 맥먼이 냄새나고
토악질하는 그녀를 품에 안고 싶은 욕구를 덜 느끼는 건 아니었다.

그녀가 막지만 않았더라도 그는 분명 그렇게 했을 것이다. 그도 (또한 그녀도) 이해가 된다. 왜냐하면 엄청난 삶을 함께 나눈 유일한 사랑이 손 닿는 곳에 있을 때, 아직 시간이 있는 동안 그걸 누리고 싶어 하는 건, 또 그저 그런 사이라면 역겨워할, 하지만 진정한 사랑이라면 개의치 않을 그런 것 때문에 그 사랑을 외면하지 않으려는 건 당연한 일이다. 그리고 모든 면에서 몰의 상태가 좋지 않아 보임에도 불구하고, 맥먼은 자신에 대한 그녀의 태도가 냉랭해지는 걸 어쩔 수 없이 볼 수밖에 없었다. 어쩌면 정말로 그런 게 있었을 것이다. 어쨌거나, 그녀가 약해질수록 그는 그녀를 더욱 꼭 껴안고 싶어 했는데, 이는 사실 꽤 드물고 신기한 일이어서 언급될 만한 것은 아니다. 그리고 그녀가 몸을 돌려 그가 보기엔 무한한 사랑과 후회 가득한 눈으로 그를 바라볼 때면(아직 가끔씩 그럴 때가 있었다.), 그는 일종의 광기 같은 것에 사로잡혀서 몸을 비틀고 소리를 지르며 주먹으로 자기 상체와 머리, 심지어 침대까지도 두드리기 시작했는데, 어쩌면 그녀가 자기를 불쌍하게 여기고 그가 모자를 요구했던 날처럼 그를 위로하러 와서 눈물을 닦아 주리라는 희망을 가졌던 건지도 모르겠다. 그런데 그게 아니었고, 그는 아무 생각 없이 두드리고, 몸을 비틀고, 소리를 질렀던 것이었는데, 왜냐하면 그녀는 그가 계속하도록 내버려 뒀고, 그녀가 보기에 너무 오래 지속된다 싶으면 심지어 방을 나가 버렸기 때문이다. 그러면 그는 정신 나간 듯이 혼자서 계속했는데, 이는 그가 아무 생각이 없었다는 증거가 아닐까, 그녀가 엿듣기 위해 문 뒤에 멈춰 선 게 아닐까 의심한 게 아니라면 말이다. 그리고 마침내 정신을 차리면, 또는 기운이 다 빠지면, 그는 정신병원과, 자비로움과 인간의 애정으로 인해 오랫동안 잃어버린 면역력을 아쉬워하곤 했다. 그리고 그는 자신의 경솔한 생각을 계속 밀고 나가 사람들이 무슨 권리로 자기를 돌보고 있는 건지 자문해 보기까지 했다. 한마디로 맥먼에게는 최악의 날들이었다. 엄밀하게 말하자면, 물론 몰에게도 마찬가지라고 할 수 있다. 그녀가 송곳니를 잃어버린 것도 이 시기였는데, 그것은 다행히 한낮에 이빨 구멍에서 저절로 빠져나와 그녀가 붙잡아서 안전한 곳에 둘 수 있었다. 그녀가

그 얘기를 자신에게 했을 때 그는, 그녀가 그걸 나한테 주거나
최소한 보여 줄 때가 됐어, 라고 혼잣말했다. 하지만 그런 다음
또 첫 번째로 말하길, 그녀는 나한테 아무 말 안 할 수도 있었어,
그러니까 이건 애정과 신뢰의 표시야. 두 번째로는, 하지만 그녀가
말을 하거나 미소 짓기 위해서 입을 벌렸을 때 어쨌든 알아봤어야
했는데. 그리고 마지막으로, 하지만 그녀는 이제 말도 안 하고
웃지도 않아. 어느 이른 아침에 그가 한 번도 본 적이 없었던 어떤
남자가 그에게 와서 몰이 죽었다고 말했다. 이렇게 또 한 명을
보냈다. 그가 말하길, 비록 부모님은 아마 아리아인이겠지만,
내 이름은 르뮈엘, 앞으로는 내가 널 돌보게 될 거다. 여기 네
오트밀이 있다. 뜨거울 때 먹어.

다시 조금 더 애써 보자. 르뮈엘은 고약하다기보다는 어리석다는
느낌을 좀 더 갖게 하는 사람이었지만, 그의 고약함은 대단했다.
자신의 상황에 대해 점점 더 눈에 띄게 불안해하던 맥먼이
자기 머릿속에 스쳐 가는 걸 아주 일부분이라도 떼어내서
남들이 이해할 수 있을 정도로 제법 표현할 수 있게 되었을 때,
그가 놀랍게도 그에게 무언가를 물어보면 곧바로 대답을 듣는
일은 드물었다. 예를 들어서 성 요한이 민간 병원인지 아니면
정부에 의존하는 기관인지, 또 여기가 노인과 장애인을 위한
호스피스인지, 아니면 정신병원인지, 일단 한번 들어오게 되면
그래도 언젠가는 여기서 나갈 수 있다는 희망을 계속 가져도
되는지, 만일 그럴 수 있다면 어떤 과정들을 거쳐야 하는지, 이런
것들을 물어보면, 르뮈엘은 10분이고 15분이고 오랫동안 생각에
잠겨서 움직이지 않고 있거나 마치 이런 질문들이 그에겐 전혀
이해가 되지 않는다는 듯, 아니면 완전히 다른 생각을 하며,
자기 머리와 겨드랑이를 긁곤 했다. 그래서 맥먼이 조급해져서,
아니면 자기가 표현을 서툴게 했다고 생각하며 용기를 내어 다시
물어보더라도, 강압적인 몸짓이 그의 입을 다물게 했다. 이것이
어떤 측면에서 본 르뮈엘의 모습이었다. 또 그는 이루 말할 수
없이 흥분해서 발을 구르며, 생각 좀 하자고, 이 쓰레기 같은
놈아! 이렇게 소리칠 때도 있었다. 대개의 경우 자긴 아무것도

모른다는 말로 마무리되곤 했다. 하지만 그는 거의 경조증에 가까울 정도로 과도하게 기분이 좋을 때가 자주 있었다. 그러면 그는, 내가 알아볼게, 이렇게 덧붙이곤 했다. 그리고 항해일지만큼 큼직한 노트를 꺼내서, 민간이냐 정부냐, 미친 사람들이냐 우리 같은 사람들이냐, 어떻게 나갈 수 있느냐, 등등을 중얼거리며 적었다. 그러면 맥먼은 그 답들을 절대 들을 수 없을 거라고 확신할 수 있었다. 그가 어느 날 말했다. 일어나도 되나요? 몰이 살아 있을 때 이미 그는, 마치 전혀 불가능한 일을 요구하듯 머뭇거리며, 일어나고 싶고 또 바람을 쐬러 나가고 싶다는 의사를 여러 번 표현했었다. 그 덕에 그는, 말을 잘 들으면 아마 언젠가는 일어날 수 있을 것이고 심지어 외출도 하고 고원의 맑은 공기를 마실 수도 있을 것이며, 또 그날이 되면, 일을 시작하기 전이나 경우에 따라서는 자러 가기 전에 모든 직원들이 새벽에 모이는 대강당에, 176번 일어나고 외출할 것, 이런 내용의 메모가 근무판에 꽂혀 있는 걸 보게 될 거라는 얘길 들을 수 있었다. 왜냐하면 규칙과 관련된 모든 것에 있어서 몰은 단호한 모습을 보였기 때문이며, 그녀의 목소리에는 그녀 마음속에 있는 사랑의 목소리가 숨어 있어서, 매번 두 가지가 동시에 들렸다. 굴을 예로 들면, 상부에서는 그걸 금지하는 조항을 상기시키며 그에게 주지 않았지만, 그녀는 외부의 도움을 받아 손쉽게 얻어 낼 수 있었고, 맥먼은 그것의 색깔 한번 본 적이 없었다. 하지만 르뮈엘은 이 관계에 있어서 전혀 다른 성격의 사람이었고, 규칙들에 대해 엄격하기는커녕 제대로 알고 있는 것 같지도 않았다. 게다가 관점을 한 차원 높여 본다면, 과연 그가 제정신인지 궁금해할 수도 있었다. 생각하는 것이 두려워 오랫동안 한자리에 못 박혀 있지 않을 때면, 그는 무겁고, 화가 난, 비틀거리는 걸음으로, 알아들을 수 없는 말들을 몸짓과 소리로 격렬하게 내뱉으며 끝도 없이 왔다 갔다 했다. 떠오르는 생각들로 극히 예민해진 그의 정신은 온통 코브라로 가득 차서 차마 꿈을 꾸지도 생각하지도 또 동시에 그걸 막지도 못했고, 그의 고함은 두 종류였는데, 하나는 도덕적인 고통이 그 유일한 이유였으며 모든 면에서 비슷한 다른 하나는 그걸 통해 그가 그 고통을 미리 경고하기를 바라는 종류의 것이었다. 반면에 육체적 고통은 그에겐 소중한 구원 같은 것이었고, 그는 어느 날 바지를 걷어서 다리를 들어 올리며 맥먼에게 멍과 흉터로 뒤덮인 그의 정강이를 보여 주었다. 그런 다음 안주머니에서 재빠르게 망치를 꺼내더니 오래된 상처 한가운데를 그걸로 내리쳤는데, 어찌나 심했던지 그는 뒤로 넘어졌다. 하지만 그가 가장 즐겨 때리는 부위는 머리였고, 이는 그럴 만도 했는데, 왜냐하면 거기도 뼈가 있고, 예민하고 쉽게 닿을 수 있는 부위였기 때문이며, 그 안에는 온갖 더럽고 썩은 것들이 들어 있으니, 예를 들어 아무 잘못도 하지 않은 다리보다는 더 기꺼이 내리칠 수 있는 곳이었고, 이는 인간적이라 할 수 있다. 나 일어나도 돼요? 맥먼이 외쳤다. 르뮈엘이 걸음을 멈췄다. 뭐? 그가 고함쳤다. 일어나는 거! 맥먼이 외쳤다. 나 일어나고 싶어! 나 일어나고 싶다고!

누군가 왔다. 너무나 잘되어 가고 있었는데. 나 자신을 잊었고, 잃어버렸다. 그건 아니고. 잘되어 가고 있었다. 내가 딴 데 정신을 팔고 있었던 거지. 다른 누군가가 고통받고 있었고. 그러자 누군가 왔다. 내가 죽어 간다는 걸 일깨워 주려고. 그들에겐 그게 재밌는지. 사실 그들은 모르고, 나도 모르지만, 그들은 자기들이 안다고 생각한다. 비행기 한 대가 천둥소리를 내며 낮게 날아서 지나간다. 천둥 치는 것과 전혀 다른 소린데도 사람들은 천둥소리라고 말하지만 그런 건 생각하지도 않고, 그건 다른 어떤 소리와도 닮지 않은, 그저 사라지는 시끄러운 소리일 뿐이다. 내가 알기로는, 여기서 그 소리를 들은 건 처음이다. 하지만 다른 곳에서 비행기 소리를 들은 적이 있고 심지어 날아가는 것도 봤는데, 내가 본 건 초기 모델들이었고 그러다가 최신 모델들도 보긴 했지만, 오 아주 최신형은 아니고, 그 전, 그 전전 모델이었다. 그게 다가 아니다. 맹세컨대, 나는 첫 공중회전 중 하나를 목격했다. 난 무서워하지 않았다. 어느 경마장 위에서 있었던 일인데, 어머니가 내 손을 잡고 있었다. 그녀가 말했다, 정말 굉장하구나, 굉장해. 그러자 나는 생각을 바꿨다. 우린 뜻이 맞지 않을 때가 자주 있었다. 어느 날 우리는, 경사가 엄청나게 가파른 언덕을 함께 올라가고 있었는데, 가파른 언덕들이 내 기억 속에서 뒤섞이고 있긴 하지만 아마 집 근처였을 것이다. 파란 하늘이 기억난다. 하늘은 우리 생각보다 더 멀리 있는 거 같아요, 그렇죠, 엄마? 내가 말했다. 나쁜 뜻이 있었던 건 아니었고, 난 그냥 하늘과 나 사이의 거리를 자유롭게 생각하고 있었을 뿐이었다. 그녀가 대답했다, 하늘은 정확히 보이는 것만큼 떨어져 있단다. 어머니 말이 맞았다. 하지만 그 당시에는 그 말이 나를 무너뜨렸다. 타일러 씨 집 맞은편의 그 장소가 아직도 눈에 선하다. 그는 야채 파는 사람이었고, 외눈에 구레나룻이 있었다. 그래, 계속 떠들자. 바다와 섬들과 곶, 지협 등이 보였고, 해변은 북쪽과 남쪽으로 길게 뻗어 있었으며 항구 쪽으로 휘어진 방파제가 있었다. 우리는 정육점에서 오는 길이었다. 내 어머니? 그건 아마도 그게 재밌다고 생각한 누군가에게서 내가 들은 이야기일지도 모른다. 사람들이 내게, 잠깐 동안은 늘 재밌는, 늘 재밌는 이야기들을 해 줬다. 어쨌거나 나는 다시 이 꼴이다. 비행기는, 아마도 시속 200마일로 지나갔다. 요즘치고는 괜찮은 속도다. 내 마음은 당연히 비행기와 함께한다. 하지만 내 마음은 항상 수많은 것들과 함께했었다. 육체는 아니었고. 그렇게 어리석지는 않지. 어쨌든 이것이 프로그램이고, 그 마지막이다. 그들은 나를 혼란스럽게 할 수 있다고 또 내 프로그램들을 내게서 떼어 놓을 수 있다고 생각한다. 정말 바보들이지. 프로그램은 이거다. 방문, 다양한 지적들, 이어서 맥먼, 죽음에 대한 환기, 이어서 맥먼, 그다음은 가능한 오래 맥먼과 죽음을 뒤섞기. 이건 나한테 달린 게 아니다, 내 연필심은 무한하지 않고, 내 노트도 그렇고, 맥먼도 그렇고, 보여지는 모습들에도 불구하고 나 또한 그렇다. 이 모든 게 동시에 꺼져 버리는 것, 지금으로선 그게 내가 바라는 전부다. 예상치 못한 일이 일어나지 않는 한. 물론. 이제 알릴 건 다 알렸다. 방문자. 머리 위로 강한 충격을 느꼈다. 그가 이미 얼마 전부터 와 있었던 모양이다. 기다리는 건 별로 좋아하지 않으니까, 최대한 자신을 알리는 것, 인간적이다. 그는 분명 관례대로 내게 이미 경고했었을 것이다. 그가 뭘 원했는지 모르겠다. 지금은 가 버렸다. 아무리 그래도 내 머리를 때릴 생각을 하다니. 조금 전부터, 오 뭔가를 암시하겠다는 건 전혀 아니고, 약하면서도 눈부신 기묘한 빛이 들어오고 있는데, 그가 아마도 나를 반쯤 정신 나가게 한 모양이다. 그가 입을 열었고 입술이 흔들렸지만, 나는 아무 소리도 듣지 못했다. 마치 그가 아무 얘기도 안 한 것처럼. 그렇다고 내 귀가 먼 것도 아니고, 비행기가 그걸 증명해 줄 텐데, 내가 아무 소리도 못 들었다는 건 들을 얘기가 아무것도 없었기 때문이다. 하지만 난 어쩌면 시간이 지나면서 특히 인간이 내는 소리에 거의 반응하지 않게 되었는지도 모른다. 예를 들어 나 자신부터가, 그래, 아무 소리도 내지 않는다, 유감이지만, 아무 소리도. 그래도 분명 난, 귀와 아주 가까운 곳에서 숨을 쉬고, 기침을 하고, 끙끙거린다. 그러니까 이 영광을 어디에 돌려야 할지 모른다는 거다. 그는 짜증이 난 것 같았다. 그를 꼭 묘사해야 할까? 안 될 것도 없지. 어쩌면 중요할지도 모른다. 나는 그를 똑똑히 봤다. 낡아 빠진 또는 어쩌면 다시 유행하는 재단의 검정 정장, 검정 넥타이, 눈처럼 하얀 셔츠, 손을 거의 다 가릴 정도로 무겁게 풀을 먹인 광대 같은 소맷자락, 곱슬거리는 검은 머리, 길고 잔털 없이 매끈하고 밀가루를 뿌린 것처럼 창백한 얼굴, 광택 없는 어두운 눈, 중간 정도의 키와 체격, 처음엔 손가락 끝으로 섬세하게 아랫배에 댔다가 어느 순간 갑작스럽고 놀라울 정도로 정확한 동작으로 머리에 얹은 중절모. 접이식 자와 더불어 흰 손수건 끄트머리가 그의 상의 주머니 위로 비죽 나왔다. 나는 처음에 그가, 너무 일찍 불려 와서 짜증이 난 장의사 직원인 줄 알았었다. 그는 꽤 오랫동안, 적어도 일곱 시간은 머물러 있었다. 어쩌면 자기가 떠나기 전에 내가 숨을 거두는 걸 보며 만족스러워하길 기대하고 있었는지도 모르겠는데, 그랬더라면 왔다 갔다 하지 않아도 됐을 거다. 그가 날 끝장내러 왔다는 생각이 잠깐 들었다. 그럴 리가. 그건 범죄 아닌가. 그는 자기 일정이 끝난 다음, 여섯 시에 떠난 것 같다. 그 이후로 난 기묘한 빛 속에 있다. 그러니까 그가 처음에 떠났다가, 몇 시간 후에 돌아왔고, 그런 다음 아주 가 버린 것이다. 그는 아홉 시에서 열두 시까지 그리고 열네 시에서 열여덟 시까지 여기 있었던 게 분명하다. 그는 자기 시계를 계속 들여다봤는데, 회중시계였다. 그는 아마 내일 다시 올 것이다.

그가 나를 때린 건 아침 열 시쯤이었던 것 같다. 오후에 그를 바로 본 것은 아니었지만 그는 내게 아무 짓도 하지 않았고, 그를 봤을 때 그는 이미 침대 옆에 서서 자리를 잡고 있었다. 내가 아침과 오후 그리고 몇 시 몇 시 이렇게 얘기하는 건, 누구에 대해 정말로 얘길 하고 싶다면 그 사람 자리에 있어 봐야 하기 때문이고, 그건 그리 어렵지 않다. 이때 절대로 얘기하면 안 되는 것은 그 사람의 행복인데, 지금으로선 다른 건 떠오르지 않는다. 그 생각 자체를 하지 않는 게 더 좋다. 침대 옆에 서서 그는 나를 바라보고 있었다. 내가 말을 하려고 해서 입술이 움직이는 걸 보자, 그는 내 쪽으로 몸을 기울였다. 그에게 부탁할 것들이 있었는데, 예를 들면 내 지팡이를 좀 달라고 할 수도 있었을 것이다. 그는 거절했을 것이다. 그러면 나는 두 손을 모으고 눈에 눈물을 글썽이며 그 작은 부탁 하나만 들어 달라고 애원할 수도 있었을 것이다. 이런 모욕적인 순간을 모면할 수 있었던 건 내가 목소리를 잃은 덕분이었다. 목소리가 나오지 않았으니, 그다음은 뻔할 것이다. 내 노트에다가 글로 써서 그에게 보여 줄 수도 있었다, 지팡이를 돌려주세요, 제발. 아니면. 친절을 베풀어 저한테 지팡이를 건네주세요. 하지만 나는 그가 빼앗아 가지 못하도록 노트를 이불 밑에 숨겨 놓았다. 그가 도착했을 때 난 분명 글을 쓰고 있었을 것이기 때문에 그가 이미 얼마 전부터 글을 쓰는 내 모습을 보고 있었다는 걸(그렇지 않았다면 그는 나를 때리지 않았을 것이다.), 따라서 그가 마음만 먹었다면 내 노트를 쉽게 빼앗을 수 있었다는 걸, 또 내가 그걸 슬쩍 감출 때 그가 나를 지켜보고 있었다는 걸, 결과적으로 내가 그에게 감추고 싶어 했던 바로 그 물건에 오히려 그가 관심을 갖게 만들 뿐이었다는 걸 생각하지 못하고 한 행동이었다. 이런 게 이치에 맞는 얘기다. 왜냐하면 내가 가졌던 것들 중에 이제 내 노트만 남았으니, 그래서 거기에 집착하는 거고, 그건 인간적이다. 연필심도 물론 있지만, 종이가 없다면 연필심이 무슨 의미가 있을까? 그는 점심을 먹으면서 분명 이렇게 말했을 것이다, 오늘 오후에 그 녀석 노트를 빼앗아야겠어, 꽤나 애지중지하는 거 같던데. 하지만 그가 돌아왔을 때 노트는, 그가 내가 숨기는 걸 봤던 그곳에 더 이상 있지 않았지, 뛰는 놈 위에 나는 놈이 있는 법. 그의 우산 얘기를 내가 했던가? 뾰족한 우산이었다. 몇 분마다 양손에 번갈아 쥐면서, 그는 거기에 몸을 기대고 침대 옆에 서 있었다. 그래서 우산이 휘었다. 그는 그걸 내 이불을 들추는 데 사용했다. 나는 그가 그 우산의 길고 뾰족한 끝으로 날 죽일 거라 생각했었는데, 그냥 내 심장에 찔러 넣기만 하면 될 일이었다. 다들 고의적 살인이라 말했겠지. 그는 어쩌면 내일, 좀 더 장비를 갖추고, 아니면 이제 이곳에 익숙해졌으니 조수 한 명을 데리고 다시 올지도 모른다. 하지만 그가 나를 바라보고 있었다면 나도 그를 바라보고 있었다. 몇 시간 동안은 서로 눈도 깜박이지 않고 말 그대로 뚫어져라 보고 있었던 것 같다. 그는 아마도, 내가 늙고 허약하니까 내 눈을 돌리게 만들 수 있을 거라 생각했을 것이다. 불쌍한 놈. 그런 바보 같은 놈들을 본 지가 하도 오래되어서, 나는 혹시 착각했을까 봐 흔히 말하듯 눈에 불을 켜고 바라봤다. 언젠가는 저놈들이 나뭇가지를 뜯어먹기 시작할 거야, 나는 혼자 이렇게 말했다. 그리고 그 얼굴이라니! 잊고 있었다. 어느 순간, 아마 냄새 때문에 불편했던지, 그는 침대와 벽 사이로 끼어들어 창문을 열려고 했다. 불가능했다. 아침에 나는 계속 그를 주시했다. 하지만 오후에는 조금 잤다. 그동안에 그가 뭘 했는지 모르겠지만, 아마 자기 우산으로 내 물건들을 뒤졌는지 지금 바닥이 온통 어질러져 있다. 나는 한순간 장례 회사에서 서둘러 그를 나한테 보냈다고 생각했다. 지금까지 나를 여기 살게 만든 사람들은 아마도 최소한의 격식은 갖춰서 나를 묻어 주려고 신경 쓸 것이다. 여기 마침내 말론이 잠들다, 그리고 그가 용서받기까지 걸린 시간을 대충 알려 주기 위해, 또 이 섬과 저세상에도 많은 동명이인들과 그를 구분하기 위해 써 놓은 날짜. 내가 아는 한 그런 사람을 아직 한 번도 만난 적이 없었다니 신기하다. 아직 시간이 있다. 여기 불쌍한 바보가 잠들다, 모든 것이 그에겐 매서운 바람이었다.[22] 하지만 잠시 동안, 그러니까 기껏해야 30분 정도였다. 그런 다음 나는 그에게 다른 역할들을 부여했는데, 실망스럽기는 다 마찬가지였다. 그들이 누구이고 무슨 일을 하고 바라는 게 뭔지 알고자 하는 이 이상한 욕구. 검은 상복을 입고 우산을 움직이는 여유로운 모습과 중절모에 대한 놀라운 습관에도 불구하고, 그는 내게 잠시 동안 변장한 걸로 보였는데, 도대체 누구에서 누구로 변장했단 말인가? 또 한 가지, 어느 순간 그는 겁을 먹었고, 그의 호흡이 빨라지더니 침대에서 벗어났다. 그때 나는 그가 노란색 신발을 신고 있는 걸 봤는데, 그건 어떤 말로도 그 일부나마 표현할 수 없을 정도로 충격적이었다. 그 신발은 밟은 지 얼마 안 되는 진흙투성이였고 나는 혼자 이렇게 말했다, 도대체 어떤 늪지대를 거쳐서 저 인간이 나한테까지 왔을까? 그가 구체적으로 어떤 걸 찾고 있는 건지 궁금해졌는데, 그걸 알아보는 건 흥미로울 것이다. 난 내 노트에서 한 장을 떼어 내 거기에다 기억나는 대로 다음과 같이 써서, 내일이나 오늘, 또는 그가 다시 온다면 지금부터 아무 때나 그에게 보여 줄 것이다. 1) 당신은 누군가요? 2) 당신은 뭘 하는 사람인가요? 3) 나한테 바라는 게 뭔가요? 4) 정확히 뭔가를 찾고 있나요? 또 뭐가 있을까? 5) 당신은 왜 화가 난 건가요? 6) 내가 당신한테 무슨 짓을 했나요? 7) 나에 대해 뭔가를 알고 있나요? 8) 날 때리지 말았어야죠 9) 내 지팡이 주세요 10) 당신은 독자적으로 일하는 건가요? 11) 그게 아니라면 누가 당신을 보냈나요? 12) 내 물건들 다시 제자리에 놓으세요 13) 내 수프는 왜 중단한 건가요? 14) 내 요강들은 무슨 이유 때문에 더 이상 비우지 않는 건가요? 15) 당신 생각에 내게 시간이 아직 많이 남았을까요? 16) 당신한테 부탁 하나 해도 되나요? 17) 당신의 조건들은 곧 내 것이 될 거예요 18) 당신 신발은 왜 노란색이고 어디서 그렇게 더러워진 건가요? 19) 혹시 나한테 연필 끄트머리 하나 주지 않을래요? 20) 당신의 대답에 번호를 매기세요 21) 가지 말아요, 당신한테 물어볼 것들이 아직도 많아요. 종이 한 장으로 충분할까? 거의 꽉 찰 것 같다. 내친김에, 지우개를 하나 달라고 할 수도 있을 것이다. 22) 고무지우개 하나 빌려주실 수 있나요? 그가 떠난 후 난 혼자, 그런데 저 사람 전에 어디선가 봤어, 라고 말했다. 내가 장담하는데, 내가 본 사람들은, 역시 날 봤다. 하지만 누구인지 말을 할 순 없어도, 난 그를 안다. 다 쓸데없는 소리들. 그러고 나면 저녁엔 아침이 너무 멀다. 난 그에게 익숙해졌다. 나는 그를 더 이상 바라보지 않았다. 그에 대해 생각하고 이해해 보려고 하는데,

그것과 쳐다보는 걸 동시에 할 수는 없다. 그가 떠나는 것조차 보지 못했다. 오 그가 무슨 귀신처럼 사라져 버린 건 아니고, 난 분명, 그가 시계 꺼낼 때 나는 체인 소리, 우산으로 바닥을 부딪치는 만족스러운 소리, 몸을 돌리는 소리, 문 쪽으로 빠르게 향하는 발소리, 소리 없이 닫히는 문, 그리고 마지막으로, 멀어지는 생기 넘치고 즐거운 휘파람 소리를 들었기 때문이다. 내가 뭘 빠뜨렸지? 나중에 생각날 하찮은 것들, 아무것도 아닌 것들이, 방금 일어난 일을 더 분명히 알게 해 줄 것이고, 아 내가 그때 알았었더라면, 지금은 너무 늦었어, 라고 말하게 해 줄 것이다. 그래, 나는 방금 전의 모습대로, 또는 내가 또다시, 너무 늦었어, 너무 늦었어, 이렇게 말할 수 있게 해 줬어야 할 그런 모습으로, 그를 조금씩 보게 될 것이다. 이런 느낌이었다. 아니 어쩌면 이건, 매번 다르게 이어지는 방문들 중 첫 번째일지도 모른다. 그들은 계속 교대할 것이고, 그들은 수가 많다. 어쩌면 내일 그는 레깅스, 승마용 바지, 체크무늬 모자 차림일지도 모르고, 손에 우산 대신 채찍과 단춧구멍이 있는 편자를 들고 있을지도 모른다. 내가 한 번이라도 가까이서 또는 멀리서 본 적이 있는 모든 사람들이 이제부터 줄지어 나타날 수도 있는데, 분명히 그렇다. 심지어 여자들과 아이들까지도 있을 텐데, 얼핏 본 것 같기도 하고, 모두들 기낄 거며 내 물건들을 뒤질 것을 손에 들고 있을 테고, 모두 일단 내 머리를 세게 때리는 걸로 시작할 테고, 그런 다음엔 분노와 혐오가 섞인 눈으로 나를 바라보며 하루를 보낼 거다. 누구에게나 적용될 수 있도록 질문지를 다시 만들어야 할 것 같다. 어쩌면 언젠가, 명령을 잊어버리고 나에게 지팡이를 돌려줄 누군가가 나타날지도 모른다. 아니면 그중 하나, 예를 들면 어린 소녀를 붙잡아서, 절반쯤, 아니지 4분의 3쯤 목을 졸라 그녀가 내게 지팡이를 주고, 수프를 주고, 요강을 비우고, 내게 키스해 주고, 내게 모자를 주고, 내 곁에 머무르고, 손수건으로 눈물을 훔치며 영구차를 따라오게 만들 수 있을지도 모르며, 그건 썩 괜찮을 것이다. 난 알고 보면 정말 좋은, 정말 좋은 사람인데, 어떻게 그걸 못 알아볼 수가 있지? 어린 소녀가 내 일에 잘 어울릴 것 같은데, 그녀는 내 앞에서 옷을 벗을 거고, 나랑 같이 잘 거고,

그녀에겐 나밖에 없을 테고, 난 그녀가 나가지 못하도록 침대를
밀어서 문에 붙일 거고, 그러면 그녀는 창문으로 뛰어내릴 거고,
그녀가 나랑 같이 있다는 걸 알게 되면 그들은 우리 두 사람을
위한 수프를 가져다줄 테고, 난 그녀에게 사랑과 증오를 가르쳐 줄
거고, 그녀는 나를 절대 잊지 못할 거고, 나는 기쁘게 죽을 거고,
그녀는 내 눈을 감겨 주고 지시 사항에 따라 내 엉덩이에 도장을
찍게 되겠지. 흥분하지 마, 물론, 흥분하지 말라고, 이 쓰레기 같은
놈. 사실, 음식을 먹지 않고 얼마나 오랫동안 탈 없이 견딜 수
있을까? 코크의 시장은 엄청나게 오래 버텼지만, 그는 젊었었고,
또 정치적이고 아마도 그저 단순하게 인간적인 신념들을 갖고
있었다.[23] 또 그는 아마도 설탕이 든 물 한 방울 정도는 스스로에게
허용했다. 제발 마실 것 좀. 목이 마르지 않다니 난 도대체 어떻게
된 걸까? 내 안에서, 분비물 같은 걸로 수분을 공급하는 모양이다.
그래, 나에 대해서 좀 얘기해 보자, 그게 이 모든 망나니들에게서
벗어나 쉬게 해 주겠지. 이런 빛이라니! 천국을 미리 맛보는 걸까?
내 머리. 끓는 기름으로 가득 차 불이 붙었다. 마지막에 난 뭘로
가게 될까? 뇌출혈? 그러면 최악일 텐데. 정말이지, 그건 견딜 수
없을 정도의 고통이다. 격렬한 두통. 죽음은 분명 나를 다른
사람으로 착각한 모양이다. 슈나이더인지, 슈뢰더인지, 이젠
기억나지 않지만, 성냥 왕의 가슴팍이라도 되는 것처럼, 잘못은
심장에 있다.[24] 게다가 심장도 더워지고, 자기 자신 때문에, 나
때문에, 그들 때문에 붉어지고, 의심할 여지 없이 뛰고 있다는 것
말고는 모든 것에 대해 수치심을 느낀다. 그건 그저 신경과민일
뿐, 아무것도 아니다. 결국 제일 먼저 기능을 멈추는 게 어쩌면
호흡일지, 누가 알겠는가. 매번 고백을 한 다음에, 하기 전에,
그리고 하는 동안, 그 수근거리는 소리들이 얼마나 현기증 나는지.
조각난 비구름들이 흩어지는 새벽, 창문이 내게 말한다. 즐거운
시간 보내세요. 이 불그스름한 어둠에서 멀리 벗어나. 그래, 난
제대로 죽어 가고 있지 않고, 내 가슴은 활짝 열린 채이고, 숨이
막히는데, 어쩌면 공기에 산소가 약간 부족한 건지도 모르겠다.
요란하게 몸짓하는 크고 검은 소나무들 아래 작게 보이는 맥먼은
멀리 풍랑이 치는 바다를 바라보고 있다. 다른 사람들도 거기

있고, 아니면 나처럼 창문가에 서 있으며, 그들은 움직이는
사람들이어야 하고, 꼭 그래야 하고, 최소한 움직이게 만들 수
있어야 하고, 아니, 그들은 나처럼, 누구를 위해서도 아무것도
하지 못하고, 포플러나 창문을 움켜쥐고, 듣기만 하고 있다.
하지만 어쩌면 우선 나부터 끝내 버리는 게 더 나을 텐데, 물론
그게 가능하다면 말이다. 모든 게 돌아가는 속도가 당연히
불편하지만, 그 속도는 아마도 더 빨라지기만 할 뿐이고, 이 점을
고려해야 한다. 메모, 질문지에 이렇게 덧붙일 것, 혹시 성냥을
가지고 있다면 부디 거기에 불이 붙는지 봐 주세요. 그가 나한테
말할 때는 아무 소리도 못 들었는데 그가 휘파람을 불며 나를
떠나는 소리는 들었다니 어떻게 된 걸까? 어쩌면 그는, 내 귀가 안
들리게 되었다는 걸 내가 믿게 하려고 그저 말하는 척했던 건지도
모른다. 지금 내 귀에 무슨 소리가 들리나? 어디 보자. 아니. 바람
소리도, 바닷소리도, 종이 소리도, 내가 힘겹게 배출해 내는 공기
소리도 들리지 않는다. 하지만 수많은 사람들이 속삭이는 것 같은
이 소리는? 이해가 되지 않는다. 멀리 떨어진 손으로 내게 남은
페이지들을 세어 본다. 괜찮을 것 같다. 이 노트, 이 두꺼운 아동용
연습장이 내 삶이고, 그걸 받아들이는 데 시간이 좀 걸렸다.
하지만 난 이걸 떠나지 않을 것이다. 내가 지원군이라고 불렀던,
하지만 제대로 이해하지 못했기에 서툴렀던 그들을 마지막으로
거기 적어서, 나와 함께 죽게 만들고 싶기 때문이다. 휴식.

긴 셔츠에 발목까지 내려오는 커다란 줄무늬 망토를 걸치고,
몰이 그에게 돌려줬던 모자를 쓴 채로, 맥먼은 비가 오나 눈이
오나, 아침부터 저녁까지 산책했다. 그리고 사람들은 그를
방으로 데려오기 위해 어둠 속에서 손전등을 들고 그를 수차례
찾아다녀야 했는데, 그가 자기를 부르는 종소리도 그리고
르뮈엘을 선두로 해서 다른 간수들이 소리 지르고 위협하는
소리도 계속 듣지 못했기 때문이었다. 그래서 흰옷을 입고 손에
몽둥이와 전등을 든 간수들은 건물에서 부채꼴 모양으로 퍼져서
잔나무와 덤불을 치며 도망자를 불렀고, 당장 항복하지 않으면
가장 끔찍한 보복을 받게 되리라고 위협했다. 하지만 그들은

결국, 그가 숨었으며 항상 같은 장소에 숨기 때문에 이런 식으로
힘을 분산할 필요가 없다는 것을 깨닫게 되었다. 그때부터
르뮈엘은, 자기가 해야 할 일을 알고 있을 때 늘 그렇게 하듯이,
맥먼이 필요할 때마다 은신처를 파 놓은 덤불로 말없이 혼자
직진했다. 세상에. 그들은 또 덤불 속에 한동안 같이 있으면서,
그곳이 좁았기 때문에 서로 붙어서 웅크린 채, 아무 말 없이,
아마도 부엉이, 나뭇잎을 스치는 바람, 소리가 날 정도로 파도가
심하게 칠 때의 바다, 그리고 무슨 소린지 알 수 없는 그런 밤의
소리들을 듣다가 돌아올 때도 많았다. 그리고 더 이상 혼자가
아니라는 것에 지친 맥먼이 혼자 떠났다가 자기 방으로 돌아올
때도 있었고 그런 그를 르뮈엘이 한참 후에야 다시 만나기도
했다. 영국에서 멀리 떨어져 있긴 하지만 거긴 터무니없을 정도로
방치된 진정한 영국식 공원이었고, 모든 게 집어삼킬 정도로
무성하게 자라나서 큰 나무와 작은 나무, 야생화와 잡초가 땅과
빛을 미친 듯이 필요로 하며 서로 전쟁을 할 정도였다. 걸을
때 도움이 될 지팡이를 만들고 싶었던 맥먼이 어느 날 죽은
딸기나무에서 가지를 하나 꺾어 들고 돌아왔을 때, 르뮈엘은
그에게서 그걸 빼앗더니 그걸로 그를 오랫동안 때렸는데, 아니,
이게 아니지. 르뮈엘은 겉으로는 허약해 보이긴 해도 정말 난폭한
팻이라는 간수를 부르더니, 팻, 저것 좀 봐, 라고 말했다. 그러자
팻은, 상황이 돌아가는 걸 보고 양손으로 가지를 꼭 쥐고 있던
맥먼에게서 그걸 빼앗았고, 르뮈엘이 그만하라고 할 때까지, 또
그런 다음에도 더, 그걸로 그를 때렸다. 이 모든 게 설명 한마디
없이 일어난 일이다. 그리고 얼마 후에, 맥먼이 알뿌리와 함께
뽑은 히아신스 한 송이를 들고 산책에서 돌아오며 그렇게 하면
그냥 꽃만 꺾었을 때보다 조금은 더 가지고 있게 될 거라 희망하고
있을 때, 르뮈엘은 그를 호되게 질책하면서 그의 손에서 예쁜 꽃을
빼앗더니 그걸 다시 잭에게, 아니 잭은 다른 사람이고, 팻에게
넘겨주겠다고 위협했다. 하지만 안에 숨을 수 있도록 일종의
월계수 같은 작은 나무를 반쯤 무너뜨렸을 때는, 한 번도 질책받지
않았다. 놀랄 일도 아니었던 게, 그때는 그를 혼낼 증거가 없었다.
만일 그들이 그에게 어떻게 된 거냐고 물어봤더라면, 그는 아무

잘못도 하지 않았다고 생각하며 진실을 말했을 것이다. 하지만 그들은 그가 그저 부정하고 거짓말만 할 테니 질문으로 그를 압박해 봐야 아무 소용 없을 거라고 짐작했을 것이다. 게다가 성요한 병원에서는 절대 질문하는 법이 없었고, 그냥 엄한 벌을 내리거나 특별한 논리적 사유에 따라 그냥 내버려 뒀다. 사실, 잘 생각해 보면, 무슨 권리로 손에 든 꽃만 가지고 그 사람에게 그걸 꺾었다는 잘못을 덮어씌울 것인가? 아니면 단지 대놓고 꽃을 손에 들고 있다는 사실만으로 그를 무슨 장물아비 같은 범죄자로 몰기에 충분한가? 그 경우, 관계자들에게 솔직하고 공정하게 그 사실을 알리고, 이를 통해 저지른 잘못에 대한 죄의식을 앞세우기보다는 죄의식이 생기게 만드는 게 더 낫지 않았을까? 이런 식의 질문은 아주아주 적절해 보인다. 정육점 주인들 같은 파랗고 하얀 줄무늬 망토 덕분에, 한쪽의 맥먼 편과 다른 쪽의 르뮈엘, 잭, 팻 편은 확실히 구분되었다. 새들. 빽빽한 나뭇잎 사이에 수도 많고 종류도 다양한 그것들은 I년 내내 아무 두려움 없이, 단지 자기 무리만 두려워하며 살았는데, 여름이나 겨울에 다른 기후를 찾아 날아갔던 것들은 대략적으로 말해서 다음 겨울이나 다음 여름에 되돌아오곤 했다. 공기가 그들의 소리로 가득 찼고, 특히 새벽과 황혼 녘에 그러했는데, 까마귀와 찌르레기처럼 아침에 먼 초원을 향해 무리 지어 날아갔던 놈들은 저녁이 되면 망보는 놈들이 기다리고 있는 자기들의 비밀 장소로 되돌아왔다. 폭풍우가 칠 때면 내륙으로 달아나다가 이곳에 잠깐 머무는 갈매기들이 많아졌다. 그것들은 거친 하늘 속에서 분노의 소리를 지르며 한참을 맴돌다가, 나무들을 조심하며 풀밭이나 건물 지붕에 내려앉곤 했다. 하지만 다른 모든 것들과 마찬가지로, 이건 핵심에서 벗어난 이야기다. 모든 게 다 핑계다, 사포와 새들, 몰, 농부들, 도시 안에서 서로를 찾고 서로에게서 도망치는 사람들, 내 관심을 끌지도 못하는 내 의심들, 내 상황, 내 물건들, 엄지를 들어 올리며, 엄지라고 말하고 자기 동료에게 밉보이더라도 다른 어떤 절차 없이 가 버려서, 어떻게든 본론으로 들어가지 않으려는 핑계. 그래, 모든 걸 떠나기는 어려워, 라고 말해 봐야 소용없다. 모욕에 지친 눈이 그토록 오랫동안 기도해 온 모든 것들 앞에서 비열하게 머뭇거리며, 마지막이고 진정한, 아무것도 간청하지 않는다는 기도를 한다. 그러자 어떤 작은 보답 같은 것이 죽은 맹세들을 되살리고, 침묵하는 우주 속에서 어떤 중얼거림 같은 것이 태어나, 당신의 절망이 너무 늦었다고 다정하게 나무란다. 노자성체[25]로는 이만한 것이 없다. 다른 해결책을 찾아보자. 맑은 공기

그래도 계속하려고 애써 볼 것이다. 고원의 맑은 공기. 몰이 거짓말을 했던 게 아니고, 실제로 고원이었거나, 아니면 경사가 원만한 언덕에 가까웠다. 그곳의 꼭대기 전부가 성 요한 병원의 소유지였고 바람이 거의 쉬지 않고 불어서, 가장 튼튼한 나무들을 휘어지고 신음하게 만들고, 가지들을 뽑아 버리고, 덤불을 흔들고, 양치식물들을 헤집어 놓고, 잡초를 누이고 나뭇잎이며 꽃 들을 모두 휩쓸어 갔는데, 내가 하나도 빠트리지 않았기를 바란다. 좋아. 높은 벽이 그 주위를 두르고 있긴 했지만, 가까이 있는 사람 말고는 시야를 차단하지는 않았다. 어떻게 그럴 수 있을까? 그건 당연히 불룩하게 나온 땅 덕분이었는데, 바위가 하나 있어서 록이라고 불리는 그곳의 꼭대기에서 평원과, 바다와, 산과, 마을에서 나는 연기와 멀리 떨어져 있어도 거대하고 넓은 시설의 건물들을 굽어볼 수 있었고, 그 건물들에서는 매 순간 작은 솜뭉치 같은 것들이 나타났다 사라지곤 했는데 그건 사실 왔다 갔다 하는 간수들이었으며 내가 죄수들이라고 말할 뻔한 자들과 어쩌면 섞여 있을 수도 있겠고, 왜냐하면 이 거리에서는 망토의 줄무늬도 심지어 망토의 형태도 보이지 않아서 처음의 충격이 지나고 나면 그저, 저들은 남자고 저들은 여자다, 뭐 사람이다, 이렇게 말할 수 있을 뿐 그 이상은 정확히 알 수가 없었다. 여기저기 걸치고 있는 강—이것도 분명 경치다. 저 강의 근원이 도대체 어디일지, 궁금하다. 어쩌면 땅 밑. 헐벗은 걸 좋아하는 사람에게는 한마디로 작은 에덴동산. 맥먼은 자신의 행복에 결여된 게 뭔지 가끔씩 자문하곤 했다. 자신을 덮어 주고 가려 주기 위해 가지를 내미는 것 같은 식물들, 공짜에 안전한 숙소와 음식, 어느 쪽으로 봐도 철천지원수가 잘 보이는 전망, 가혹 행위와 폭력의 최소화,

새들의 노래, 자신을 가급적 덜 보기만을 원하는 르뮈엘을 제외한 나머지 인간들과 어떤 접촉도 하지 않는 것, 계속 걸어서 바닥난 기억하고 사고하는 능력, 강풍, 죽은 몰, 그가 바랄 수 있는 게 또 뭐가 남았을까? 난 분명 행복해, 생각했던 것보다 즐겁진 않네, 그는 혼자 이렇게 말하곤 했다. 그는 벽 쪽으로 가는 일이 점점 많아졌는데, 지키는 사람들이 있어서 너무 가까이 가지는 않았지만, 아무도 아무것도 없는 황폐함으로 향하는, 빵도 숙소도 드문 두려운 사람들의 땅으로 향하는, 지식과, 아름다움과, 사랑을 통해 아무것도 할 수 없고 아무것도 원하지 않는, 공허하게 혼자 지나가는 어두운 기쁨으로 향하는 출구를 찾았다. 단순한 인간인 그가, 뭐가 지겨운지 단 한순간도 생각해 보지 않고, 또 자신이 그 전에 가졌었던 지겨움과도, 그리고 다시 그런 지겨움을 갖게 될 때 자신이 다시 지겨워하게 될 것과도 비교해 보지 않고, 이런 극단적인 느낌이 너무 자주 드는 건 아닌지 자문해 보지도 않고, 지겨워, 라고 말하며 표현하고자 하는 바는, 그리고 그렇게 다양한 이름으로 자랑스럽게 부르는 것은, 어쩌면 사실 한 가지일지도 모른다. 하지만 다른 누군가가 그를 대신해서 그런 생각들을 해 주었고, 마치 그런다고 뭔가 바뀌기라도 하는 듯이, 필요한 자리에 냉정하게 등호 표시를 써넣었다. 그래서 그는 아주 단순하고 바보같이, 그만, 그만, 이렇게 헐떡이기만 하면 됐고, 나무들이 가려 주는 아래로 계속 벽을 따라 천천히 돌면서 밤을 틈타 미끄러져 들어갈 수 있는 구멍이나 그가 타고 올라갈 수 있는 디딤판을 찾았다. 하지만 벽은 빈틈이 없고 매끄러웠으며 주위엔 온통 녹색 유리 조각들로 둘러싸여 있었다. 하지만 철문을 좀 보면, 그것은 차 두 대가 동시에 지나갈 수 있을 정도로 넓었으며 양옆에는 개머루덩굴로 덮인 예쁜 집 두 채가 나란히 있었는데, 근처에서 꼬마들이 무리 지어 서로 쫓아다니고 기쁨과 분노와 고통의 소리를 지르며 놀고 있는 걸로 볼 때 둘 다 대가족이 사는 것 같았다. 하지만 공간이 사방에서 맥면을 둘러싸고 있었고, 그는 마치 그물 안에 있는 것처럼 거기에 갇혀, 힘겹지만 끝없이 몸을 움직이며 그 아이들처럼, 그 집들처럼, 그 철문처럼 발버둥 치고 있었는데, 마치 사물들에서 배어 나오는 것 같은 시간이

폭포수처럼 쏟아지는 엄청나고 혼란스러운 분출 속에서 흐르고 있었고, 사로잡힌 사물들이 서로 촘촘히 모여 각자 자신의 고독에 따라 변하면서 죽어 가고 있었다. 철문 뒤 길 위로 어떤 형체들이 지나가고 있었는데 맥먼은 창살 때문에 그리고 자기 등 뒤와 옆에서 흔들리고 분노하는 모든 것들 때문에, 넘어져서 오랫동안 눈먼 채로 살라고 그에게 명령하는 하늘과 땅의 외침들 때문에, 그게 뭔지 알 수가 없었다. 간수 한 명이 두 집 중 한 곳에서 나왔고, 아마도 전화로 연락을 받은 모양이었는데, 흰옷을 입고 있었고 손에는 무언가 검고 긴 것, 열쇠를 들고 있었다. 아이들이 길 양옆으로 정렬했다. 갑자기 여자들이 나타났다. 모두가 경직된 채 침묵을 지켰다. 문이 무겁게 열렸고, 남자가 우선 뒤로 물러난 다음 몸을 돌려 서둘러서 다시 입구로 갔다. 길은 먼지로 하얗게 보였고, 검은 덩어리가 옆을 두르고 있었으며, 좁고 회색인 하늘로 인해 일부가 거의 막힌 듯했다. 맥먼은 감추고 있던 나무를 놓고 언덕을 올라갔는데, 걷는 것도 힘들었기 때문에 뛰지는 않았지만, 몸을 숙이고 비틀거리며, 앞으로 나아가기 위해 눈에 띄는 나무와 줄기의 도움을 받아 가며, 최대한 빠르게 갔다. 조금씩 안개가, 그리고 부재감이 다시 생겨났고, 포착된 것들이 다시 제각각 속삭이기 시작했는데, 마치 아무 일도 일어나지 않았고, 절대 아무 일도 일어나지 않을 것만 같았다.

맥먼을 제외한 나머지 사람들은, 무거운 망토 속에서 몸을 굽히고, 하늘을 가리고 있는 나무들 사이의 몇 안 되는 빈터에서 그리고 그들이 마치 수영하는 것처럼 보이게끔 하는 양치식물 속에서 아침부터 저녁까지 돌아다녔다. 그들의 수는 적고 공원은 넓었기에, 그들이 서로에게 다가가는 일은 드물었다. 하지만 우연히 두세 명이 서로 알아차릴 정도로 근접하게 되면, 그들은 서둘러 되돌아가거나, 그 정도는 아니더라도, 마치 동료들에게 모습을 보인 게 부끄럽기라도 한 듯, 그냥 방향을 바꾸기만 했다. 하지만 가끔은, 커다란 두건에 머리를 파묻고 있다가, 알아차린 기색 없이 서로 스치곤 했다.

맥먼은 몰이 그에게 주었던 사진을 가지고 다녔으며 가끔씩 꺼내
보기도 했는데, 그건 은판사진에 가까웠다. 그녀는 의자 옆에 서서
자신의 길게 땋은 머리를 손에 쥐고 있었다. 그 뒤로는 일종의
창살 같은 흔적이 보였는데, 거기에 꽃들, 아마도 기어오르기를
좋아하는 장미가, 올라가고 있었다. 자신의 기념품 같은 이 사진을
맥먼에게 주면서, 그녀는 이렇게 말했다, 나 열네 살 때야, 이날이
생생하게 기억나, 여름이었는데, 내 생일이었어, 이런 다음에
그들이 날 인형극에 데려갔지. 맥먼은 그 말들을 기억하고 있었다.
이 사진에서 그가 제일 좋아하는 건, 앉는 자리가 아마도 밀짚으로
된 의자였다. 커다란 뻐드렁니를 숨기기 위해, 몰은 입술을 꽉
다물고 있었다. 장미들도 분명 예뻤고, 사방에 향기를 뿌리고
있었을 것이다. 맥먼은 결국 어느 바람 불던 날 이 사진을 찢어서,
조각들을 공중에 던져 버렸다. 그러자 조각들은, 그 상황에선 모든
게 다 마찬가지였겠지만, 민첩하다고 할 정도로 빠르게 흩어졌다.

비가 오곤 했을 때, 눈이 오곤 했을 때

그건 그렇고. 어느 날 아침, 규정대로, 업무를 시작하기 전에
대강당에 들른 르뮈엘은, 게시판에 자신과 관련된 메모가 핀으로
붙어 있는 걸 발견했다. 르뮈엘 그룹, 날씨가 괜찮으면 페달
부인과 함께 섬 여행, 13시 출발. 그의 동료들이 히죽거리고 서로
어깨를 부딪치며 그를 바라보았다. 하지만 그들은 감히 한 마디도
하지 못했다. 그래도 한 여자가, 그들이 당신을 배로 데려간대,
라고 말하자 주위는 웃음바다가 되었고, 그 여파가 어찌나
컸던지 사람들이 자연스럽게 짝을 이루어 각자 자기 파트너의
어깨너머로 웃으며 껴안고 비틀거렸다. 르뮈엘은 사랑받지
못하는 게 분명했다. 하지만 그가 그런 걸 바라기나 했을까?
모든 문제가 거기 있다. 그는 메모에 서명한 다음 가 버렸다.
태양이 가까스로, 이제 막 떠올랐고, 그 덕분에 5월 또는 4월의
어느 좋은 날이 어쩌면 시작될 것임을 알렸는데, 아마도 예수가
지옥에 떨어진 4월의 부활절 주말이었을 것이다. 페달 부인이
르뮈엘 그룹을 위해 이 섬 여행을 계획한 것은 아마 그날을 기리기

위해서였을 텐데, 비용이 많이 들긴 했지만 부인은 돈이 넉넉한 사람이었고 선을 베풀고 자기보다 형편이 좋지 않은 사람들에게 조금이라도 기쁨을 주는 걸 좋아하는 양식 있는 사람이었고, 삶이 그녀에게 미소를 짓는, 그보다는 그녀 자신의 표현에 따르면, 볼록거울인지 오목거울인지 잘 모르겠지만 아무튼 그런 식으로 그녀를 커 보이게 해서 그녀에게 미소를 돌려준, 그런 여자였다. 르뮈엘은 눈부신 빛을 여과하는 지구 대기권을 이용해 태양을 혐오스럽게 바라보았다. 그때 그는 4층 아니면 5층에 있는 자기 방에 있었는데, 그의 성격이 좀 더 단호했더라면 그는 벌써 수도 없이, 그곳의 창문으로 안전하게 몸을 던질 수도 있었을 것이다. 거기엔 은색 카펫이 있었는데, 끄트머리가 뾰족했고, 아름다운 무늬로 새겨진 잔잔한 바다를 가로지르며 흔들리고 있었다. 방은 좁고 완전히 비어 있었는데, 르뮈엘이 그냥 바닥에서 자고 그 상태로 여기저기서 볼품없는 식사까지 하기 때문이었다. 하지만 문제는 분명 르뮈엘과 그의 방이다. 성 요한의 피보호자들 또는 그 지역에서 순박하게 성 요한인들이라고 부르는 사람들에게 관심을 갖는 건 페달 부인뿐만이 아니었고, 훌륭한 경치와 규모로 유명한 지역과 바다로 평균 2년에 한 번씩 가는 그들의 산책을 관리하는 이도, 심지어 마술이라든지 달밤에 테라스에서 하는 복화술 시간 같은 병원 내에서의 오락을 담당하는 이도 그녀 혼자가 아니었는데, 그녀의 관점을 공유하고 시간과 돈에 있어서 그녀만큼이나 넉넉한 다른 여자들이 그녀를 돕곤 했다. 하지만 문제는 분명 페달 부인이다. 어쨌거나. 르뮈엘은 하나를 다른 하나에 겹친 양동이 두 개를 들고 주방으로 갔다. 그곳은 아주 시끌벅적했다. 외출용 수프 여섯 그릇! 그가 퉁명스럽게 말했다. 뭐? 요리사가 말했다. 외출용 수프 여섯 그릇! 르뮈엘이 양동이를 화덕 쪽으로 던지며 소리를 질렀고, 그렇다고 손잡이를 놓지는 않았는데, 다시 주우려고 몸을 숙이고 싶지는 않다는 생각을 할 정도로 침착함을 유지하고 있었기 때문이었다. 일순간 정적. 알았어, 알았다고, 요리사가 말했다. 외출용 수프와 일반 또는 구내 수프의 차이는 후자가 완전히 액체인 반면 전자에는 기름 덩어리가 하나 들어 있다는 것이었는데, 이는 여행자들이

돌아올 때까지 힘을 유지하도록 하기 위함이었다. 양동이가 가득
차자 르뮈엘은 구석으로 가서 팔꿈치까지 소매를 걷어 올린
다음, 양동이 바닥에서 차례로 자기 것 하나와 나머지 다섯 명의
것, 이렇게 여섯 개의 기름 덩어리를 건져냈고, 껍질만 빼고 다
먹었으며, 껍질을 핥은 다음에 다시 수프에 던져 넣었다. 흥미로운
일이긴 하지만 알고 보면 꼭 그렇지도 않은데, 그들은 그가 외출용
또는 특별 수프 여섯 그릇을 달라고 하자 그냥 줬을 뿐이고, 그에
대한 어떤 증거를 요구하진 않았기 때문이다. 다섯 명의 방은
서로 떨어져 있었으며 워낙 교묘하게 배치되어 있어서 르뮈엘은
피로와 짜증을 최소화해서 그 방들을 연속적으로 방문하려면
어떻게 움직여야 할지 전혀 알 수가 없었다. 첫 번째 방에는 젊은
남자, 젊은 시체 같은 남자가 낡은 흔들의자에 앉아 셔츠를 걷어
올리고 두 손은 허벅지에 얹고 있었는데, 그의 눈이 부릅뜨고 있지
않았더라면 꼭 자는 것처럼 보였을 것이다. 그는 위에서 명령이
내려와 어쩔 수 없는 경우만 빼놓고는 절대 밖에 나오지 않았는데,
그래서 그를 앞으로 가게 하려면 누가 옆에 붙어야 했다. 그의
요강이 비워져 있었던 반면, 전날의 수프가 그릇에 담겨 있었다.
그 반대였더라면 덜 놀라웠을 것이다. 하지만 르뮈엘은 그런 데
익숙해져 있어서, 이 사람이 뭘 먹고 살았는지 더 이상 궁금하지도
않을 정도였다. 그는 자신의 빈 양동이에 그릇의 음식을 비워 냈고
가득 찬 양동이에서 신선한 수프를 떠서 그릇에 담았다. 그런 다음
양손에 양동이를 하나씩 들고 가 버렸는데, 지금까지는 양동이 두
개를 드는 데 한 손이면 충분했었다. 그는 나온 다음, 외출 때문에
더 신경 써서 열쇠로 잠갔다. 첫 번째 방에서 400-500걸음 정도
떨어진 두 번째 방에는 어떤 사람이 갇혀 있었는데, 그의 키와
경직된 모습과 자기도 뭔지 모르면서 무언가를 찾고 있는 모습이
매우 놀라웠다. 그가 도대체 몇 살이나 됐는지, 놀라울 정도로
관리를 잘한 건지 아니면 반대로 너무 일찍 늙어 버린 건지 짐작할
수 있게 해 주는 게 아무것도 없었다. 사람들은 그를 영국인이라고
불렀는데, 사실 거리가 먼 얘기였지만, 아마도 그가 가끔씩 영어로
의사 표현을 했기 때문에 그랬을 것이다. 그는 셔츠를 벗지 않은
채로 마치 포대기에 싸인 것처럼 이불 두 채를 두르고 있었으며,

이 조잡한 고치에다 또 망토를 걸치고서 추운 듯이 한 손으로 꼭 붙들고 있었는데, 수상해 보이는 모든 걸 조사하는 데 다른 한 손이 필요했기 때문이었다. 반면에 그는 맨발이었다. 굿모닝, 굿모닝, 굿모닝, 그는 매우 괴상한 억양으로 이렇게 말했고, 주변을 조사하듯 계속 두리번거리며, 이거 더럽게 끔찍한 일이네, 그래, 안 그래?[26]라고 중얼거렸다. 어쩌면 그는 자기 생각을 드러내기가 두려웠던 건지도 모른다. 갑자기 벌떡 일어났다가 곧 제압당하기를 몇 차례 거듭하며, 그는 최고의 관찰 장소인 방의 중심에서 조금씩 멀어졌다. 이런![27] 그가 부르짖었다. 분명 한 모금씩 맛보았을 그의 수프가 통째로 요강에 들어가 버렸다. 그는 걱정스럽게 르뮈엘을 바라보며 그가 비우고 채우는 등의 필요한 조치를 취해 주길 바랐다. 밤새도록 또 그 빌어먹을 퀸의 꿈을 꿨어,[28] 그가 말했다. 가끔씩 밖에 나가는 게 그의 습관이었다. 하지만 그는 몇 걸음 못 가서 비틀거리며 멈췄다가, 짙은 어둠에 완전히 겁먹고 몸을 돌려 서둘러 다시 방으로 왔다.

세 번째 방에는 작고 마른 남자가, 망토를 접어서 한 팔에 걸고, 손에는 우산을 들고, 열심히 왔다 갔다 하고 있었다. 하얗고 비단 같은, 아름다운 머릿결. 그는 낮은 소리로 혼자 질문하고, 생각한 다음, 대답했다. 문이 살짝 열려 있었고 그는 서둘러 나가려고 했다. 그는 사실 공원을 여기저기 누비고 다니며 하루를 보냈다. 르뮈엘은 양동이를 내려놓지 않은 채 어깨로 밀어서 그를 바닥에 구르게 만들었다. 놀랐던 정신을 수습하고, 망토와 우산을 놓치지 않고 꼭 끌어안으며, 그는 일어나지 않은 채 울기 시작했다. 네 번째 방에는 수염이 흉하게 덥수룩한 거인이 있었는데, 그가 하는 유일한 일이라고는 가끔씩 몸을 긁는 거였다. 창문 아래 바닥에 놓인 베개에 비스듬히 앉아서, 고개를 숙이고, 눈을 감고, 입을 벌리고, 다리를 벌리고, 무릎을 세우고, 한 손은 바닥에 기대고 다른 한 손은 셔츠 속에서 왔다 갔다 하면서, 그는 수프를 기다리고 있었다. 그릇이 채워지자, 그는 긁기를 멈추고, 자기를 이동에서 빼 줬으면 하는 일상적인 헛된 희망을 품고 르뮈엘에게 손을 내밀었다. 그는 여전히 그늘과 양치식물의 비밀을 좋아했지만, 절대 거기에 가진 않았다. 그러니까 젊은 친구, 영국인, 홀쭉이, 털북숭이, 더는 기억이 나지 않는다. 나머지 사람들이여, 나를 용서해 주길. 다섯 번째가, 졸고 있는 맥먼.

나도 아직 살아 있다는 걸 상기시키기 위한 몇 줄. 그들이 더 이상 나를 보러 오지 않는다. 나를 방문한 이후 시간이 얼마나 지났을까? 모르겠다. 오래. 그리고 나. 의심할 여지 없이 죽어 가고 있고, 그게 전부다. 이런 확신이 어디서 생겼을까? 한번 곰곰이 생각해 보자. 불가능하다. 장엄한 고통. 내 몸이 부풀어 오른다. 터져 버리는 게 어떨까? 내가 태아였을 때처럼, 천장이 규칙적으로 다가왔다가 멀어진다. 엄청난 물소리도 언급해야겠는데, 아마도 사막의 신기루와 비슷한, 적절히 변형된[29] 현상일 것이다. 창문. 유감스럽게도 이제 고개를 돌리기가 불가능해졌으니, 더 이상 그걸 보지 못할 거다. 다시 또 우울한 빛, 잘 압축되고, 소용돌이치고, 밝은 안쪽을 향해 좁고 깊게 파고드는, 어쩌면 공기라고 해야 할지도 모르는, 빨아들이는 빛. 모든 게 준비됐다. 나만 제외하고. 감히 말하거니와, 나는 죽음 속에서 태어났다. 내 느낌은 그렇다. 우스꽝스러운 잉태. 그 대단한 멍청이에게서, 다리가 벌써 밖으로 나왔다. 부디 유쾌한 장면이기를. 내 머리가 마지막으로 죽을 것이다. 손을 불러들여. 그럴 수 없다. 찢고 찢기고. 내 이야기가 멈춰도 나는 계속 살 것이다. 기대되는 괴리. 나에 대해서는 끝이다. 나는 더 이상 나라고 하지 않을 것이다.

거의 두 시간 동안의 노력 끝에 전원을 다 모으는 데 성공한 다음, 르뮈엘은 자신의 작은 무리와 함께 테라스에서 페달 부인이 도착하기를 기다렸다. 팻이 그를 도와주기를 거부했기 때문에, 그는 혼자 이 모든 걸 해냈다. 발목에 줄을 묶어 한쪽에는 젊은 친구를 홀쭉이와 연결하고, 다른 쪽에는 영국인과 털북숭이를 연결한 다음, 르뮈엘은 맥먼의 팔을 잡았다. 이 중 저항이 가장 심했던 건 맥먼이었는데, 그는 아침 내내 갇혀 있어서 화가 나 있었으며 그들이 자신에게 원하는 게 뭔지 전혀 이해하지 못했다.

그는 특히 모자 없이 외출하기를 거부했는데, 어쩌나 완강했던지 이런저런 준비를 하느라 지쳐 있던 르뮈엘은 결국, 망토 아래 잘 숨긴다는 조건으로 모자를 갖고 나가도 된다고 말했다. 그래도 맥면의 흥분과 침울한 기분은 가라앉지 않았고, 그의 팔을 밀쳐 내려고 애쓰며, 내버려 둬요! 내버려 두라고! 이렇게 계속 외쳤다. 자신이 지시를 받고 주시의 대상이 된 게 이해가 되지 않았고, 게다가 둘씩 짝을 지어 발목에 묶인 다른 불쌍한 친구들과 함께 있다는 게, 그를 예민하게 만들었던 것이다! 태양 때문에 괴로워하던 젊은 친구가, 파솔! 파솔![30] 이렇게 외치며 홀쭉이의 우산에서 무기력하게 벗어나려고 했다. 홀쭉이가 그의 손과 팔을 거칠게 때렸다. 버릇없는 놈! 그가 소리 질렀다. 살려 줘요! 영국인의 목에 팔을 두르고 있던 털북숭이가, 다리를 늘어뜨리며 거기 매달렸다. 자존심 때문에 차마 무너질 수는 없었던 영국인이, 화내지 않은 채 설명을 요구했다. 도대체 이게 누구야? 너희 불쌍한 놈들 중 누군가는 알겠지.[31] 얌전히 좀 있어, 원장, 또는 거기에 함께 있던 그의 대행자가 이따금씩 꿈꾸듯 말했다. 드넓은 테라스에는 그들만 있었다. 혹시 날씨가 변할까 봐 그녀가 겁먹은 걸까? 원장이 말했다. 그가 르뮈엘을 돌아보며, 지금 당신한테 묻고 있잖아. 하늘엔 구름 한 점 없고, 바람도 불지 않는데. 예수님처럼 수염을 기른 잘생긴 젊은이 어디 있지? 그런 경우라면 전화를 했어야 하는 거 아닌가? 원장이 말했다.

유람 마차. 마부 옆 좌석에 페달 부인. 움직이는 방향으로 배치된 자리들에 르뮈엘, 맥면, 영국인, 털북숭이. 맥면에게도 일종의 수염이 있다. 그다음에는? 그들과 마주 보는 다른 쪽 자리에는, 홀쭉이, 젊은 친구, 그리고 선원 복장의 거인 두 명. 철문을 지나갈 때 아이들이 박수를 쳤다. 길고 급격하고 갑작스러운 내리막이 일행을 천천히 바다 깊은 쪽으로 이끈다. 브레이크가 조여지자 바퀴들이 굴러왔던 속도보다 더 미끄러지고, 말들은 밀리지 않으려고 비틀거리며 앞다리를 들어 올렸다. 페달 부인은 몸이 뒤로 젖혀진 채 좌석에 매달렸다. 크고, 뚱뚱하고, 기름진 여자였다. 눈부신 노란 색깔의 인조 데이지가 그녀의 챙 넓은

밀짚모자에서 빠져나왔다. 동시에 마치 사탕 같은 물방울무늬의
제비꽃 뒤로 그 붉고 토실토실한 얼굴은 생기가 넘쳐 보였다.
좌석이 기울어지도록 다들 속수무책으로 내버려 두던 승객들은,
마차 안에서 서로 뒤엉켜서 무너졌다. 모두 뒤로 가요! 페달
부인이 외쳤다. 아무도 움직이지 않았다. 그런다고 뭐가 달라지나?
선원 중 하나가 말했다. 아무것도, 다른 하나가 말했다. 저 사람들
내리게 해야 할까요? 페달 부인이 마부에게 말했다. 돌아올 때는
그래야 할 거요, 그가 대답했다. 드디어 내리막이 멈추자 페달
부인은 상냥하게 자기 손님들을 돌아보았다. 용기를 내요 친구들,
자신이 거만하지 않다는 걸 보여 주기 위해 그녀가 말했다. 유람
마차가 속력을 내면서 흔들리며 앞으로 나아갔다. 털북숭이가 두
좌석 사이, 널빤지에 쓰러져 있었다. 당신이 책임자인가요? 페달
부인이 말했다. 선원 중 하나가 르뮈엘 쪽으로 몸을 기울이더니,
당신이 책임자냐고 묻잖아요, 라고 말했다. 조용히 해, 르뮈엘이
말했다. 영국인이 울부짖는 소리를 냈고, 그러자 뭐라도 분위기를
북돋울 만한 걸 찾던 페달 부인이 그걸 기쁨의 표현으로
받아들이기로 했다. 바로 그거예요! 노래하세요! 그녀가 외쳤다.
이 아름다운 날을 누리세요! 당신들의 근심은 몇 시간 동안
잊어요! 그리고 노래하기 시작했다.

>   즐거운 계절이 왔네
>   둥지에도 장미에도 따뜻한 날들
>   태양이 수평선에서 빛나고
>   그대들의 문은 이제 닫히지 않네
>   기쁜 봄을 축하하세
>   축하하세

여자가 실망해서 입을 다물었다. 저 사람들 왜 저래? 그녀가
말했다. 방금 전보다 덜 젊어 보이는 젊은 친구는, 몸이 둘로
접혀져 머리를 망토 자락에 파묻고 있었는데, 토하려는 것 같았다.
심하게 가늘고 흰 두 다리는 무릎끼리 서로 부딪치고 있었다.
원래 떠는 건 영국인의 몫이긴 하지만, 떨고 있던 작은 홀쭉이가

대화를 다시 이어 갔다. 움직이지 않은 채 말들 사이에서 엄청
심사숙고하며, 그는 우산을 통해 열정적인 동작을 펼쳐 보이며
그 효과를 더 크게 했다. 그래서 너는…? 고마워… 그래서 너는…?
아니 이럴 수가…! 정말이네… 오른쪽…? 해 보자… 돌아가자…
어디로…? 비가 오네… 천만에… 돌아가자… 어디로…? 왼쪽…
해 보자… 여러분, 바다가 느껴지나요? 페달 부인이 말했다.
난 느껴져요. 맥먼이 먼 바다를 향해 뛰어가려 했지만, 헛된
일이었다. 르뮈엘이 자기 망토 아래서 손도끼를 꺼내더니, 신중을
기하기 위해 끄트머리 쪽으로, 자기 두개골을 여러 차례 내려쳤다.
멋진 산책이야, 선원 중 하나가 말했다. 끝내주네, 다른 하나가
말했다. 쪽빛 태양. 어니스트, 빵 나눠 줘요, 페달 부인이 말했다.

작은 보트. 유람 마차와 같은 공간에, 두 배, 세 배, 네 배 더
많은 사람들이 다닥다닥 붙어 있다. 육지 하나가 멀어지면 다른
하나가 다가오고, 크고 작은 섬들. 노 젓는 소리, 놋줄 소리, 배
바닥에 부딪치는 푸른 바닷소리만 들린다. 뒤쪽에, 슬픔에 잠겨
앉아 있는 페달 부인. 정말 아름다워, 그녀가 중얼거렸다. 혼자만
상황을 이해 못 하는, 착한, 너무나 착한 여자. 그녀는 장갑을
벗고 사파이어가 가득한 손을 투명한 물속에 이끌리는 대로
내버려 뒀다. 방향타도 없이, 네 개의 노가 이끌어 가고 있다.
내 인물들에 대해 무슨 말을 할까? 아무것도. 그들은 각자, 마치
자기가 어딘가에 존재할 수 있다는 듯, 안간힘을 쓰며 거기 있다.
르뮈엘은 항구의 뾰족한 종탑 뒤로 산들이 높아지는 걸 보는데,
그건 산이라기보다는

그건 산이라기보다는 언덕들이다. 그것들은 혼란스러운 평원을
벗어나 부드럽게, 푸르스름하게 솟아 있다. 저기 어디선가,
아름다운 집에서, 좋은 부모에게서 그가 태어났다. 저 위에는
히스와 가시양골담초가 있는데, 눈부시게 노란 꽃 때문에
가시금작화라고도 불린다. 단단한 돌을 부수는 석공들의 망치
소리가, 마치 종소리처럼 아침부터 저녁까지 울린다.

섬. 다시 시도. 그것은 작고, 넓은 바다 쪽으로는 작은 만들로 뒤덮여 있다. 삶이라는 게 가능하다면, 거기서 살 수도 있을 것이고, 거기 사는 게 어쩌면 좋을 수도 있을 텐데, 아무도 살지 않는다. 깊은 물이 그 섬의 가장 은밀한 곳, 높은 암벽들 사이까지 들어온다. 언젠가는 깊은 구렁으로 나뉜 섬 둘만 남게 될 것인데, 그 간격은 처음에는 좁다가, 몇 세기를 거치며 점점 넓어져서, 두 개의 섬, 두 개의 바위, 두 개의 암초가 될 것이다. 이런 상황에서 사람들에 대해 말하기는 어렵다. 페달 부인이 말했다, 이리 와요, 어니스트, 우리 피크닉 할 장소를 찾아봐요. 그녀가 덧붙였다. 그리고 모리스, 당신은 배 옆에 남아 있어요. 그녀는 그걸 배라고 불렀다. 홀쭉이는 섬의 여기저기를 달리고 싶었지만 젊은 친구는 바위 그늘에 누워 있었고, 그 모습이, 오만함은 덜했지만, 마치 쉬고 있는 사자 같은 소르델로[32]를 떠올리게 했는데, 그는 바위를 꼭 붙잡고 있었다. 페달 부인이 말했다, 불쌍한 사람들, 떼어 놓으세요. 모리스가 그 말에 따르려고 하자 르뮈엘이, 그냥 놔둬, 라고 말했다. 털북숭이는 작은 배에서 나가기를 거부했고, 그래서 영국인도 거기 남아 있어야 했다. 맥먼도 자유로운 상태가 아니었는데, 르뮈엘이 그의 허리를 잡고 거의 다정하다시피 한 몸짓으로 그를 꼭 붙들고 있었기 때문이다. 결국 당신이 책임자군요, 페달 부인이 말했다. 부인은 어니스트와 함께 자리를 벗어났다. 그녀가 갑자기 몸을 돌리더니, 이렇게 말했다, 섬에

드루이드[33] 유적이 있는 거 아세요? 그녀가 눈으로 사람들을 하나씩 둘러봤다. 식사하고 나서, 우리 그거 찾으러 가요, 어때요? 그녀가 말했다. 부인은 팔에 바구니를 끼고, 어니스트와 함께 다시 떠났다. 그들이 사라지자 르뮈엘은 맥먼을 놓아주었고, 바위에 앉아서 파이프 담배를 채우고 있던 모리스의 뒤로 다가가, 도끼, 아니 손도끼로 그를 죽였다. 진행이 된다, 진행이 돼. 젊은 친구와 털북숭이는 아무 반응도 보이지 않았다. 홀쭉이는 우산을 바위에 부딪쳐 망가뜨리는 흥미로운 동작을 했다. 맥먼은 다시 벗어나려 해 봤지만, 다시 허사였다. 영국인은 몸을 앞으로 숙이고 허벅지를 두드리며, 잘했어요, 선생님, 잘했습니다![34] 이렇게 외쳤다. 잠시

후 어니스트가 그들을 찾으러 다시 왔다. 르뮈엘이 그의 앞으로 가더니, 아까와 같은 방식으로 이번에는 그를 죽였다. 다만 시간이 더 오래 걸렸을 뿐이었다. 용감하고, 조용하고, 무방비 상태의, 심지어 처남 매부 지간이기도 한, 이 세상에 수도 없이 존재하는 그런 두 야만인들. 맥먼의 어마어마한 머리. 그는 자기 모자를 썼다. 해가 산 쪽으로 지고 있었다. 누군가를 부르는 페달 부인의 목소리가 들려왔다. 부인이 기쁜 모습으로 나타났다. 다들 나와요, 모든 게 준비됐어요, 그녀가 외쳤다. 하지만 선원 둘이 죽은 걸 보고, 정신을 잃고 쓰러졌다. 저 여자 내려쳐!,[35] 영국인이 외쳤다. 그녀의 베일이 들어 올려져 있었고 손에는 작은 샌드위치가 들려 있었다. 넘어지면서 어딘가, 나이 든 여자들은 골반이 쉽게 부러지는 법이니까 아마도 골반이 부러진 모양이었는데, 정신이 들자마자, 마치 이 세상에 동정을 받을 사람이 자기뿐이기라도 하듯, 그녀는 신음 소리를 내기 시작했다. 태양이 산 뒤로 사라졌을 때, 그리고 항구의 불빛들이 깜빡이기 시작했을 때, 르뮈엘은 맥먼과 다른 두 사람을 배에 오르게 했으며 자기도 탔고, 그들 여섯 명은 해안에서 멀어져 갔다.

콸콸 비워 내는 소리.

얽혀 있는 이 회색의 몸들, 이것이 그들이다. 그들은 이 밤에, 그저 소리 없이, 거의 보이지도 않는, 머리가 망토에 파묻힌 채 아마도 서로 달라붙어 있는, 하나의 덩어리에 불과할 뿐이다. 그들은 멀리 떨어진 만에 있고, 르뮈엘은 더는 노를 젓지 않으며, 노는 물속에서 이리저리 흔들린다. 밤은 여기저기 뿌려진 터무니없는

터무니없는 빛들, 별들과, 등대와, 부표들과, 육지의 불빛들로 가득하고, 산에는 가시금작화들이 타오르는 약한 빛이 보인다. 맥먼, 나의 마지막, 내 물건들, 잊지 않았다, 그도 거기 있다, 아마 잠들었을지도. 르뮈엘은

르뮈엘은 책임자이고, 그가 절대 피가 마르지 않을 도끼를 들어

올리지만, 누굴 내려치려는 건 아니며, 그는 아무도 내려치지
않을 것이고, 그는 더 이상 누구도 내려치지 않을 것이고, 그는 더
이상 누구도 건드리지 않을 것이고, 그것뿐 아니라 그것뿐 아니라
그것뿐 아니라 그것뿐

그것뿐 아니라 그의 망치로도 그의 몽둥이로도 그의 몽둥이로도
그의 주먹으로도 그의 몽둥이로도 머릿속에서도 꿈속에서도
그러니까 그는 절대 건드리지 않을 것이고 절대

그의 연필로도 그의 몽둥이로도 그의

빛들 빛들도 그러니까

절대 그래 그는 절대 건드리지 않을 것이고

그는 절대 건드리지 않을 것이고

그래 절대

그래 그래

더 이상 아무것도

(1948)

1. 6월 24일.

2. 8월 6일.

3. 8월 15일.

4. 운동에 관여하는 중뇌의 신경핵.

5. 인도, 파키스탄, 스리랑카, 네팔 등의 화폐단위.

6. Caspar David Friedrich (1774-1840). 19세기 독일 낭만주의 풍경화가. 그의 그림 「달을 바라보는 두 남자」는 베케트의 희곡 「고도를 기다리며」에 영향을 주었다고 알려져 있다.

7. "어떤 유대인"은 철학자 스피노자를 지칭하는 듯하다. 말론이 말한 "의욕 (conation)"은 스피노자 윤리학의 핵심 테마 중 하나인 코나투스(conatus)에서 따온 것으로 보이며, 코나투스는 '어떤 개체 안에 존재하는 자기 보전의 무의식적 의지 또는 욕망'을 의미한다.

8. *Nihil in intellectu*. 'nihil in intellectu nisi prius in sensu'의 앞부분으로, 아리스토텔레스 이후 중세와 근대 철학의, 특히 경험주의의 주요 명제. 감각에 존재하지 않았던 것은 지성에 존재하지 않는다는 의미.

9. "제한"이란 주 8번 인용구 뒷부분 'nisi prius in sensu'(감각에 먼저 존재하지 않는다면)을 의미하는 듯하다. 또한 이 뒤에 이어지는 문구 'nisi intellectus ipse'(지성 자체를 제외한다면)라고도 짐작할 수 있는데, 이는 이성의 형태는 경험 자체의 본성을 조건화하는 타고난 구조를 형성한다는 칸트의 철학으로 발전했다.

10. 메리노는 면양의 한 품종인데, 'laisser pisser le merinos'(아무것도 하지 않다, 되는대로 내버려 두다)라는 프랑스어 숙어가 있기도 하다.

11. *Suave mari magno*. 고대 로마의 시인, 철학자 루크레티우스의 『사물의 본성에 관하여』 2권 1-4절에 나오는 시구로, '달콤하다 격렬한 바다'라는 뜻.

12. 이집트 룩소르의 고대 석상. 파라오 에멘호텝 3세를 묘사했으나, 기원전 27년 그리스인들이 신화 속 멤논과 닮았다고 "멤논의 거상"이라 부르기 시작했다. 멤논은 새벽의 여신 에오스의 아들로 트로이전쟁에서 아킬레우스에게 죽임을 당했다.

13. 18세기의 베네치아 화가 지오바니 바티스타 티에폴로가 독일 뷔르츠부르크 영주의 부탁으로 궁전 천장에 그린 프레스코화.

14. 'ö'처럼 철자 위에 붙는 분음 부호.

15. *Up the Republic!* 아일랜드의 독립 군가 「후위 부대(The Legion of the Rearguard)」 가사 중 첫 대목.

16. 그리스 남쪽 섬. 고대 아프로디테 신앙의 중심지이며 연인들이 도달하는 '사랑의 섬'으로 인식된다.

17. Struggle for life. 원문 영어.

18. 더블린을 관통하는 리피 강의 다리.

19. *In extremis, in extremissimis.* 원문 라틴어.

20. 예수와 함께 십자가에 못 박힌 두 도둑 이야기. 둘 중 하나가 죽음의 순간에 예수를 따랐다고 한다. 「고도를 기다리며」에도 언급되는 에피소드. 「누가복음」 23장 26-43절 참조.

21. 더블린 근교 도시. 묘지로 유명하다.

22. 라퐁텐의 우화 「떡갈나무와 갈대」의 한 구절에서 인용된 듯하다. 떡갈나무가 갈대에게 "모든 게 너에겐 매서운 바람이지만 내겐 모든 게 산들바람이지."라며 자연의 불공평함을 탓하라고 하지만, 북풍이 몰아쳤을 때 갈대는 휘어져도 버텼고 나무는 뿌리째 뽑혀 버렸다.

23. 코크는 아일랜드 남서부의 항구도시로 독립운동의 중심지였다. 운동이 한창이던 1920년 시장 토머스 매커튼(Thomas MacCurtain)이 영국 군인들에게 사살당했고, 시인이자 극작가였던 테런스 맥스위니(Terence MacSwiny)가 후임이 되었다. 그는 영국 경찰에 체포되자 74일 동안 단식투쟁을 한 끝에 사망한다.

24. 슈나이더는 1836년 슈나이더 (Schneider) 가문이 설립한 회사를 암시하는 듯하다. 프랑스 최초의 국제적 기업으로 제2차 세계대전까지 철강과 군수 산업에 주력하다가 이후 슈나이더 일렉트릭으로 전환했다. 슈뢰더는 오랜 기간 히틀러를 재정적으로 지원한 독일 은행가이자 나치 당원 쿠르트 폰 슈뢰더(Kurt von Schröder, 1889-1966)를 암시하는 듯하다. "성냥 왕"은 스웨덴 사업가 이바르 크뤼게르(Ivar Kreuger, 1880-1932)인 듯하다. 성냥 사업으로 부를 축적해 "성냥 왕"으로 불렸지만, 파산에 직면하자 권총으로 자살한다. 베케트 소설집 『발길질보다 따끔함』 속 단편 「사랑과 레테」에서도 언급된다.

25. 죽어 가는 환자에게 마지막으로 베푸는 영성체.

26. Fucking awful business this, no, yes? 원문 영어.

27. What! 원문 영어.

28. Dreamt all night of that bloody man Quin again. 원문 영어.

29. *Mutatis mutandis.* 원문 라틴어.

30. Pa'sol! Pa'sol! '파라솔(parasol)'의 줄임말인 듯하다.

31. Who is this shite anyway, any of you poor buggers happen to know. 원문 영어.

32. Sordello da Goito. 중세 이탈리아 음유시인. 단테의 『신곡』 중 「연옥 편」에 등장한다.

33. 고대 켈트 신앙의 사제. 서양 마법사의 기원.

34. Nice work, sir, nice work! 원문 영어

35. Smash her! 원문 영어.

해설
소설의 죽음, 글쓰기의 시작
—사뮈엘 베케트의『말론 죽다』[1]

I. 1946-50년, 작가의 탄생

한 예술가에게 자신의 미학을 발견하고 작품을 통해 그것을
본격적으로 세상에 알리게 되는 어떤 전환점이 존재한다면,
작가 사뮈엘 베케트에게는 1946년부터 이어지는 몇 년간이
그런 시기였을 것이다. 40대에 접어들기 전까지, 베케트는
모국인 아일랜드와 그의 문학적 근거지가 될 프랑스를 오가며
소설과 시, 에세이 등을 다수 발표했다. 그러나 그의 초기
문제작들(『발길질보다 따끔함』『머피』『와트』등)은 당시
아일랜드 문화의 보수적 분위기 속에서 출판 금지되거나,
런던에서 출판된 후에도 큰 주목을 받지 못하거나, 아니면
아예 출판사를 찾지 못해 어디에서도 빛을 보지 못한 상태였다.
1940년대 초반까지 작가로서의 베케트를 유일하게 인정해
준 사람은 그와 마찬가지로 아일랜드 출신이면서 파리에
정착해 있었던 제임스 조이스와 그 주변의 젊은 예술가들,
지식인들뿐이었다. 자신을 문화적으로 추방한 조국, 어디에도
뿌리를 내리기 어려운 이방인으로서의 정체성, 자신의 문학적
스승인 조이스의 거대한 그림자, 작가로서의 무력감. 당시
베케트는 이처럼 일종의 막다른 골목과도 같은 상황에 처해
있었을 것이다. 1939년 발발한 제2차 세계대전은 베케트의
상황에도 큰 변화를 가져오게 된다. 우선 그는 중립을 지킬 수
있는 아일랜드 국적이었음에도 불구하고 전쟁 중의 프랑스를
선택했으며, 평생의 동반자가 될 쉬잔과 함께 레지스탕스 활동에
참여했다가 게슈타포의 추적을 피해 보클뤼즈의 루시용에서
전쟁이 끝날 때까지 은신했다. 1941년 조이스가 세상을 떠났고,
베케트는 종전 후 아일랜드 적십자회 업무의 일환으로 생로에서
회계와 통역을 담당했다. 전쟁 중에 겪은 이러한 참담한 체험은
베케트가 인간이라는 존재와 그를 둘러싼 세계에 대해 더 깊이

성찰하게 되는 계기가 되었던 듯하다. 베케트 자신이 밝힌바, 그의 이러한 전환점은 구체적으로 1946년 더블린에서 비롯된 것으로 보인다.[2] 그는 당시 자신이 마침내 깨닫게 된 과거의 오류와 한계, 그리고 앞으로 작가로서 취하게 될 어떤 비전에 대해 편지와 인터뷰를 통해 다음과 같이 언급한다.

"이제야 내가 쓰는 것의 의미를 조금은 분명하게 알 것 같고, 그 작업을 완수하기 위한 10년의 용기와 에너지를 갖게 되었다는 느낌이 듭니다. 그렇게 오랜 기간 동안 맹목적으로 나를 표현해 오다가 스스로를 전망하다니, 좀 낯설군요. 어쩌면 이것도 환상이겠지요."[3]

"그때까지, 나는 지식을 신뢰할 수 있다고 믿었습니다. 스스로 지적인 장비를 갖춰야 한다고 말이죠. 그날, 모든 게 무너졌습니다."[4]

"내 어리석음에 대해 인식하게 된 그날, 나는 『몰로이』와 그 이후 작품들을 구상할 수 있었습니다. 그때부터 나는, 내가 느끼는 대로 쓰기 시작했죠."[5]

"나는 내가 궁핍의 방향으로, 지식과 수단을 잃어 가는 방향으로, 덧붙이기보다는 줄여 가는 방향으로 가고 있다는 걸 알게 되었습니다."[6]

이처럼 1940년대 후반의 베케트는, 지금까지 자신이 억압해 오던 혼돈, 무기력, 어둠, 불안, 실패 등이 극복의 대상이 아니라 바로 글쓰기의 대상 자체임을 비로소 인정하게 된 것이다. 그때부터 그는, 스스로 "글쓰기의 광란"이라 표현했을 정도로 놀라운 속도와 열정을 보이며 4년 동안 자신의 대표작이 될 작품들을 완성하게 된다. 베케트에게 있어서 이 시기가 지니는 또 다른 의미는, 그가 문학 언어로 모국어가 아닌 프랑스어를 선택했다는 점이다. 그 이유에 대한 해석은 다양하지만, 크게 두 가지 측면에서 설명될 수 있을 것이다. 첫 번째는 글쓰기의 차원에서 모국어의 상투적 표현과 익숙함에서 벗어나 프랑스어를 통해 새롭게, 또 다르게 쓰고자 했던 욕망이다. 두 번째는 스스로에 대한 거리 두기다. 즉 자신의 사고와 감정을 다른 언어로 표현하는 과정을 통해 일종의 내면적 대화를 시도하고자

했던 것이다. 이러한 관점에서, 베케트의 I인칭 시점 소설이
프랑스어 선택과 같은 시기에 시작됐다는 점은 시사하는 바가
크다. 가장 중요한 의미는, 여러 가지 측면에서의 자기 검열로
인해 모국어로는 직접 표현하기 어려웠던 '나(I)'의 진실을, 그것과
동일하면서도 다른 프랑스어의 '나(Je)'를 통해 좀 더 자유롭게
드러낼 수 있다는 것이다. 다시 말해 'Je'는 'I'의 일종의 가면이자
알리바이의 역할을 할 수도 있는 셈이다. 베케트의 진정한 의도가
무엇이었든지 간에, 모국어가 아닌 프랑스어는 작가의 글쓰기에
있어서 중요한 전환점이 되었으며 본격적인 I인칭 소설을 이끌어
냈다는 점에서 의미를 지닌다.

베케트는 이 "광란의 글쓰기"가 진행되는 동안 양적으로나
질적으로나 실로 엄청난 생산력을 보여 준다. 1946년 첫 프랑스어
단편소설인「끝」과「추방된 자」「첫사랑」「진정제」그리고 첫
프랑스어 장편소설『메르시에와 카미에』를 완성했으며, 1947년
첫 희곡인「엘레우테리아」와 소설『몰로이』를 썼고, 1948년
『말론 죽다』와 그에게 세계적인 명성을 가져다줄 희곡「고도를
기다리며」를 연달아 완성했다. 1949년에 소설 3부작의 마지막이
될『이름 붙일 수 없는 자』를 완성하고, 미뉘 출판사와 출판
계약을 맺으면서 그의 작품들은 이제 차례로 세상에 나오게 된다.
1951년『몰로이』와『말론 죽다』가, 1952년『고도를 기다리며』가
출간되었다. 전후문학의 상징이 될 한 문제적 작가의 탄생을
알리는 사건이었다.

2.『말론 죽다』와 베케트의 소설 3부작

『몰로이』와『말론 죽다』그리고『이름 붙일 수 없는 자』는
베케트가 거의 연속적으로 완성한 소설들이며, 프랑스어로
쓰인 I인칭 장편소설이라는 공통점을 지녀 자연스럽게 그의
'소설 3부작'으로 불리고 있다. 물론 베케트가 이러한 3부작을
처음부터 의도한 것은 아니었지만, "『말론 죽다』가『몰로이』에서
나왔고,『이름 붙일 수 없는 자』는『말론 죽다』에서 나왔음"[7]을
밝힌 바 있다. 이처럼『몰로이』에서 시작된 이 세 소설은
주제와 형식 면에서 베케트 글쓰기의 지향점과 어떤 단계를

보여 준다. 무엇보다 1인칭의 서술 행위, 즉 언어를 통한 내면의
탐색이 주를 이루며, 그 과정에서 글쓰기의 주체가 이름을 지닌
인물에서(『몰로이』) 그것의 죽음을 거쳐(『말론 죽다』) 결국
이름과 정체성을 잃어 버리게 되는(『이름 붙일 수 없는 자』)
단계를 거친다고 할 수 있을 것이다. 이는 베케트가 전통적인
소설의 구성 요소들—이야기, 인물, 플롯, 외부 세계—을 조금씩
비워 나가는 과정이며, 그의 글쓰기는 결국 소설가와 서술자의
경계마저 희미해진 채 오직 '말하는 주체'만 남겨지는 모습을
보여 준다. 미뉘 출판사의 베케트 편집자인 에디트 푸르니에는
베케트 소설 3부작의 여정을 단테의 『신곡』 3부작—지옥, 연옥,
천국—과 비유하며 이렇게 설명하고 있다. "단테가 자신의 지옥
또는 천국에 도달하기 위해 영역을 거치며 천천히 나아간 것과
마찬가지로, 베케트 또한, 그의 3부작 소설 『몰로이』 『말론 죽다』
『이름 붙일 수 없는 자』의 세 주인공들이 그들이 갈망하는 소멸에
어쩌면 도달할 수 있도록, 그들 각각을 뚜렷이 구분되는 어떤 원
안에 위치시킨다. 한 소설에서 다른 소설로 갈수록, 이 원은 점점
축소된다."[8] 혼란스럽고 불확실한 대로 인물들의 이름과 이야기를
최소한 간직하고 있는 『몰로이』와 오로지 머릿속의 말들만 끝없이
쏟아져 나오는 『이름 붙일 수 없는 자』 중 어떤 쪽이 베케트
글쓰기의 천국 또는 지옥에 해당하는지는 해석에 따라 달라질
수 있겠지만, 『말론 죽다』가 그 중간의 단계, 즉 연옥에 해당하는
위치를 차지하고 있음은 명백해 보인다. 3부작의 세계 속에서,
이 작품은 『몰로이』에서 작가가 시도한 혁신적인 글쓰기를 더욱
밀고 나가 베케트 소설의 정점을 이루는 『이름 붙일 수 없는 자』를
예고한다. "나는 지금 어머니의 방에 있다."로 시작되는 『몰로이』,
"난 어떻게든 결국 조만간 완전히 죽을 거다."로 시작되는 『말론
죽다』, 그리고 "지금 어디? 지금 언제? 지금 누구?"로 시작되는
『이름 붙일 수 없는 자』는, 하나의 끝이 다른 하나의 시작을
알리고, 서로를 비추면서 동시에 부정하며, 최소한의 상황 속에서
최대한의 말들을 이끌어 내고자 한다. 이 소설 3부작을 "일종의
열광 속에서 흥분하며", 그러나 "매우 어렵게"[9] 쓰고 난 베케트는,
『이름 붙일 수 없는 자』가 출간된 후 지인에게 이렇게 고백한다.

"내 작가로서의 시기는 이제 끝난 것 같습니다.『이름 붙일 수 없는 자』가 나를 끝장냈거나, 아니면 내가 어느 정도로 끝났는지 표현해 줬어요."[10] 이 시기의 작업은, 이렇듯 베케트가 스스로를 탈진시킬 정도로 작가로서 모든 에너지를 동원해야 했던 치열한 싸움이었다.

   3.『몰로이』와『말론 죽다』
베케트는『몰로이』를 1947년 5월부터 11월 초 사이에 썼고, 바로 11월 말부터『말론 죽다』를 쓰기 시작해서 이듬해 5월에 완성했다. 베케트가 애초에 이 두 작품을 일종의 연작으로 구상했는지에 대해서는 명백히 밝혀지지 않았지만, 작가가『몰로이』의 완성 직후 착수한『말론 죽다』는 여러 면에서『몰로이』의 다음 단계를 보여 주는 소설이다. 우선『말론 죽다』의 서술자 말론이 처한 상황은,『몰로이』 1부의 서술자 몰로이의 그것과 유사하면서도 더욱 악화된 모습을 보인다. 먼저 몰로이는 지금 "어머니의 방"에 있고, 자신이 어떻게 그곳에 도착했는지 알지 못하며, "아마도 구급차, 분명 어떤 차량을 타고 왔을 것"이라고 추측한다. 그리고 누군가 정기적으로 그를 찾아와 종이를 주며 글을 쓰라고 요구한다. "내게 남은 것들에 대해 얘기하고 싶고, 작별을 고하고 싶고, 죽는 걸 끝내고 싶다."[11]고 말하는 그는, 이제 어머니를 찾아다니던 자신의 과거 여정을 이야기한다. 말론도 어떤 방에 있지만, 그곳이 어디인지는 불확실하다. "언뜻 보기에 흔한 건물에 있는 평범한 개인 방"이며, 자신보다 "전에 여기 살았던 사람이 죽어서 방을 물려받은 건지도 모른다."고 추측할 뿐이다. 그 또한 자신이 어떻게 그곳에 도착했는지 알지 못한 채, "아마도 구급차, 분명 어떤 차량을 타고 왔"으리라는 몰로이의 말을 정확히 반복한다. 말론에게도 몰로이처럼 위협적인 방문자가 있지만, 그는 마치 작가처럼 인물과 이야기를 만들어 내며 자의로 글을 쓴다. 그것이 임박한 죽음을 연기하는 유일한 방법이기 때문이다. 몰로이가 자신이 도착하기 전에 이미 죽었을지도 모르는 어머니의 자리를 차지한 것처럼, 말론 또한 이미 존재하지 않는 몰로이의 자리를 차지한 걸까? 아니면, 몰로이가 말론이

되어 버린 걸까? 그러나『몰로이』에 언급되는 어떤 한 인물의
에피소드는 말론에 대한 다른 단서를 제공한다.『몰로이』의 두
서술자 몰로이와 모랑은, 모두 숲에서 어떤 인물을 공격하고 거의
죽음의 상태로 내버려 둔다. 그리고 말론은, 희미한 기억 속에서
어떤 사건을 떠올린다. "하지만 어쩌면 누군가, 아마도 숲에서,
내 머리를 때려 기절시켰을지도 모르고, 그래, 방금 숲이라고
말하니까 어렴풋하게 숲이 기억난다." 물론 이조차도 인물들
사이의 경계를 모호하게 만드는 베케트 글쓰기의 전략일 것이다.
중요한 것은 베케트가 전작『몰로이』의 여러 인물들을 토대로,
『말론 죽다』에서 더욱 진화(또는 퇴화)된 유일한 인물-서술자를
탄생시켰다는 점이다.

4. 죽음을 기다리며

베케트가『말론 죽다』와 거의 같은 시기에 쓴「고도를
기다리며」는, 제목이 모든 것을 말해 주듯 진행 중인 기다림에
대한 이야기이다. 블라디미르와 에스트라공이라는 두 인물은,
작품 내내 '고도'라는 이름을 언급하며 지루한 기다림을
되풀이한다. 그들에게 고도는, 오히려 오지 않음으로써 더
의미를 지니는 하나의 상징이 된다.『말론 죽다』또한 제목과
첫 문장("난 어떻게든 결국 조만간 완전히 죽을 거다.")을 통해
이야기의 방향을 제시한다. 일종의 희망과 구원의 여지가 남겨진
「고도를 기다리며」와는 정반대로,『말론 죽다』는 베케트가
애초에 '부재(L'Absent)'라는 제목을 염두에 두었을 정도로[12]
임박한 죽음과 완전한 소멸을 향해 전개된다. 말론은 처음부터
"원하기만 한다면, 원할 수만 있다면, 할 수만 있다면, 그저 조금만
밀고 나가도 바로 오늘 죽을" 것임을 알고 있다. 말론이 처한
상황 자체가, 스스로 "무덤에 한 발을 담그고 있다"고 표현할
정도로, 삶보다는 죽음에 더 가깝기 때문이다. 더 나아가 그는
"감히 말하거니와, 나는 죽음 속에서 태어났다."고까지 단정한다.
우선 그의 육체는, 낯선 방의 침대에 거의 고정된 채, 시력과
청력, 그리고 말하는 능력까지 잃어 가는, "더 할 수 있는 게
아무것도 없"는 상태다. 그에게 남겨진 건 오직 "먹고 배설하는

일"에 사용되는 "요강"과 "식기", 그리고 끄트머리에 갈고리가 달려서 그가 물건을 움직일 수 있게 해 주는 "지팡이"뿐이다. 그는 자신이 이미 죽었으며, "어쩌면 나는 숲속에서, 그보다도 전에, 소멸됐을지도 모른다."는 가능성을 배제하지 않는다. 그러나 아직 "완전히 숨을 거둔 건 아니"라면, 죽음을 기다리며, 그는 무언가를 해야 한다. 이것이 그의 계획이다. "그동안 난, 할 수 있다면, 스스로에게 이야기를 해 줄 거다. 예전과 같은 종류의 이야기들은 아니겠고, (…) 그 안엔 추함도, 아름다움도, 열기도 없을 테고, 이야기하는 사람만큼이나 거의 생기가 없는 이야기들이겠지." 이제 그의 유일한 바람 또는 가능성은, 자신에게 남겨진 불확실한 시간 동안 이야기를 꾸며 내는 것이다. "내가 뭘 하고 왜 하는지 알고 싶은, 그리고 그걸 말하고 싶은 이상한 욕구가 날 사로잡는 것"을 느끼기 때문이다. 그에겐 "사는 것"은 곧 "꾸며 내는 것"이다. 『몰로이』의 두 서술자 몰로이와 모랑이 각자의 과거 이야기를 통해 현재로 돌아온다면, 그들처럼 1인칭 서술자인 말론은 현재에서 시작하여 (근접) 미래—죽음—를 이야기하고 과거를 만들어 낸다는 점에서 차이를 보여 준다. 과거가 부재하는 그에게("내가 뭘 기억할 수 있겠으며, 뭘 갖고 기억할 수 있겠는가?"), 이제 '이야기하기'는 자유로운 놀이가 된다("이제부터는 놀이고, 난 놀이를 할 거다. 지금까지는 놀 줄 몰랐었다"). 무슨 이야기를 할 것인가? 이미 자신이 할 이야기에 대해 모든 정보를 갖고 있는 전통적인 소설의 서술자와는 달리, 말론은 무엇을 어떻게 꾸며 낼지 고민하는 것부터 시작한다. 그가 예고하는 이야기들의 주제는 네 가지에서 세 가지로, 결국 다섯 가지(현재 상황, 사람, 동물, 사물, 그리고 자신에게 남겨진 소유물들의 목록)로 정리된다. 그러나 그의 '놀이' 안에서 각각의 내용과 순서는 늘 뒤섞이고, 반복과 번복을 거듭한다. 중요한 것은 이야기의 대상과 진실이 아니라, 그를 존재하게 해 주는 "삶의 계획, 살게 하는 계획, 결국, 마침내 노는 계획, 마지막으로 산 채로 죽으려는 계획"이기 때문이다. 이런 상황 속에서, 말론은 자신에게 남겨진 연필과 노트에 집착한다. 머릿속에서 "맴돌고, 끝없이 솟아나고, 계속 이어지고, 겹쳐지고, 분리"되는 말과 이미지를 기억하기 위해서는, 그리고 '지금-여기'의 현실을 버티기 위해서는, 무언가를 써야 하기 때문이다. "난 글을 쓰고 싶지 않았지만, 결국 받아들이고 말았다. 그건 내가 어디에 있고, 그가 어디에 있는지 알기 위해서다. 처음에 난 글을 쓰지 않았고, 그냥 말만 했다. 그러다가 내가 했던 말들을 잊어버렸다. 진짜로 살기 위해서는 최소한의 기억이 꼭 필요한 법이다." 그렇게 말론은, 작가가 된다.

　5. 말론과 그의 "피조물들"
『말론 죽다』는 베케트 문학에서 『머피』와 『와트』 그리고 『몰로이』에 이어 인물의 이름이 제목으로 제시되는 마지막 소설이다. 말론의 죽음은, 결국 '이름 붙일 수 있는' 존재의 소멸에 다름 아니다. 베케트 연구자들이 지적하듯, '말론'이라는 이름은 'Moi / Me + alone', 즉 '나 홀로'의 의미로 해석될 수도 있을 것이다. 실제로 이 소설은 타인의 부재 속에 전개되는 1인칭 화자의 독백이기 때문이다. '말론'이라는 이름조차, 소설이 3분의 1 정도 진행된 다음에야 처음으로 언급("말론[사실 이제 나는 이런 이름으로 불린다.]")될 정도로 서술자가 임의로 지어낸 호칭일 수도 있다. 중요한 것은, 말론이 베케트 소설의 마지막 이름인 동시에 스스로 작가가 되어 허구의 인물들을 만들어 내는 첫 번째 서술자라는 점이다. 그는 이제, 자신을 비추는 거울과도 같은 분신들을 통해 이야기를 만들어 나갈 것이다. "내가 태어났든 아니든, 내가 살았든 아니든, 내가 죽었든 아니면 그저 죽어 가는 중이든 그런 건 상관없고, 내가 뭘 하는지, 누구인지, 어디서 왔는지, 내가 존재하는지에 대해 모르는 채로 항상 해 왔던 것처럼 계속할 것이다. 그래, 내가 무슨 말을 하든, 난 내 품에 안을 수 있는, 나의 모습을 한 작은 피조물을 만들려고 애쓸 것이다. 그리고 그게 형편없어 보이거나 나와 너무 닮은 것 같으면, 먹어 치울 것이다." 글쓰기는 결국, 그가 처한 무지와 무력감 속에서 죽음을 연기하기 위한 유일한 방법이 된다. 그 과정에서, 말론은 자신을 닮은 피조물들을 창조할 수도 지워 버릴 수도 있는 전능한 힘을 발휘할 수 있을 것이다. 그러나 말론은 전통적인 서술자와는 다른 방식을 취한다. 그의 이야기들은, 인물과 사건에 대한 논리적이고 일관성 있는 설명 대신 무질서와 단절과 자기부정으로 전개된다. 말론이 가장 먼저 구상한 것은 사포스캣이라는 10대 소년의 이야기다. 이름도 없이 그저 '사포'로 지칭되는 그는 대체로 "침착함과 침묵"을 지키는, 누구에게도 이해받지 못하는 모습으로 표현된다. 사포의 부모는, 이런 장남에 대해 끝없이 서로 의논하고 걱정하지만, 그들의 대화는 대개의 경우 의미 없거나 우스꽝스러운 결론으로 마무리된다. 그리고 이야기는 도시의 인물인 사포에서 농촌의 인물인 '루이 가족'으로 넘어간다. '루이'라는 이름은 베케트가 직접 영어로 옮긴 『말론 죽다(Malone Dies)』에서는 '랑베르'로 바뀌는데, 이 두 이름을 합치면 발자크의 소설 『루이 랑베르』가 된다. 물론 베케트가 『말론 죽다』를 쓸 때 (또는 영어로 다시 쓸 때) 이 소설을 의도적으로 참조했는지는 명백하게 밝혀지지 않았지만, 루이 가족의 이야기는 매우 사실주의 소설에 가깝게 전개된다고 할 수 있다. 농장과 동물들에 대한 자세한 묘사, 돼지를 도살하는 전문가인 루이의 가학적 면모, 그리고 지배와 복종의 관계로 연결된 그의 가족 등은, 다분히 객관적인 관찰자의 시선으로 표현된다. 이처럼 도시-사회와 농촌-자연으로 구분된 이 두 이야기는, 별다른 연관성 없이 독자적으로 전개된다. 유일한 연결 고리는, 사포가 특별한 이유나 목적이 밝혀지지 않은 채 정기적으로 루이 가족을 방문한다는 것이다. 그러나 그 또한 두 가족 사이에 어떤 사건을 만들어 내거나 대화를 연결해 주지 못한 채, 루이의 집에서 그림자처럼 머물다 눈에 띄지 않게 돌아갈 뿐이다. 이렇게 두 이야기 사이를 오가던 말론은, 어느 순간 진행을 중단시키고 자신의 이야기로 돌아갔다가 다시 피조물을 만들어 낸다. 이제 '그'는 '사포'("아니, 난 더 이상 그를 이렇게 부를 수 없고 지금까지 어떻게 이 이름을 참아 낼 수 있었는지 궁금하기까지 하다.")가 아닌 '맥먼'("이것도 더 나을 건 없지만 낭비할 시간이 없으니까")이 된다. 맥먼은 어쩌면 노인이 된 사포일 수도 있고, 여러 가지 면에서 서술자인 말론과 유사한 모습을 지니고 있다. 우선 말론과 마찬가지로 맥먼 또한 숲에서 의식을 잃었다가 어느 방에서 깨어난다. 말론의 방이 병원이나 양로원 같은 곳이 아닌 어떤 불분명한 장소인 데 비해, 맥먼의 그것은 '성요한 병원'이라는 구체적인 공간 안에 위치한다. 말론에게 식기와 요강을 처리해 준 어떤 늙은 여자가 있었던 것처럼, 맥먼은 일종의 담당 간호사인 '몰'의 보살핌을 받으며 그로테스크한 사랑을 나누는 연인 관계가 된다. 그러나 '늙은 여자'도 몰도 갑자기 사라지고(죽은 것으로 추정된다.), 말론과 맥먼은 모두 위협적인 후임자와 직면하게 된다. 말론의 방문자가 검은 정장에 우산을 든 정체불명의 남자라면, 맥먼 앞에는 '르뮈엘'이라는 이름이 있는, 가학적인 집행자가 나타난다. 말론과 맥먼 사이의 또 다른 연결 고리는, 두 인물 모두 집착을 보이는 모자라고 할 수 있다. 말론에게 모자는, "아마도 내 것들 중에서 내가 역사를 잘 기억하는, 그러니까 언제부터 그게 내 소유가 되었는지를 잘 기억하는 유일한 물건"이다. 맥먼 또한, 성요한 병원에 들어올 때 압수당한 자신의 물건들 중 유독 모자를 완강하게 요구하고, 결국 돌려받게 된다. 이후로도 그는 모자 없이는 외출을 거부할 정도로 모자를 자신의 일부로 여기는 모습을 보인다. 이러한 여러 유사점에도 불구하고, 말론과 맥먼의 상황에서 가장 큰 차이는 이동성에 있다. 침대에 거의 고정되어 최소한의 움직임만 가능한 말론과는 달리, 맥먼은 성요한 병원에 갇힌 이후에도 외부 공간으로 이동할 수 있기 때문이다. 소설의 마지막 부분에서도, 맥먼은 르뮈엘이 인솔하는 무리와 함께 해변으로 '피크닉'을 떠난다. 하지만 그 피크닉은 르뮈엘의 잔혹한 살인으로 마무리되고, 이제 맥먼은 보트 안에서 바다를 표류한다. 그의 일행은 그대로 소멸해 버리는 걸까? 아니면 병원으로 돌아간 맥먼이, 시간이 지나면서 자연스럽게 기억과 이동성을 잃어버리고, 결국 말론이 된 걸까? "맥먼, 나의 마지막"이라는 말론의 고백을 믿는다면, 가능성은 충분해 보인다. 더 나아가, 사포-맥먼-말론으로 이어지는 한 인물의 여정을 구상해 볼 수도 있을 것이다. 이는 말론이 최대한 피하고 싶었던 결과라고 할 수 있다. 그가 애초에 계획했던 '놀이'는, 자신의 피조물들을 내세워 자신을 숨기는 것이었기 때문이다. "주의했는데도, 여전히 내 얘기를 하고 있는 게 아닌지 모르겠다. 다른 대상에 대해서, 내가 끝까지 거짓말을 한다는 건 불가능할까?" 결국 사포도, 맥먼도, 어쩌면 말론도, "핵심에서 벗어난 이야기"고, "어떻게든 본론으로 들어가지 않으려는 핑계"에 불과할지도 모른다. 그 본론은, 그리고 『말론 죽다』의 진짜 이야기는, 바로 서술자에 대한 것이다.

6. "나에 대해 얘기하는 내 목소리"
베케트 소설 3부작의 첫 작품인 『몰로이』가 몰로이의 1부와 모랑의 2부로 양분되는 뚜렷한 대칭 구조를 이루고 있다면, 『말론 죽다』는 서술자인 '나'의 이야기와 "피조물들"의 이야기가 교대로 전개되는 양상을 보인다. 그리고 이 모든 과정은, 어떤 완결된 구성으로 모아지지 않고 마치 실시간으로 진행되는 글쓰기처럼, 인물과 이야기와 적당한 표현을 찾고, 여의치 않으면 중단했다가 즉흥적으로 다시 시작하는 서술자의 모습을 가감 없이 드러낸다. 『말론 죽다』가 지니는 의미는, 바로 이러한 '과정의 글쓰기'가 베케트 소설에서 본격적으로 사용되고 있다는 점이다. 그리고 1인칭의 말론, 3인칭의 사포-맥먼과 구분되는 제3의 "목소리"의 존재는, 『말론 죽다』 이후의 베케트 문학에서 가장 중요한 관건이 된다. 이 목소리는 분명 "나에 대해 얘기하는 내 목소리"일 것이지만, 때로 말론의 소유를 떠나 그의 이야기와 글쓰기에 개입하는 모습을 보인다. 마치 '나'를 평가하는 듯한 목소리는 이따금씩 이야기의 진행을 독려하기도 하지만("이 부분 괜찮네." "진행이 된다.") 부정적인 반응이 대부분이고("이렇게 지루할 수가." "아니, 이게 아니지," "끔찍하군." "아니, 정말 내 얘기라고!" "갈피를 못 잡겠다. 단 한 마디도."), 때론 자신의 말을 뒤집거나("일주일 전에 나는 이렇게 말했지, 난 어떻게든 결국 조만간 완전히 죽을 거다. […] 내가 그렇게 말하지 않았다고 맹세라도 할 수 있다."), 스스로를 대상화하기도 한다("이봐, 말론, 또 이러지 말라고."). 이러한 자기 성찰적인 내면의 소리들은 『말론 죽다』가 지닌 '이야기에 대한 이야기(méta-récit)'[13] 또는 '소설에 대한 소설(méta-fiction)'[14]로서의 면모를 드러내며, 결국 서술자인 말론의 권위를 흔들고 그 너머에 존재하는 어떤 존재, 즉 작가를 소환한다고 할 수 있다. 이처럼 글쓰기 내부에 존재하는 구성 요소들—작가, 서술자, 인물, 독자—이 서로를 언급하고 거울로 비추며 현실과 허구의 경계를 넘나드는 양상은 전통적인 소설과의 단절을 의미하며, 이때 소설은 장 리카르두가 언급했듯 "더 이상 재현이 아닌 자기 재현"[15]이 된다. 베케트의 이러한 '글쓰기에 대한 글쓰기'는 그가 이른바 누보로망(Nouveau roman)의 선구자 중 한 명으로 거론되는 이유이기도 하다.

결국 『말론 죽다』의 관건은, 1인칭 서술자의 정체성에 관한 것이다. 베케트는 전작인 『몰로이』에서 몰로이와 모랑이라는 두 명의 '나'를 통해 본격적인 1인칭 소설을 시도했었지만, 그들은 말론처럼 현재진행형인 글쓰기의 주체는 아니었다. 몰로이 또한 "내게 몰로이, 라고 말하는 어떤 내면의 목소리"[16]를 듣고, "말하는 것은 꾸며 내는 것"[17]임을 알고 있지만, 그는 말론처럼 자신의 '피조물'을 만들어 내지는 않는다. 한마디로 몰로이와 모랑은 불확실한 대로 각자의 이름과 이야기를 지닌, 베케트의 '피조물'이다. 이에 비해 자신의 글을 쓰는 과정에 있는 말론은, 필연적으로 작가 베케트와 겹쳐진다. 말론이 사포와 맥먼을 통해 자신의 이야기를 하는 것처럼, 베케트 또한 말론이라는 이름을 빌려 '나'의 이야기를 시도하고 있는 것이다. 말론은 글을 쓰는 동안에만 살 수 있으며, 『말론 죽다』라는 소설이 끝나면, 베케트의 이전 인물들이 그랬던 것처럼, 그도 죽을 것이다. "그때가 되면, 저세상에서 계속되지 않는 한, 머피, 메르시에, 몰로이, 모랑, 그리고 말론 등등은 이제 끝장이 날 거다."라는 말은, 오직 그들을 탄생시킨 베케트만이 할 수 있을 것이다. "모든 건 자기 안에서 나뉘어진다."는 말론의 말처럼, 이 소설의 1인칭 서술자 '나'의 내면에는 글을 쓰는 '나'와 그것을 이야기하는 '나', 그리고 '나'의 분신들로 나뉜 복수의 목소리들이 존재한다. 이처럼 이질적이고 파편화된 '나'로 인해, 베케트-말론의 글쓰기는 일관성 있게 논리적으로 진행되는 대신 자꾸 중단되고, "헐떡거리고, 무너지고, 다시 일어나고, 헐떡거리고, 추측하고, 부정하고, 단언하고, 부정하"는 과정을 되풀이한다. 이는 "더 이상 성공하기 위해서가 아니라, 실패하기 위"한 글쓰기일 것이다. 베케트는 후에 『최악을 향하여』에서, 자신의 글쓰기를 이렇게 압축한다. "다시 시도하기. 다시 실패하기. 더 잘 실패하기."[18] 그러나 모든 게 최소한으로 남겨진 말론의 세계는 유한하다. 글을 쓸 수 있는 도구도, 이야기도, 무엇보다 '나'의 존재도. "내 연필심은 무한하지 않고, 내 노트도 그렇고, 맥먼도 그렇고, 보여지는 모습들에도 불구하고 나 또한 그렇다. 이 모든 게 동시에 꺼져 버리는 것, 지금으로선 그게 내가 바라는 전부다." 그래서 그는, 우선 1인칭의 지옥을 벗어나고자, 그것을 버리기로 결심한다. "나에 대해서는 끝이다. 나는 더 이상 나라고 하지 않을 것이다." 그것이 말론의 진정한 죽음이고, 베케트에게는 인물과 이야기의, 더 나아가 소설 자체의 죽음일 것이다. 그렇게 『말론 죽다』는, "더 이상 아무것도"라는 문장으로 마무리된다.

7. "더 이상 아무것도"?

결국 베케트는, 『말론 죽다』를 통해 전통적 의미의 소설이 더 이상 불가능하다는 것을 확인했다고 할 수 있다. 그가 시도했던 인물과 이야기들은 모두 부정되거나 소멸한다. 무엇보다 작품의 중심인 1인칭 서술자가, 전지전능한 자신의 자리에서 스스로 내려온다. 이제 누구나 '나'가 될 수 있고 아무도 '나'라고 말하지 못하는 이 막다른 골목은, 어쩌면 베케트의 글쓰기가 다음 단계로 가기 위한 필연적인 과정이었을 것이다. "내 이야기가 멈춰도 나는 계속 살 것"이기 때문이다. 달리 말하자면, 말론이 죽어도 (또는 말론을 죽여도) 글을 쓰고 말을 하는 '나'는 여전히 살아남을 것이다. 그리고 이때의 '나'는, 더 이상 인물이 아닌, 어떤 "이름 붙일 수 없는 자"가 될 것이다. 그것은 "더 이상 아무것도" 남겨지지 않은 상황에서 출발하는, 베케트의 새로운 글쓰기의 시작이 된다. 소설 3부작의 대미를 장식하는 『이름 붙일 수 없는 자』는, 『머피』에서 시작된 베케트의 M의 인물들(Murphy, Molloy, Moran, Malone)이 작가의 머릿속에 모두 모여 만들어 내는 "이름 붙일 수 없는(innommable)" 세계를 보여 준다. 이렇듯 글쓰기의 불가능성을 작가의 필연적인 숙명인 것처럼 매번 확인하면서도 새로운 가능성을 찾는 자신의 작업에 대해,

베케트는 한 인터뷰에서 이렇게 밝힌다. "이전의 글쓰기는 이 작업을 계속하려는 모든 시도를 금지하고 있습니다… 글쓰기는 나를 침묵으로 인도했습니다… 하지만 나는 계속해야 하지요…. 나는 낭떠러지 앞에 있고 앞으로 나아가야 합니다. 그건 불가능하겠지요. 그렇지만, 앞으로 갈 수 있습니다. 보잘것없는 몇 밀리미터라도 얻어 내는 거죠."[19]

베케트가 프랑스어로 쓴 『말론 죽다』는 1951년에 출판되었고, 작가의 번역으로 영어판 『말론 죽다』가 출판된 때는 1956년이었다(흥미롭게도, 말론은 두 자루의 연필—영국제와 프랑스제—을 가지고 있었다). 『말론 죽다』를 모국어로 옮기기 전 베케트는 어머니와 친형을 잃었다. 이 시기의 고통과 슬픔은 작가의 작업에도 반영되어, 영어판 『말론 죽다』에는 프랑스어판과 조금씩 다른 표현과 자기 검열이 드러나는 부분이 존재한다. 원본인 프랑스어판 『말론 죽다』를 주 텍스트로 삼게 되어, 번역 과정에서 두 판본의 차이까지 고려하지 못한 점이 아쉬움으로 남는다. 그래도 국내의 독자와 연구자 들에게 『몰로이』와 『이름 붙일 수 없는 자』에 비해 상대적으로 덜 알려진 『말론 죽다』를 소개할 기회가 주어졌다는 데 이 작업의 소소한 의의를 찾고자 한다. 베케트 선집 출판이라는 엄청난 프로젝트를 흔들림 없이 이어 가고 있는 워크룸 프레스에, 번역자로서 또 독자로서 다시 한번 감사의 마음을 전한다.

임수현

I. 이 글은『프랑스어문교육』
제74집(한국프랑스어문교육학회,
2021년 9월)에 실린 옮긴이의 논문
「전통 소설의 죽음과 새로운 글쓰기의
시작—베케트의『말론 죽다』연구」를
바탕으로 작성되었다.

2. 디어드러 베어(Deirdre Bair),
『사뮈엘 베케트(Samuel Beckett)』,
레오 딜레(Léo Dilé) 옮김, 파리,
파야르(Fayard), 1979, 320면 참조.
제임스 놀슨(James Knowlson),
『베케트(Beckett)』, 오리스텔
보니(Oristelle Bonis) 옮김, 파리, 악트
쉬드(Actes Sud), 1999, 452-3면 참조.

3. 베케트가 친구이자 아일랜드
시인인 토머스 맥그리비(Thomas
MacGreevy)에게 1948년 3월 18일에
보낸 편지. 사뮈엘 베케트(Samuel
Beckett),『편지 II(Les Années
Godot: Lettres II 1941-1956)』, 파리,
갈리마르(Gallimard), 2015, 169면.

4. 샤를 쥘리에(Charles Juliet),
『사뮈엘 베케트와의 만남(Rencontre
avec Samuel Beckett)』, 파리, P.O.L.,
1999, 39면.

5. 가브리엘 도바레드(Gabriel
d'Aubarède),「베케트를 기다리며(En
attendant... Beckett)」,『레 누벨
리테레르(Les Nouvelles littéraires)』,
1961년 2월 16일 자, 7면.

6. 제임스 놀슨,『베케트』, 453면.

7. 루비 콘(Ruby Cohn),『베케트에게
돌아가다(Back to Beckett)』, 뉴저지,

프린스턴 대학교 출판부(Princeton
University Press), 1974, 112면.

8. 미뉘 출판사(Les Edtions
de Minuit)의『말론 죽다』
소개(leseditionsdeminuit.fr/livre-
Malone_meurt-1500-1-1-0-1.html).

9. 루비 콘,『베케트에게 돌아가다』,
112면.

10. 사뮈엘 베케트,『편지 II』, 491면.

11. 사뮈엘 베케트,『몰로이(Molloy)』,
파리, 미뉘, 1994, 7면.

12. 사뮈엘 베케트,『편지 II』, 175면.

13. "이야기 도중 또는 자신이
이야기하는 걸 말하는 도중 서술자의
인식이 명백하게 개입하는 경우",
에리크 베슬러(Eric Wessler),『자기
자신과 마주한 문학: 사뮈엘 베케트의
거울 문학(La Littérature face à elle-
même: L'Ecriture spéculaire de
Samuel Beckett)』, 암스테르담-뉴욕,
로도피(Rodopi), 2009, 38면.

14. "메타픽션이란 픽션과 리얼리티의
관계에 의문을 제기하기 위해
가공물로서의 그 위상에 자의식적이고
체계적으로 관심을 갖는 허구적인
글쓰기를 가리키는 말이다. 이러한
글쓰기들은 구성을 이뤄 나가는
자신의 방법들을 비판하면서, 서사
소설(narrative fiction)의 근본적인
구조들을 검토할 뿐만 아니라
허구적인 문학 텍스트 외부에
존재하는 세계의 있을 수 있는

허구성도 탐구한다." 퍼트리샤 워,
『메타픽션: 포스트모더니즘 문학이론』,
김상구 옮김, 열음사, 1989, 16면.

15. "Il [le roman] n'est plus
représentation, il est auto-
représentation." 장 리카르두(Jean
Ricardou), 「누보로망, 텔켈(Nouveau
Roman, Tel Quel)」, 『포에티크
(Poétique)』, 1권 4호, 1970, 452면.

16. 사뮈엘 베케트, 『몰로이』, 118면.

17. 같은 책, 41면.

18. 사뮈엘 베케트, 『동반자 / 잘
못 보이고 잘 못 말해진 / 최악을
향하여 / 떨림』, 임수현 옮김, 워크룸
프레스, 2018, 75면.

19. 샤를 쥘리에, 『사뮈엘 베케트와의
만남』, 20-21면.

작가 연보*

1906년 ─ 4월 13일 성금요일, 아일랜드 더블린 남쪽 마을 폭스록의 집 '쿨드리나(Cooldrinagh)'에서 신교도인 건축 측량사 윌리엄(William)과 그 아내 메이(May)의 둘째 아들 새뮤얼 바클레이 베킷[베케트](Samuel Barclay Beckett) 출생. 형 프랭크 에드워드(Frank Edward)와는 네 살 터울이었다.

1911-4년 ─ 더블린의 러퍼드스타운에서 독일인 얼스너(Elsner) 자매의 유치원에 다닌다.

1915년 ─ 얼스포트 학교에 입학해 프랑스어를 배운다.

1920-2년 ─ 포토라 왕립 학교에 다닌다. 수영, 크리켓, 테니스 등 운동에 재능을 보인다.

1923년 ─ 10월 1일, 더블린의 트리니티 대학교에 입학한다. 1927년 졸업할 때까지 아서 애스턴 루스(Arthur Aston Luce)에게서 버클리와 데카르트의 철학을, 토머스 러드모즈브라운(Thomas Rudmose-Brown)에게 프랑스 문학을, 비앙카 에스포지토(Bianca Esposito)에게 이탈리아 문학을 배우며 단테에 심취하게 된다. 연극에 경도되어 더블린의 아베이 극장과 런던의 퀸스 극장을 드나든다.

1926년 ─ 8-9월, 프랑스를 처음 방문한다. 이해 말 트리니티 대학교에 강사 자격으로 와 있던 작가 알프레드 페롱(Alfred Péron)을 알게 된다.

---

* 이 연보는 베케트 연구자이자 번역가인 에디트 푸르니에(Edith Fournier)가 정리한 연보(파리, 미뉘, leseditionsdeminuit.fr/auteur-Beckett_Samuel-1377-1-1-0-1.html) 와 런던 페이버 앤드 페이버의 베케트 선집에 실린 커샌드라 넬슨(Cassandra Nelson)이 정리한 연보, C. J. 애컬리(C. J. Ackerley)와 S. E. 곤타스키(S. E. Gontarski)가 함께 쓴 『그로브판 사뮈엘 베케트 안내서(The Grove Companion to Samuel Beckett)』(뉴욕, 그로브, 1996), 마리클로드 위베르(Marie-Claude Hubert)가 엮은 『베케트 사전 (Dictionnaire Beckett)』(파리, 오노레 샹피옹[Honoré Champion], 2011), 제임스 놀슨(James Knowlson)의 베케트 전기 『명성으로 저주받은: 사뮈엘 베케트의 삶(Damned to Fame: The Life of Samuel Beckett)』(뉴욕, 그로브, 1996), 『사뮈엘 베케트의 편지(The Letters of Samuel Beckett)』 1-3권(케임브리지, 케임브리지 대학교 출판부[Cambridge University Press], 2009-14) 등을 참조해 작성되었다.

　　베케트 작품명과 관련해, 영어로 출간되었거나 공연되었을 경우 영어 제목을, 프랑스어였을 경우 프랑스어 제목을, 독일어였을 경우 독일어 제목을 병기했다. 각 작품명 번역은 되도록 통일하되 저자나 번역가가 의도적으로 다르게 옮겼다고 판단될 경우 한국어로도 다르게 옮겼다. ─ 편집자

1927년 — 4–8월, 이탈리아의 피렌체와 베네치아를 여행하며 여러 미술관과 성당을 방문한다. 12월 8일, 문학사 학위를 취득한다(프랑스어·이탈리아어, 수석 졸업).

1928년 — 1–6월, 벨파스트의 캠벨 대학교에서 프랑스어와 영어를 가르친다. 11월 1일, 파리의 고등 사범학교 영어 강사로 부임한다(2년 계약). 여기서 다시 알프레드 페롱을, 그리고 전임자인 아일랜드 시인 토머스 맥그리비(Thomas MacGreevy)를 만나게 된다. 맥그리비는 파리에 머물던 아일랜드 작가이자 베케트에게 큰 영향을 미치게 되는 제임스 조이스(James Joyce)를, 또한 파리의 영어권 비평가와 출판업자들, 즉 문예지 『트랜지션(transition)』을 이끌던 마리아(Maria)와 유진 졸라스(Eugene Jolas), 파리의 영어 서점 셰익스피어 앤드 컴퍼니(Shakespeare and Company) 운영자 실비아 비치(Sylvia Beach) 등을 소개해 준다.

1929년 — 3월 23일, 전해 12월 조이스가 제안해 쓰게 된 베케트의 첫 비평문 「단테… 브루노. 비코··조이스(Dante...Bruno. Vico..Joyce)」를 완성한다. 이 비평문은 『'진행 중인 작품'을 진행시키기 위하여 그가 실행한 일에 대한 우리의 '과장된' 검토(Our Exagmination Round His Factification for Incamination of Work in Progress)』(파리, 셰익스피어 앤드 컴퍼니, 1929)의 첫 글로 실린다. 6월, 첫 비평문 「단테… 브루노. 비코··조이스」와 첫 단편 「승천(Assumption)」이 『트랜지션』에 실린다. 12월, 조이스가 훗날 『피네건의 경야(Finnegans Wake)』에 포함될, 『트랜지션』의 '진행 중인 작품' 섹션에 연재되던 글 「애나 리비아 플루라벨(Anna Livia Plurabelle)」의 프랑스어 번역 작업을 제안한다. 베케트는 알프레드 페롱과 함께 이 글을 옮기기 시작한다. 이해에 여섯 살 연상의 피아니스트이자 문학과 연극을 애호했던, 1961년 그와 결혼하게 되는 쉬잔 데슈보뒤메닐(Suzanne Dechevaux-Dumesnil)을 테니스 클럽에서 처음 만난다.

1930년 — 3월, 시 「훗날을 위해(For Future Reference)」가 『트랜지션』에 실린다. 7월, 첫 시집 『호로스코프(Whoroscope)』가 낸시 커나드(Nancy Cunard)가 이끄는 파리의 더 아워즈 출판사(The Hours Press)에서 출간된다(책에 실린 동명의 장시는 출판사가 주최한 시문학상에 마감일인 6월 15일 응모해 다음 날 1등으로 선정된 것이었다). 맥그리비 등의 주선으로 마르셀 프루스트(Marcel Proust)에 관한 에세이 청탁을 받아들이고, 8월 25일 쓰기 시작해 9월 17일 런던의 출판사 채토 앤드 윈더스(Chatto and Windus)에 원고를 전달한다. 10월 1일, 트리니티 대학교 프랑스어 강사로 부임한다(2년 계약). 11월 중순, 트리니티 대학교의 현대 언어 연구회에서 장 뒤 샤(Jean du Chas)라는 이명으로 '집중주의(Le Concentrisme)'에 대한 글을 발표한다.

1931년 — 3월 5일, 채토 앤드 윈더스의 '돌핀 북스(Dolphin Books)' 시리즈에서 『프루스트(Proust)』가 출간된다. 5월 말, (첫 장편소설의 일부가 될) 「독일 코미디(German Comedy)」를 쓰기 시작한다. 9월에 시 「알바(Alba)」가 『더블린 매거진(Dublin Magazine)』에 실린다. 시 네 편이 『더 유러피언 캐러밴(The European Caravan)』에 게재된다. 12월 8일, 문학 석사 학위를 취득한다.

1932년 — 트리니티 대학교 강사직을 사임한다. 2월, 파리로 간다. 3월, 『트랜지션』에 공동 선언문 「시는 수직이다(Poetry is Vertical)」와 (첫 장편소설의 일부가 될) 단편 「앉아 있는 것과 조용히 하는 것(Sedendo et Quiescendo)」을 발표한다. 4월, 시 「텍스트(Text)」가 『더 뉴 리뷰(The New Review)』에 실린다. 7-8월, 런던을 방문해 몇몇 출판사에 첫 장편소설 『그저 그런 여인들에 대한 꿈(Dream of Fair to Middling Women)』(사후 출간)과 시들의 출간 가능성을 타진하지만 거절당하고, 8월 말 더블린으로 돌아간다. 12월, 단편 「단테와 바닷가재(Dante and the Lobster)」가 파리의 『디스 쿼터(This Quarter)』에 게재된다(이 단편은 1934년 첫 단편집의 첫 작품으로 실린다).

1933년 — 2월, 이듬해 출간될 흑인문학 선집 번역 완료. 강단에 다시 서지 않기로 결심한다. 6월 26일, 아버지 윌리엄이 심장마비로 사망한다. 9월, 첫 단편집에 실릴 작품 10편을 정리해 채토 앤드 윈더스에 보낸다.

1934년 — 1월, 런던으로 이사한다. 런던 태비스톡 클리닉의 윌프레드 루프레히트 비온(Wilfred Ruprecht Bion)에게 정신분석을 받기 시작한다. 2월 15일, 시 「집으로 가지, 올가(Home Olga)」가 『컨템포(Contempo)』에 실린다. 2월 16일, 낸시 커나드가 편집하고 베케트가 프랑스어 작품 19편을 영어로 번역한 『흑인문학: 낸시 커나드가 엮은 선집 1931-3(Negro: Anthology Made by Nancy Cunard 1931-1933)』이 런던의 위샤트(Wishart & Co.)에서 출간된다. 5월 24일, 첫 단편집 『발길질보다 따끔함(More Pricks than Kicks)』이 채토 앤드 윈더스에서 출간된다. 7월, 시 「금언(Gnome)」이 『더블린 매거진』에 실린다. 8월, 단편 「천 번에 한 번(A Case in a Thousand)」이 『더 북맨(The Bookman)』에 실린다.

1935년 — 7월 말, 어머니와 함께 영국을 여행한다. 8월 20일, 장편소설 『머피(Murphy)』를 영어로 쓰기 시작한다. 10월, 태비스톡 인스티튜트에서 열린 융의 세 번째 강의에 윌프레드 비온과 함께 참석한다. 12월, 영어 시 13편이 수록된 시집 『에코의 뼈들 그리고 다른 침전물들(Echo's Bones and Other Precipitates)』이 파리의 유로파 출판사(Europa Press)에서 출간된다. 더블린으로 돌아간다.

1936년 — 6월, 『머피』 탈고. 9월 말 독일로 떠나 그곳에서 7개월간 머문다. 10월, 시 「카스칸도(Cascando)」가 『더블린 매거진』에 실린다.

1937년 — 4월, 더블린으로 돌아온다. 새뮤얼 존슨(Samuel Johnson)과 그 가족을 다룬 영어 희곡 「인간의 소망들(Human Wishes)」을 쓰기 시작한다. 10월 중순, 더블린을 떠나 파리에 정착해 우선 몽파르나스 근처 호텔에 머문다.

1938년 — 1월 6일, 몽파르나스에서 한 포주에게 이유 없이 칼로 가슴을 찔려 병원에 입원한다. 쉬잔 데슈보뒤메닐이 그를 방문하고, 이들은 곧 연인이 된다. 3월 7일, 『머피』가 런던의 라우틀리지 앤드 선스(Routledge and Sons)에서 장편소설로는 처음 출간된다. 4월 초, 프랑스어로 시를 쓰기 시작하고, 이달 중순부터 파리 15구의 파보리트 가 6번지 아파트에 살기 시작한다. 5월, 시 「판돈(Ooftish)」이 『트랜지션』에 실린다.

1939년 — 알프레드 페롱과 함께 『머피』를 프랑스어로 번역한다. 7–8월, 더블린에 잠시 돌아가 어머니를 만난다. 9월 3일, 영국과 프랑스가 독일과의 전쟁을 선언하자 이튿날 파리로 돌아온다.

1940년 — 6월, 프랑스가 독일에 함락되자 쉬잔과 함께 제임스 조이스의 가족이 머물고 있던 비시로 떠난다. 이어 툴루즈, 카오르, 아르카숑으로 이동한다. 아르카숑에서 뒤샹을 만나 체스를 두거나 『머피』를 번역하며 지낸다. 9월, 파리로 돌아온다. 페롱을 만나 다시 함께 『머피』를 프랑스어로 옮기는 한편, 이듬해 그가 속해 있던 레지스탕스 조직에 합류한다.

1941년 — 1월 13일, 제임스 조이스가 취리히에서 사망한다. 2월 11일, 소설 『와트(Watt)』를 영어로 쓰기 시작한다. 9월 1일, 레지스탕스 조직 글로리아 SMH에 가담해 각종 정보를 영어로 번역한다.

1942년 — 8월 16일, 페롱이 체포되자 게슈타포를 피해 쉬잔과 함께 떠난다. 9월 4일, 방브에 도착한다. 10월 6일, 프랑스 남부 보클뤼즈의 루시용에 도착한다. 『와트』를 계속 집필한다.

1944년 — 8월 25일, 파리 해방. 10월 12일, 파리로 돌아온다. 12월 28일, 『와트』 완성.

1945년 — 1월, M. A. I. 갤러리와 마그 갤러리에서 각기 열린 네덜란드 화가 판 펠더(van Velde) 형제의 전시회를 계기로 비평 「판 펠더 형제의 회화 혹은 세계와 바지(La Peinture des van Velde ou Le Monde et le pantalon)」를 쓴다. 3월 30일, 무공훈장을 받는다. 4월 30일 혹은 5월 1일 페롱이 사망한다. 6월 9일, 시 「디에프 193?(Dieppe 193?)」[sic]이 『디 아이리시 타임스(The Irish Times)』에 실린다. 8–12월, 아일랜드 적십자사가 세운 노르망디의 생로 군인병원에서 창고관리인 겸 통역사로 자원해 일하며 글을 쓴다. 다시 파리로 돌아온다.

1946년 — 1월, 시 「생로(Saint-Lô)」가 『디 아이리시 타임스』에 실린다. 첫 프랑스어 단편 「계속(Suite)」(제목은 훗날 '끝[La Fin]'으로 바뀜)이 『레 탕 모데른(Les Temps modernes)』 7월 호에 실린다. 7–10월, 첫 프랑스어 장편소설 『메르시에와 카미에(Mercier et Camier)』를 쓴다. 10월, 전해에 쓴 판 펠더 형제 관련

비평이 『카이에 다르(Cahiers d'Art)』에 실린다. 11월, 전쟁 전에 쓴 열두 편의 시 「시 38-39(Poèmes 38-39)」가 『레 탕 모데른』에 실린다. 10월에 단편 「추방된 자(L'Expulsé)」를, 10월 28일부터 11월 12일까지 단편 「첫사랑(Premier amour)」을, 12월 23일부터 단편 「진정제(Le Calmant)」를 프랑스어로 쓴다.

1947년 — 1-2월, 첫 프랑스어 희곡 「엘레우테리아(Eleutheria)」를 쓴다(사후 출간). 4월, 『머피』의 첫 번째 프랑스어판이 파리의 보르다스(Bordas)에서 출간된다. 5월 2일부터 11월 1일까지 『몰로이(Molloy)』를 프랑스어로 쓴다. 11월 27일부터 이듬해 5월 30일까지 『말론 죽다(Malone meurt)』를 프랑스어로 쓴다.

1948년 — 예술비평가 조르주 뒤튀(Georges Duthuit)가 주선해 주는 번역 작업에 힘쓴다. 3월 8-27일 뉴욕의 쿠츠 갤러리에서 열린 판 펠더 형제의 전시 초청장에 실릴 글을 쓴다. 5월, 판 펠더 형제에 대한 글 「장애의 화가들(Peintres de l'empêchement)」이 마그 갤러리에서 발행하던 미술 평론지 『데리에르 르 미르와르(Derrière le Miroir)』에 실린다. 6월, 「세 편의 시들(Three Poems)」이 『트랜지션』에 실린다. 10월 9일부터 이듬해 1월 29일까지 희곡 「고도를 기다리며(En attendant Godot)」를 프랑스어로 쓴다.

1949년 — 3월 29일, 위시쉬르마른의 한 농장에서 『이름 붙일 수 없는 자(L'Innommable)』를 프랑스어로 쓰기 시작한다. 4월, 「세 편의 시들」이 『포이트리 아일랜드(Poetry Ireland)』에 실린다. 6월, 미술에 대해 뒤튀와 나눴던 대화 중 화가 피에르 탈코트(Pierre Tal-Coat), 앙드레 마송(André Masson), 브람 판 펠더(Bram van Velde)에 관한 내용을 「세 편의 대화(Three Dialogues)」로 정리하기 시작한다. 12월, 「세 편의 대화」가 『트랜지션』에 실린다.

1950년 — 1월, 유네스코의 의뢰로 『멕시코 시 선집(Anthology of Mexican Poetry)』 (옥타비오 파스[Octavio Paz] 엮음)을 번역하게 된다. 이달 『이름 붙일 수 없는 자』를 완성한다. 8월 25일, 어머니 메이 사망. 10월 중순, 프랑스 미뉘 출판사(Les Éditions de Minuit) 대표 제롬 랭동(Jérôme Lindon)이 쉬잔이 전한 『몰로이』의 원고를 읽고 이를 출간하기로 한다. 11월 중순, 미뉘와 『몰로이』, 『말론 죽다』, 『이름 붙일 수 없는 자』 등 세 편의 소설 출간 계약서를 교환한다. 12월 24일, 「아무것도 아닌 텍스트들(Textes pour rien)」 1편을 프랑스어로 쓴다.

1951년 — 3월 12일, 『몰로이』가 미뉘에서 출간된다. 11월, 『말론 죽다』가 미뉘에서 출간된다. 12월 20일, 「아무것도 아닌 텍스트들」을 총 13편으로 완성한다.

1952년 — 가을, 위시쉬르마른에 집을 짓기 시작한다. 베케트가 애호하는 집필 장소가 될 이 집은 이듬해 1월 완공된다. 10월 17일, 『고도를 기다리며』가 미뉘에서 출간된다.

1953년 — 1월 5일, 「고도를 기다리며」가 파리 몽파르나스 라스파유 가의 바빌론 극장에서 초연된다(로제 블랭[Roger Blin] 연출, 피에르 라투르[Pierre Latour], 루시앵 랭부르[Lucien Raimbourg], 장 마르탱[Jean Martin], 로제 블랭 출연). 5월 20일, 『이름 붙일 수 없는 자』가 미뉘에서 출간된다. 7월 말, 패트릭 바울즈(Patrick Bowles)와 함께 『몰로이』를 영어로 옮기기 시작한다. 8월 31일, 『와트』 영어판이 파리의 올랭피아 출판사(Olympia Press)에서 출간된다. 9월 8일, 「고도를 기다리며(Warten auf Godot)」가 베를린 슈로스파크 극장에서 공연된다. 9월 25일, 「고도를 기다리며」가 파리 바빌론 극장에서 다시 공연된다. 10월 말, 다니엘 마우로크(Daniel Mauroc)와 함께 『와트』를 프랑스어로 옮기기 시작한다. 11월 16일부터 12월 12일까지 바빌론 극장이 제작한 「고도를 기다리며」가 순회 공연된다(독일, 이탈리아, 프랑스). 한편 「고도를 기다리며」의 영어 판권 문의가 쇄도하자 베케트는 이를 직접 영어로 옮기기 시작한다.

1954년 — 1월, 미뉘의 『메르시에와 카미에』 출간 제안을 거절한다. 6월, 『머피』의 두 번째 프랑스어판이 미뉘에서 출간된다. 7월, 『말론 죽다』를 영어로 옮기기 시작한다. 8월 말, 『고도를 기다리며(Waiting for Godot)』 영어판이 뉴욕의 그로브 출판사(Grove Press)에서 출간된다. 9월 13일, 형 프랭크가 폐암으로 사망한다. 10월 15일, 『와트』가 아일랜드에서 발매 금지된다. 이해에 희곡 「마지막 승부(Fin de Partie)」를 프랑스어로 쓰기 시작해 1956년에 완성하게 된다. 이해 또는 이듬해에 「포기한 작업으로부터(From an Abandoned Work)」를 영어로 쓴다.

1955년 — 3월, 『몰로이』 영어판이 파리의 올랭피아에서 출간된다. 8월, 『몰로이』 영어판이 뉴욕의 그로브에서 출간된다. 8월 3일, 「고도를 기다리며」의 첫 영어 공연이 런던의 아츠 시어터 클럽에서 열린다(피터 홀[Peter Hall] 연출). 8월 18일, 『말론 죽다』 영어 번역을 마치고, 발레 댄서이자 안무가, 배우였던 친구 데릭 멘델(Deryk Mendel)을 위해 「무언극 I(Acte sans paroles I)」을 쓴다. 9월 12일, 「고도를 기다리며」가 런던의 크라이테리언 극장에서 공연된다. 10월 28일, 「고도를 기다리며」가 더블린의 파이크 극장에서 공연된다. 11월 15일, 「추방된 자」, 「진정제」, 「끝」 등 단편 세 편과 13편의 「아무것도 아닌 텍스트들」이 포함된 『단편들 그리고 아무것도 아닌 텍스트들(Nouvelles et textes pour rien)』이 미뉘에서 출간된다. 12월 8일, 런던에서 열린 「고도를 기다리며」 100회 기념 공연에 참석한다.

1956년 — 1월 3일, 「고도를 기다리며」가 미국 마이애미의 코코넛 그로브 극장에서 공연된다(앨런 슈나이더[Alan Schneider] 연출). 1월 13일, 『몰로이』가 아일랜드에서 발매 금지된다. 2월 10일, 「고도를 기다리며」가 런던의 페이버 앤드 페이버(Faber and Faber)에서 출간된다. 2월 27일, 『이름 붙일 수 없는 자』를 영어로 옮기기 시작한다. 4월 19일, 「고도를 기다리며」가 뉴욕의 존 골든 극장에서 공연된다(허버트 버고프[Herbert Berghof] 연출). 6월, 「포기한 작업으로부터」가 더블린 주간지 『트리니티 뉴스(Trinity News)』에 실린다. 6월 14일부터 9월 23일까지 「고도를 기다리며」가 파리의 에베르토 극장에서 공연된다. 7월, BBC의 요청으로 첫 라디오극 「넘어지는 모든 자들(All That Fall)」을 영어로 쓰기 시작해 9월 말 완성한다. 10월, 『말론 죽다(Malone Dies)』 영어판이 그로브에서 출간된다. 12월, 희곡 「으스름(The Gloaming)」(제목은 훗날 '연극용 초안 I[Rough for Theatre I]'로 바뀜)을 쓰기 시작한다.

1957년 — 1월 13일, 「넘어지는 모든 자들」이 BBC 3프로그램에서 처음 방송된다. 1월 말 또는 2월 초, 『마지막 승부 / 무언극(Fin de partie *suivi de* Acte sans paroles)』이 미뉘에서 출간된다. 3월 15일, 『머피』가 그로브에서 출간된다. 4월 3일, 「마지막 승부」가 런던의 로열코트극장에서 프랑스어로 공연되고(로제 블랭 연출, 장 마르탱 주연), 이달 26일 파리의 스튜디오 데 샹젤리제 무대에도 오른다. 베케트는 8월 중순까지 이 작품을 영어로 옮긴다. 8월 24일, 데릭 멘델을 위해 두 번째 『무언극 II(Acte sans paroles II)』를 완성한다. 8월 30일, 『넘어지는 모든 자들』이 페이버에서 출간된다. 로베르 팽제(Robert Pinget)가 베케트와 협업해 프랑스어로 옮긴 「넘어지는 모든 자들(Tous ceux qui tombent)」이 파리의 문학잡지 『레 레트르 누벨(Les Lettres nouvelles)』에 실린다. 「포기한 작업으로부터」가 이해 창간된 뉴욕 그로브 출판사의 문학잡지 『에버그린 리뷰(Evergreen Review)』 1권 3호에 실린다. 10월 말, 『넘어지는 모든 자들』이 미뉘에서 출간된다. 12월 14일, 「포기한 작업으로부터」가 BBC 3프로그램에서 방송된다(패트릭 머기[Patrick Magee] 낭독).

1958년 — 1월 28일, 「마지막 승부」의 영어 버전인 「마지막 승부(Endgame)」 공연이 뉴욕의 체리 레인 극장에서 초연된다(앨런 슈나이더 연출). 2월 23일, 『이름 붙일 수 없는 자』의 영어 번역 초안을 완성한다. 3월 6일, 「마지막 승부(Endspiel)」가 빈의 플라이슈마르크트 극장에서 공연된다(로제 블랭 연출). 3월 7일, 『말론 죽다』 영어판이 런던의 존 콜더(John Calder)에서 출간된다. 3월 17일, 희곡 「크래프의 마지막 테이프(Krapp's Last Tape)」를 영어로 완성한다. 4월 25일, 『마지막 승부 / 무언극 I(Endgame, Followed by Act Without Words I)』 영어판이 페이버에서 출간된다. 이해에 「포기한 작업으로부터」도 페이버에서 출간된다. 7월, 희곡 「크래프의 마지막 테이프」가 『에버그린 리뷰』에 실린다. 8월, 훗날 「연극용 초안 II[Rough for Theatre II]」가 되는 글을 쓴다. 9월 29일, 『이름 붙일 수 없는 자(The Unnamable)』 영어판이 그로브에서 출간된다. 10월 28일, 「크래프의 마지막 테이프」가 런던의 로열코트극장에서 초연된다(도널드 맥위니[Donald McWhinnie] 연출, 패트릭 머기 주연). 11월 1일, 「아무것도 아닌 텍스트들」 중 1편을 영어로 옮긴다. 12월, 1950년 옮겼던 『멕시코 시 선집』이 미국 블루밍턴의 인디애나 대학교 출판부(Indiana University Press)에서 출간된다. 12월 17일, 훗날 『그게 어떤지(Comment c'est)』의 일부가 되는 「핌(Pim)」을 쓰기 시작한다.

1959년 — 3월, 베케트와 피에르 레리스(Pierre Leyris)가 함께 「크라프의 마지막 테이프」를 프랑스어로 옮긴 「마지막 테이프(La Dernière bande)」가 『레 레트르 누벨』에 실린다. 6월 24일, 라디오극 「타다 남은 불씨들(Embers)」이 BBC 3프로그램에서 방송된다. 7월 2일, 트리니티 대학교에서 명예박사 학위를 받는다. 『몰로이』, 『말론 죽다』, 『이름 붙일 수 없는 자』가 한 권으로 묶여 10월에 파리의 올랭피아에서 『3부작(A Trilogy)』으로, 11월에 뉴욕의 그로브에서 『세 편의 소설(Three Novels)』로 출간된다. 11월, 「타다 남은 불씨들」이 『에버그린 리뷰』에 실린다. 같은 달 짧은 글 「영상(L'Image)」이 영국 문예지 『엑스(X)』에 실리고, 이후 이 글은 『그게 어떤지』로 발전한다. 12월 18일, 『크라프의 마지막 테이프 그리고 타다 남은 불씨들(Krapp's Last Tape and Embers)』이 페이버에서 출간된다. 팽제가 「타다 남은 불씨들」을 프랑스어로 옮긴 「타고 남은 재들(Cendres)」이 『레 레트르 누벨』에 실린다. 이해에 독일 비스바덴의 리메스 출판사(Limes Verlag)에서 베케트의 『시집(Gedichte)』이 출간된다.

1960년 — 1월, 『마지막 테이프/타고 남은 재들(La Dernière bande *suivi de* Cendres)』이 미뉘에서 출간된다. 1월 14일, 「크래프의 마지막 테이프」가 뉴욕의 프로방스타운 극장에서 공연된다(앨런 슈나이더 연출). 『그게 어떤지』 초고를 완성하고, 8월 초까지 퇴고한다. 3월 27일, 「마지막 테이프」가 파리의 레카미에 극장에서 공연된다(로제 블랭 연출, 르네자크 쇼파르[René-Jacques Chauffard] 주연). 3월 31일, 『세 편의 소설』이 존 콜더에서 출간된다. 4월 27일, 「고도를 기다리며」가 BBC 3프로그램에서 방송된다. 8월, 희곡 「행복한 날들(Happy Days)」을 영어로 쓰기 시작해 이듬해 1월 완성한다. 8월 23일, 로베르 팽제가 프랑스어로 쓴 라디오극 「크랭크(La Manivelle)」를 베케트가 영어로 번역한 「옛 노래(The Old Tune)」가 BBC 3프로그램에서 방송된다(바버라 브레이[Barbara Bray] 연출). 9월 말, 베케트의 번역 「옛 노래」가 함께 수록된 팽제의 『크랭크』가 미뉘에서 출간된다. 리처드 시버(Richard Seaver)와 함께 「추방된 자」를 영어로 옮긴다. 10월 말, 파리 14구 생자크 거리의 아파트로 이사한다. 이해에 『크래프의 마지막 테이프 그리고 다른 희곡들(Krapp's Last Tape, and Other Dramatic Pieces)』이 뉴욕 그로브에서 출간된다.

1961년 — 1월, 『그게 어떤지』가 미뉘에서 출간된다. 2월, 마르셀 미할로비치[Marcel Mihalovici]가 작곡한 가극 「크라프의 마지막 테이프」가 파리의 샤이요 극장과 독일의 빌레펠트에서 공연된다. 3월 25일, 영국 동남부 켄트의 포크스턴에서 쉬잔과 결혼한다. 파리로 돌아온 직후부터 6월 초까지 「행복한 날들」의 원고를 개작해 그로브에 송고한다. 4월 3일, 뉴욕의 WNTA TV에서 「고도를 기다리며」가 방송된다(앨런 슈나이더 연출). 5월 3일, 「고도를 기다리며」가 파리의 오데옹극장에서 공연된다. 5월 4일, 호르헤 루이스 보르헤스(Jorge Luis Borges)와 공동으로 국제 출판인상을 수상한다. 6월 26일, 「고도를 기다리며」가 BBC 텔레비전에서 방송된다(도널드 맥위니 연출). 7월 15일, 『그게 어떤지』를 영어로 옮기기 시작한다. 9월, 『행복한 날들』이 그로브에서 출간된다. 9월 17일, 「행복한 날들」이 뉴욕 체리 레인 극장에서 초연된다(앨런 슈나이더 연출). 11월 말, 라디오극 「말과 음악(Words and Music)」을 쓴다(존 베케트[John Beckett] 작곡). 12월, '음악과 목소리를 위한 라디오극' 「카스칸도(Cascando)」를 프랑스어로 처음 쓴다(마르셀 미할로비치 작곡). 『영어로 쓴 시(Poems in English)』가 콜더 앤드 보야르스(Calder and Boyars, 출판사 존 콜더가 1963년부터 1975년까지 사용했던 이름)에서 출간된다.

1962년 — 1월, 단편 「추방된 자(The Expelled)」의 영어 버전이 『에버그린 리뷰』에 실린다. 5월, 희곡 「연극(Play)」을 영어로 쓰기 시작해 7월에 완성한다. 5월 22일, 「마지막 승부」가 BBC 3프로그램에서 방송된다(앨런 깁슨[Alan Gibson] 연출). 6월 15일, 『행복한 날들』이 페이버에서 출간된다. 11월 1일, 「행복한 날들」이 런던 로열코트극장에서 공연된다. 11월 13일, 「말과 음악」이 BBC 3프로그램에서 방송된다. 「말과 음악」이 『에버그린 리뷰』에 실린다.

1963년 — 1월 25일, 「넘어지는 모든 자들」이 프랑스 텔레비전에서 방송된다. 2월, 『오 행복한 날들(Oh les beaux jours)』 프랑스어판이 미뉘에서 출간된다. 3월 20일, 『영어로 쓴 시(Poems in English)』가 그로브에서 출간된다. 4월 5-13일, 시나리오 「필름(Film)」을 쓴다. 6월 14일, 독일 울름에서 「연극」의 독일어 버전인 「유희(Spiel)」가 공연되고, 베케트는 공연 제작을 돕는다(데릭 멘델 연출). 7월 4일, 「아무것도 아닌 텍스트들」 13편을 영어로 옮기기 시작한다. 9월 말, 「오 행복한 날들」이 베네치아 연극 페스티벌에서 공연되고(로제 블랭 연출, 마들렌 르노[Madeleine Renaud], 장루이 바로[Jean-Louis Barrault] 주연), 이어 10월 말 파리 오데옹극장 무대에 오른다. 10월 13일, 「카스칸도」가 프랑스 퀼튀르에서 방송된다(로제 블랭 연출, 장 마르탱 목소리 출연). 이해 독일 프랑크푸르트의 주어캄프 출판사(Suhrkamp Verlag)에서 베케트의 『극작품(Dramatische Dichtungen)』 1권(총 3권)이 출간된다(「고도를 기다리며」, 「마지막 승부」, 「무언극 I」, 「무언극 II」, 「카스칸도」 등 수록).

1964년 — 1월 4일, 「연극」이 뉴욕의 체리 레인 극장에서 공연된다(앨런 슈나이더 연출). 2월 17일, 「마지막 승부」 영어 공연이 파리의 상젤리제 스튜디오에서 열린다(잭 맥고런[Jack MacGowran] 연출, 패트릭 머기 주연). 3월, 『연극 그리고 두 편의 라디오 단막극(Play and Two Short Pieces for Radio)』이 페이버에서 출간된다(「연극」, 「카스칸도」, 「말과 음악」 수록). 4월 7일, 「연극」이 런던의 국립극장 올드빅에서 공연된다. 4월 30일, 『그게 어떤지(How It Is)』 영어판이 런던의 콜더 앤드 보야르스에서 출간된다. 6월, 「연극」을 프랑스어로 옮긴 「코메디(Comédie)」가 『레 레트르 누벨』에 게재된다. 6월 11일, 「코메디」가 파리 루브르박물관의 마르상 관에서 초연된다(장마리 세로[Jean-Marie Serreau] 연출). 7월 9일, 로열셰익스피어극단이 제작한 「마지막 승부」가 런던의 알드위치 극장에서 공연된다. 7월 10일부터 8월 초까지 뉴욕에서 「필름」 제작을 돕는다(앨런 슈나이더 감독, 버스터 키턴[Buster Keaton] 주연). 8월 말, 훗날 「잘못된 출발들(Faux départs)」이 될 글을 쓰기 시작한다. 10월 6일, 「카스칸도」가 BBC 3프로그램에서 방송된다. 12월 30일, 「고도를 기다리며」가 런던의 로열코트극장에서 공연된다(앤서니 페이지[Anthony Page] 연출).

1965년 — 1월, 희곡 「왔다 갔다(Come and Go)」를 영어로 쓴다. 3월 21일, 「왔다 갔다」의 프랑스어 번역을 마친다. 4월 13일부터 5월 1일까지 첫 텔레비전전용 스크립트 「어이 조(Eh Joe)」를 영어로 쓴다. 5월 6일, 『고도를 기다리며』 무삭제판이 페이버에서 출간된다. 7월 3일, 「어이 조」의 프랑스어 번역을 마친다. 7월 4-8일, 봄에 프랑스어로 쓴 단편 「죽은 상상력 상상해 보라(Imagination morte imaginez)」를 영어로 옮긴다. 프랑스어로 쓴 「죽은 상상력 상상해 보라」는 『레 레트르 누벨』에 게재되고 미뉘에서 출간된다. 영어로 번역된 「죽은 상상력 상상해 보라(Imagination Dead Imagine)」는 런던의 『더 선데이 타임스(The Sunday Times)』에 실리고 콜더 앤드 보야르스에서 출간된다. 8월 8-14일, 「말과 음악」을 프랑스어로 옮긴다. 9월 4일, 「필름」이 베네치아 국제영화제에서 상영되고, 젊은 비평가상을 수상한다. 이날 단편 「충분히(Assez)」를 프랑스어로 쓰기 시작한다. 10월 18일, 로베르 팽제의 「가설(L'Hypothèse)」이 파리 근대 미술관에서 공연된다(베케트와 피에르 샤베르[Pierre Chabert] 공동 연출). 11월, 「소멸자(Le Dépeupleur)」를 프랑스어로 쓰기 시작한다.

1966년 — 1월, 『코메디 및 기타 극작품(Comédie et Actes divers)』이 미뉘에서 출간된다(「코메디」, 「왔다 갔다[Va-et-vient]」, 「카스칸도」, 「말과 음악[Paroles et musique]」, 「어이 조[Dis Joe]」, 「무언극 II」 수록). 2월 28일, 「왔다 갔다」와 팽제의 「가설」(베케트 연출)이 파리 오데옹극장에서 공연된다. 4월 13일, 베케트의 60회 생일을 기념해 「어이 조(He Joe)」가 독일 국영방송 SDR(남부독일방송)에서 처음 방송된다(베케트 연출). 7월 4일, 「어이 조」가 BBC 2프로그램에서 방송된다. 7-8월, 「쿵(Bing)」을 프랑스어로 쓴다. 『충분히』, 『쿵』이 미뉘에서 출간된다. 11-12월 초, 「아무것도 아닌 텍스트들」을 영어로 옮긴다.

1967년 — 녹내장 진단을 받는다. 뤼도빅(Ludovic)과 아녜스 장비에(Agnès Janvier), 베케트가 함께 옮긴 『포기한 작업으로부터(D'un ouvrage abandonné)』가 미뉘에서 출간된다. 단편집 『죽은-머리들(Têtes-mortes)』이 미뉘에서 출간된다(「충분히」, 「죽은 상상력 상상해 보라」, 「쿵」 수록). 6월, 『어이 조 그리고 다른 글들(Eh Joe and Other Writings)』이 페이버에서 출간된다. 7월, 『왔다 갔다』가 콜더 앤드 보야르스에서 출간된다(「어이 조」, 「무언극 II[Act Without Words II]」, 「필름」 수록). 『카스칸도 그리고 다른 단막극들(Cascando and Other Short Dramatic Pieces)』이 그로브에서 출간된다(「카스칸도」, 「말과 음악」, 「어이 조」, 「연극」, 「왔다 갔다」, 「필름」 수록). 8월 중순부터 9월 말까지 베를린에 머물며 실러 극장 무대에 오를 「마지막 승부(Endspiel)」 연출을 준비하고, 9월 26일 공연한다. 11월, 베케트가 1945년부터 1966년까지 쓴 단편들을 묶은 『아니요의 칼(No's Knife)』이 콜더 앤드 보야르스에서 출간된다. 12월, 『단편들 그리고 아무것도 아닌 텍스트들(Stories and Texts for Nothing)』이 그로브에서 출간된다. 이해에 토머스 맥그리비가 사망한다.

1968년 — 3월, 프랑스어로 쓴 시들을 엮은 『시집(Poèmes)』이 미뉘에서 출간된다. 5월, 폐에서 종기가 발견되어 술과 담배를 끊는 등 여름 내내 치유에 힘쓴다. 「소멸자」의 일부인 『출구(L'Issue)』가 파리의 조르주 비자(Georges Visat)에서 출간된다. 12월, 뤼도빅과 아녜스 장비에, 베케트가 함께 옮긴 『와트』가 미뉘에서 출간된다. 이달 초부터 이듬해 3월 초까지 포르투갈에 머물며 휴식을 취한다. 이해에 희곡 「숨소리(Breath)」를 영어로 쓴다.

1969년 — 「없는(Sans)」을 프랑스어로 쓴다. 6월 16일, 뉴욕의 에덴 극장에서 「숨소리」가 공연된다. 8월 말, 10월 5일 실러 극장에서 직접 연출해 선보일 「크래프의 마지막 테이프(Das letzte Band)」 공연 준비차 베를린을 방문하고, 그곳에서 「없는」을 영어로 옮기기 시작한다. 10월, 영국 글래스고의 클로스 시어터 클럽에서 「숨소리」가 공연된다. 10월 초, 요양차 튀니지로 떠난다. 10월 23일, 노벨 문학상 수상. 미뉘 출판사 대표 제롬 랭동이 대신 시상식에 참여한다. 『없는』이 미뉘에서 출간된다.

1970년 — 3월 8일, 영국 옥스퍼드 극장에서 「숨소리」가 공연된다. 4월 29일, 파리의 레카미에 극장에서 「마지막 테이프」를 연출한다. 같은 달, 1946년 집필했으나 당시 베케트가 출간을 거부했던 장편 『메르시에와 카미에(Mercier et Camier)』와 단편 『첫사랑(Premier Amour)』이 미뉘에서 출간된다. 7월, 「없는」을 영어로 옮긴 『없어짐(Lessness)』이 콜더 앤드 보야르스에서 출간된다. 9월, 『소멸자』가 미뉘에서 출간된다. 10월 중순 백내장으로 인해 왼쪽 눈 수술을 받는다.

1971년 — 2월 중순, 오른쪽 눈 수술을 받는다. 「숨소리(Souffle)」 프랑스어 버전이 『카이에 뒤 슈맹(Cariers du Chemin)』 4월 호에 실린다. 8-9월, 베를린을 방문해 9월 17일 「행복한 날들(Glückliche Tage)」을 실러 극장에서 연출한다. 10-11월, 요양차 몰타에 머문다.

1972년 — 2월, 모로코에 머문다. 3월 말, 무대에 '입'만 등장하는 모놀로그 「나는 아니야(Not I)」를 영어로 쓴다. 『소멸자』를 영어로 옮긴 『잃어버린 자들(The Lost Ones)』이 런던의 콜더 앤드 보야르스와 뉴욕의 그로브에서 출간된다. 『잃어버린 자들』 일부가 '북쪽(The North)'이라는 제목으로 런던의 이니사먼 출판사(Enitharmon Press)에서 출간된다. 단편집 『죽은-머리들』 증보판이 미뉘에서 출간된다(「없는」 추가 수록). 「필름/숨소리(Film suivi de Souffle)」가 미뉘에서 출간되고, 이해 출간된 『코메디 및 기타 극작품』 증보판에 수록된다. 『숨소리 그리고 다른 단막극들(Breath and Other Short Plays)』이 페이버에서 출간된다. 11월 22일, 「나는 아니야」가 '사뮈엘 베케트 페스티벌'의 일환으로 뉴욕 링컨센터에서 공연된다(앨런 슈나이더 연출, 제시카 탠디[Jessica Tandy] 주연).

1973년 — 1월 16일, 「나는 아니야」가 런던 로열코트극장에서 공연된다(베케트와 앤서니 페이지 공동 연출, 빌리 화이트로[Billie Whitelaw] 주연). 같은 달 『나는 아니야』가 페이버에서 출간된다. 2월, 『첫사랑』의 영어 번역을 마친다. 『나는 아니야』를 프랑스어로, 『메르시에와 카미에』를 영어로 옮기기 시작한다. 7월, 『첫사랑(First Love)』이 콜더 앤드 보야르스에서 출간된다. 8월, 「이야기된바(As the Story Was Told)」를 쓴다. 이 글은 이해 독일의 주어캄프에서 출간된 시인 귄터 아이히(Günter Eich) 기념 책자에 수록된다.

1974년 — 『첫사랑 그리고 다른 단편들(First Love and Other Shorts)』가 그로브에서 출간된다(「포기한 작업으로부터」, 「충분히[Enough]」, 「죽은 상상력 상상해 보라」, 「땡[Ping]」, 「나는 아니야」, 「숨소리」 수록). 『메르시에와 카미에(Mercier and Camier)』가 런던의 콜더 앤드 보야르스와 뉴욕의 그로브에서 출간된다. 6월, 「나는 아니야」에 비견되는 실험적인 희곡 「그때는(That Time)」을 쓰기 시작해 이듬해 8월 완성한다.

1975년 — 3월 8일, 베를린 실러 극장에서 「고도를 기다리며」를 연출한다. 4월 8일, 파리 오르세 극장에서 「나는 아니야(Pas moi)」(마들렌 르노 주연)와 「마지막 테이프」를 연출한다. 희곡 「발소리(Footfalls)」를 영어로 쓰기 시작해 11월에 완성한다. 텔레비전용 스크립트 「고스트 트리오(Ghost Trio)」를 영어로 쓴다. 12월, 「다시 끝내기 위하여(Pour finir encore)」를 쓴다.

1976년 — 2월, 단편집 『다시 끝내기 위하여 그리고 다른 실패작들(Pour finir encore et autres foirades)』이 미뉘에서 출간된다. 5월 말, 베케트의 일흔 번째 생일을 기념해 런던의 로열코트극장에서 「발소리」(베케트 연출, 빌리 화이트로 주연)와 「그때는」(도널드 맥위니 연출, 패트릭 머기 주연)이 공연된다. 『그때는』이 페이버에서 출간된다. 8월, 「죽은 상상력 상상해 보라」를 쓰기 전해인 1964년에 영어로 쓴 글 「모든 이상한 것이 사라지고(All Strange Away)」가 에드워드 고리(Edward Gorey)의 에칭화와 함께 뉴욕의 고담 북 마트(Gotham Book Mart)에서 출간된다. 10월 1일, 「그때는(Damals)」과 「발소리(Tritte)」를 베를린 실러 극장에서 연출한다. 10-11월, 텔레비전용 스크립트 「오직 구름만이…(...but the clouds...)」를 영어로 쓴다. 12월, 『발소리』가 페이버에서 출간된다. 「고스트 트리오」를 처음 수록한 8편의 희곡집 『허접쓰레기들(Ends and Odds)』이 그로브에서 출간된다. 산문 모음 『실패작들(Foirades / Fizzles)』이 뉴욕의 페테르부르크 출판사(Petersburg Press)에서 프랑스어와 영어로 출간되고,

『다시 끝내기 위하여 그리고 다른 실패작들(For to End Yet Again and Other Fizzles)』이 런던의 존 콜더에서, 『실패작들(Fizzles)』이 뉴욕의 그로브에서 출간된다.

1977년 ─ 3월, 『동반자(Company)』를 영어로 쓰기 시작한다. 『영어와 프랑스어로 쓴 시 전집(Collected Poems in English and French)』이 런던의 콜더와 뉴욕의 그로브에서 출간된다. 4월 17일, 「나는 아니야」, 「고스트 트리오」, 「오직 구름만이…」가 '그늘(Shades)'이라는 타이틀 아래 영국 BBC 2프로그램에서 방송된다(앤서니 페이지, 도널드 맥위니 연출). 10월, '죽음'에 대해 말하는 남자에 대한 작품을 써 달라는 배우 데이비드 워릴로우(David Warrilow)의 요청으로 「독백극(A Piece of Monologue)」을 쓰기 시작한다. 11월 1일, 남부독일방송에서 제작된 「고스트 트리오(Geistertrio)」와 「오직 구름만이…(Nur noch Gewölk)」, 그리고 영국에서 방송되었던 빌리 화이트로 버전의 「나는 아니야」가 '그늘(Schatten)'이라는 타이틀 아래 RFA에서 방송된다(베케트 연출). 전해에 그로브에서 출간된 동명의 희곡집에 「오직 구름만이…」를 추가로 수록한 『허접쓰레기들』이 페이버에서 출간된다. 『발소리(Pas)』가 미뉘에서 출간된다.

1978년 ─ 『발소리 / 네 편의 밑그림(Pas suivi de Quatre esquisses)』이 미뉘에서 출간된다(「발소리」, 「연극용 초안 I & II(Fragment de théâtre I & II)」, 「라디오용 스케치(Pochade radiophonique)」, 「라디오용 밑그림(Esquisse radiophonique)」). 4월 11일, 「발소리」와 「나는 아니야」가 파리의 오르세 극장에서 공연된다(베케트 연출, 마들렌 르노 주연). 8월, 『시들 / 풀피리 노래들(Poèmes suivi de mirlitonnades)』이 미뉘에서 출간된다. 「그때는」을 프랑스어로 옮긴 『이번에는(Cette fois)』이 미뉘에서 출간된다. 10월 6일, 「유희」를 베를린 실러 극장에서 연출한다.

1979년 ─ 4월 말, 「독백극」을 완성한다. 6월, 런던의 로열코트극장에서 「행복한 날들」이 공연된다(베케트 연출). 9월, 『동반자』를 완성하고 프랑스어로 옮기기 시작한다. 『동반자』가 런던 콜더에서 출간된다. 10월 말, 『잘 못 보이고 잘 못 말해진(Mal vu mal dit)』을 쓰기 시작한다. 12월 14일, 「독백극」이 뉴욕의 라 마마 실험 극장 클럽에서 초연된다(데이비드 워릴로우 연출 및 주연).

1980년 ─ 『동반자(Compagnie)』가 파리 미뉘에서 출간된다. 5월, 런던의 리버사이드 스튜디오에서 샌 퀜틴 드라마 워크숍의 일환으로 창립자 릭 클러치(Rick Cluchey)와 함께 「마지막 승부」를 공동 연출한다. 이듬해 75번째 생일을 기념해 뉴욕 주 버펄로에서 열리는 심포지엄에서 선보일 「자장가(Rockaby)」를 쓰고(앨런 슈나이더 연출, 빌리 화이트로 주연), 역시 이듬해 미국 오하이오 주립 대학에서 열릴 베케트 심포지엄의 의뢰로 「오하이오 즉흥곡(Ohio Impromptu)」을 쓴다(앨런 슈나이더 연출).

1981년 — 1월 말, 『잘 못 보이고 잘 못 말해진』을 완성한다. 3월, 『잘 못 보이고 잘 못 말해진』이 미뉘에서 출간된다. 『자장가 그리고 다른 짧은 글들(Rockaby and Other Short Pieces)』이 그로브에서 출간된다(「오하이오 즉흥곡」, 「자장가」, 「독백극」 등 수록). 4월, 텔레비전용 스크립트 「콰드(Quad)」를 영어로 쓴다. 7월, 종종 협업해 온 화가 아비그도르 아리카(Avigdor Arikha)를 위해 짧은 글 「천장(Ceiling)」을 영어로 쓰기 시작한다(훗날 에디트 푸르니에[Edith Fournier]가 옮긴 프랑스어 제목은 'Plafond'). 8월, 『최악을 향하여(Worstward Ho)』를 영어로 쓰기 시작해 이듬해 3월 완성한다(에디트 푸르니에가 베케트와 미리 상의한 후 1991년 펴낸 프랑스어 번역본의 제목은 'Cap au pire'). 10월 8일, 독일 SDR에서 제작된 「콰드」가 '정방형 I+II(Quadrat I+II)'라는 제목으로 RFA에서 방송된다(베케트 연출). 같은 달 『잘 못 보이고 잘 못 말해진(Ill Seen Ill Said)』이 그로브에서 출간된다. 베케트 탄생 75주년을 기념해 파리에서 '사뮈엘 베케트 페스티벌'이 개최된다.

1982년 — 체코 대통령이자 극작가였던 바츨라프 하벨(Václav Havel)에게 헌정하는 희곡 「대단원(Catastrophe)」을 쓴다. 7월 20일, 「대단원」이 아비뇽 페스티벌에서 초연된다. 『독백극 / 대단원(Solo suivi de Catastrophe)』과 『대단원 그리고 또 다른 소극들(Catastrophe et autres dramaticules)』, 『자장가 / 오하이오 즉흥곡(Berceuse suivi de Impromptu d'Ohio)』이 미뉘에서 출간된다. 『특별히 묶은 세 편의 희곡(Three Occasional Pieces)』이 페이버에서 출간된다(「독백극」, 「자장가」, 「오하이오 즉흥곡」 수록). 『잘 못 보이고 잘 못 말해진』이 콜더에서 출간된다. 마지막 텔레비전용 스크립트 「밤과 꿈(Nacht und Träume)」을 영어로 쓰고 독일 SDR에서 연출한다(이듬해 5월 19일 RFA에서 방송됨). 12월 16일, 「콰드」가 영국 BBC 2프로그램에서 방송된다.

1983년 — 2-3월, 9월에 오스트리아 그라츠에서 열리는 슈타이리셔 헤르프스트 페스티벌의 요청으로 희곡 「무엇을 어디서」를 프랑스어로 쓰고('Quoi Où') 영어로 옮긴다('What Where'). 이 작품은 베케트가 집필한 마지막 희곡이 된다. 4월, 『최악을 향하여』가 콜더에서 출간된다. 9월, 베케트가 1929년부터 1967년까지 썼던 비평 및 공연되지 않은 극작품 「인간의 소망들」 등이 포함된 『소편(小片)들: 잡문들 그리고 연극적 단편 한 편(Disjecta: Miscellaneous Writings and a Dramatic Fragment)』(루비 콘[Ruby Cohn] 엮음)이 콜더에서 출간된다. 『오하이오 즉흥곡, 대단원, 무엇을 어디서(Ohio Impromptu, Catastrophe, What Where)』가 그로브에서 출간된다. 「독백극」, 「이번에는」이 파리 생드니의 제라르 필리프 극장에서 프랑스어로 공연된다(데이비드 워릴로우 주연). 「자장가」, 「오하이오 즉흥곡」, 「대단원」이 파리 롱푸앵 극장 무대에 오른다(피에르 샤베르 연출). 6월 15일, 「무엇을 어디서」, 「대단원」, 「오하이오 즉흥곡」이 뉴욕의 해럴드 클러먼 극장에서 공연된다(앨런 슈나이더 연출).

1984년 — 2월, 런던을 방문해 샌 퀜틴 드라마 워크숍에서 준비하는 「고도를 기다리며」를 감독한다(발터 아스무스[Waltet Asmus] 연출, 3월 13일 애들레이드 아츠 페스티벌에서 초연됨). 『대단원』이 콜더에서 출간된다. 『단막극 전집(Collected Shorter Plays)』이 런던의 페이버와 뉴욕의 그로브에서 출간되고, 『시 전집 1930-78(Collected Poems, 1930-1978)』이 런던의 콜더에서 출간된다. 8월, 에든버러 페스티벌에서 '베케트 시즌'이 열린다. 런던에서 오스트레일리아 순회공연을 위해 「고도를 기다리며」, 「마지막 승부」, 「크래프의 마지막 테이프」 연출을 감독한다.

1985년 — 마드리드와 예루살렘에서 베케트 페스티벌이 열린다. 6월, 「무엇을 어디서(Was Wo)」를 텔레비전 방송용으로 개작해 독일 SDR에서 연출한다(이듬해 4월 13일 방송됨). 「천장」이 실린 책 『아리카(Arikha)』가 파리의 에르만(Hermann)과 런던의 템스 앤드 허드슨(Thames and Hudson)에서 출간된다.

1986년 — 베케트 탄생 80주년을 기념해 4월에 파리에서, 8월에 스코틀랜드 스털링에서 사뮈엘 베케트 페스티벌이 열린다. 폐 질환이 시작된다.

1988년 — 마지막 글이 될 「떨림(Stirrings Still)」을 영어로 완성한다. 이 글은 뉴욕의 블루 문 북스(Blue Moon Books)와 런던의 콜더에서 출간된다. 『영상』이 미뉘에서, 『단편 산문 전집 1945-80(Collected Shorter Prose, 1945-1980)』이 콜더에서 출간된다. 7월, 쉬잔과 함께 요양원 르 티에르탕에 들어간다. 그곳에서 프랑스 시 「어떻게 말할까(Comment dire)」와 영어 시 「무어라 말하나(What Is the Word)」를 쓴다.

1989년 — 『동반자』, 『잘 못 보이고 잘 못 말해진』, 『최악을 향하여』가 수록된 『계속할 도리가 없는(Nohow On)』이 뉴욕의 리미티드 에디션스 클럽(Limited Editions Club)과 런던의 콜더에서 출간된다(그로브에서는 1995년 출간됨). 『떨림(Stirrings Still)』을 프랑스어로 옮긴 『떨림(Soubresauts)』과 1940년대에 판 펠더 형제에 대해 썼던 미술 비평 『세계와 바지(Le Monde et le pantalon)』가 미뉘에서 출간된다(「장애의 화가들[Peintres de l'empêchement]」은 1991년 증보판에 수록).
　　　7월 17일, 쉬잔 사망. 12월 22일, 베케트 사망. 파리의 몽파르나스 묘지에 함께 안장된다.

작품 연표

영어

1929년

비평문 「단테…브루노. 비코‥조이스
(Dante…Bruno. Vico‥Joyce)」
단편 「승천(Assumption)」
기타 단편들

1930년

시집 『호로스코프(Whoroscope)』(1930)
비평집 『프루스트(Proust)』(1931)
단편들

1930-2년

장편 『그저 그런 여인들에 대한 꿈(Dream
of Fair to Middling Women)』
(사후 출간)

1932-3년

시들
단편집 『발길질보다 따끔함(More Pricks
than Kicks)』(1934)

1934-5년

시집 『에코의 뼈들 그리고 다른
침전물들(Echo's Bones and Other
Precipitates)』(1935)

1935-6년

장편 『머피(Murphy)』(1938)

1937년

희곡 「인간의 소망들(Human
Wishes)」(1983)

1941-5년

장편 『와트(Watt)』(1953)

프랑스어

1937-40년

시들
『머피(Murphy)』(알프레드 페롱과 공동
번역, 1947년 출간)

1945년

미술 비평 「세계와 바지(Le Monde et le
pantalon)」(1989)

1946년

단편 「끝(La Fin)」(1955)

장편 『메르시에와 카미에(Mercier et Camier)』(1970)

단편 「추방된 자(L'Expulsé)」(1955)

단편 「첫사랑(Premier amour)」(1970)

단편 「진정제(Le Calmant)」(1955)

1947년

희곡 「엘레우테리아(Eleutheria)」(1995)

1947-8년

장편 『몰로이(Molloy)』(1951)

장편 『말론 죽다(Malone meurt)』(1951)

미술 비평 「장애의 화가들(Peintres de l'empêchement)」(1989)

1948-9년

희곡 「고도를 기다리며(En attendant Godot)」(1952)

1949년

미술 비평 「세 편의 대화(Three Dialogues)」(사후 출간)

1949-50년

장편 『이름 붙일 수 없는 자(L'Innommable)』(1953)

1950-1년

단편 모음 「아무것도 아닌 텍스트들(Textes pour rien)」(1955)

1953-4년

장편 『몰로이(Molloy)』(패트릭 바울즈와 공동 번역, 1955년 출간)

희곡 『고도를 기다리며(Waiting for Godot)』(1954)

1954-5년

장편 『말론 죽다(Malone Dies)』(1956)

1954-6년

희곡 「마지막 승부(Fin de Partie)」(1957)

희곡 「무언극 I(Acte sans paroles I)」(1957)

1955(?)년

단편 「포기한 작업으로부터(From an Abandoned Work)」(1958)

1956년

라디오극 「넘어지는 모든 자들(All That Fall)」(1957)

1956-7년

희곡 「으스름(The Gloaming)」

장편 『이름 붙일 수 없는 자(The Unnamable)』(1958)

1957년

희곡 「마지막 승부(Endgame)」(1958)

1958년

희곡 「크래프의 마지막 테이프(Krapp's Last Tape)」(1959)

단편 「아무것도 아닌 텍스트 I(Text for Nothing I)」

라디오극 「타다 남은 불씨들(Embers)」(1959)

1960-61년

희곡 「행복한 날들(Happy Days)」(1961)

단편 「추방된 자」(리처드 시버와 공동 번역, 1967년 출간)

1961년

라디오극 「말과 음악(Words and Music)」(1964)

1961-2년

장편 『그게 어떤지(How It Is)』(1964)

1962-3년

희곡 「연극(Play)」(1964)

「연극용 초안 I & II(Rough for Theatre I & II)」(1976)

「라디오용 초안 I & II(Rough for Radio I & II)」(1976)

1963년

라디오극 「카스칸도(Cascando)」(1964)

시나리오 「필름(Film)」(1964년 제작, 1965년 상영, 1967년 출간)

1957년

라디오극 「넘어지는 모든 자들(Tous ceux qui tombent)」(로베르 팽제와 공동 번역, 1957년 출간)

「무언극 II(Acte sans paroles II)」(1966)

1958-9년

희곡 「마지막 테이프(La Dernière bande)」(피에르 레리스와 공동 번역, 1960년 출간)

1959-60년

장편 『그게 어떤지(Comment c'est)』(1961)

「연극용 초안 I & II(Fragment de théâtre I & II)」(1950년대 후반 집필, 1978년 출간)

1961년

라디오극 「카스칸도(Cascando)」(1963)

「라디오용 스케치(Pochade radiophonique)」(1978)

「라디오용 밑그림(Esquisse radiophonique)」(1978)

1962년

희곡 「오 행복한 날들(Oh les beaux jours)」(1963)

1963-4년

희곡 「코메디(Comédie)」(1966)

1963–6년
단편 모음 「아무것도 아닌 텍스트들
(Texts for Nothing)」(1967)

1964–5년
단편 「모든 이상한 것이 사라지고
(All Strange Away)」(1976)

1965년
희곡 「왔다 갔다(Come and Go)」 (1)*
(1967)
텔레비전용 스크립트 「어이 조(Eh Joe)」
(1) (1967)
단편 「죽은 상상력 상상해 보라
(Imagination Dead Imagine)」 (2) (1974)

1965–6년
단편 「충분히(Enough)」 (2) (1974)
단편 「땡(Ping)」(1974)

1968년
희곡 「숨소리(Breath)」(1972)

1969년
단편 「없어짐(Lessness)」 (2) (1970)

1971–2년
단편 「잃어버린 자들(The Lost Ones)」
(1972)

1965년
희곡 「왔다 갔다(Va-et-vient)」 (2) (1966)
단편 「죽은 상상력 상상해 보라
(Imagination morte imaginez)」 (1)
(1967)
텔레비전용 스크립트 「어이 조(Dis Joe)」
(2) (1966)
라디오극 「말과 음악(Paroles et
musique)」(1966)
단편 「충분히(Assez)」 (1) (1966)

1965–6년
단편 「소멸자(Le Dépeupleur)」(1970)

1966년
단편 「쿵(Bing)」(1966)

1966–8년
장편 『와트(Watt)』(아녜스 & 뤼도빅
장비에와 공동 번역, 1968년 출간)

1969년
단편 「없는(Sans)」 (1) (1969)
희곡 「숨소리(Souffle)」(1972)

단편 모음 「실패작들(Foirades)」
(1960년대 집필, 1976년 출간)

1971년
시나리오 「필름(Film)」(1972)

* 제목 옆의 숫자 (1), (2)는 집필 연도가 같은 작품들의 집필 순서를 표시한 것이다.

1972-3년

희곡「나는 아니야(Not I)」(1973)

단편「첫사랑(First Love)」(1973)

단편「정적(Still)」(1973)

단편「소리들(Sounds)」(1978)

단편「정적 3(Still 3)」(1978)

단편「움직이지 않는(Immobile)」(1976)

1973년

장편『메르시에와 카미에(Mercier and Camier)』(1974)

단편「이야기된바(As the Story Was Told)」(1973)

1973년

희곡「나는 아니야(Pas moi)」(1975)

1973-4년

단편 모음「실패작들(Fizzles)」(1976)

1974-5년

희곡「그때는(That Time)」(1976)

1974-5년

희곡「이번에는(Cette fois)」(1978)

1975년

단편「다시 끝내기 위하여(For to End Yet Again)」(2) (1976)

희곡「발소리(Footfalls)」(1) (1976)

텔레비전용 스크립트「고스트 트리오(Ghost Trio)」(1976)

1975년

단편「다시 끝내기 위하여(Pour finir encore)」(1) (1976)

희곡「발소리(Pas)」(2) (1978)

1976년

텔레비전용 스크립트「오직 구름만이…(…but the clouds…)」(1977)

1976-8년

「풀피리 노래들(Mirlitonnades)」(1978)

1977-9년

단편「동반자(Company)」(1979)

희곡「독백극(A Piece of Monologue)」(1981)

1979-80년

단편「잘 못 보이고 잘 못 말해진(Ill Seen Ill Said)」(1981)

희곡「자장가(Rockaby)」(1981)

희곡「오하이오 즉흥곡(Ohio Impromptu)」(1981)

1979년

단편「동반자(Compagnie)」(1980)

1979-82년

희곡「독백극(Solo)」(1982)

1981년

텔레비전용 스크립트「콰드(Quad)」
(1982)

단편「천장(Ceiling)」(1985)

1981-2년

단편「최악을 향하여(Worstward Ho)」
(1983)

텔레비전용 스크립트「밤과 꿈(Nacht und
Träume)」(1984)

1983년

희곡「무엇을 어디서(What Where)」(2)
(1983)

희곡「대단원(Catastrophe)」(1983)

1983-7년

단편「떨림(Stirrings Still)」(1988)

1989년

시「무어라 말하나(What Is the Word)」

1981년

단편「잘 못 보이고 잘 못 말해진(Mal vu
mal dit)」(1981)

1982년

희곡「자장가(Berceuse)」(1982)

희곡「오하이오 즉흥곡(Impromptu
d'Ohio)」(1982)

희곡「대단원(Catastrophe)」(1982)

1983년

희곡「무엇을 어디서(Quoi Où)」(1)(1983)

1988년

시「어떻게 말할까(Comment dire)」

단편「떨림(Soubresauts)」(1989)

사뮈엘 베케트 선집

소설
『포기한 작업으로부터』, 윤원화 옮김
『발길질보다 따끔함』, 윤원화 옮김
『머피』, 이예원 옮김
『와트』, 박세형 옮김
『메르시에와 카미에』, 전승화 옮김
『말론 죽다』, 임수현 옮김
『이름 붙일 수 없는 자』, 전승화 옮김
『그게 어떤지/영상』, 전승화 옮김
『죽은-머리들/소멸자/다시 끝내기 위하여 그리고 다른 실패작들』, 임수현 옮김
『동반자/잘 못 보이고 잘 못 말해진/최악을 향하여/떨림』, 임수현 옮김

희곡
『희곡집 I』, 이예원 옮김
『희곡집 II』

시
『에코의 뼈들 그리고 다른 침전물들/호로스코프/시들, 풀피리 노래들』, 김예령
　　옮김

평론
『프루스트』, 유예진 옮김
『세계와 바지/장애의 화가들』, 김예령 옮김

전기
제임스 놀슨, 『명성으로 저주받은: 사뮈엘 베케트의 삶』, 김두리 옮김

사뮈엘 베케트 선집

사뮈엘 베케트
말론 죽다

임수현 옮김

초판 1쇄 발행. 2021년 10월 31일

발행. 워크룸 프레스
편집. 김뉘연
표지 사진. EH(김경태)
제작. 세걸음

ISBN 979-11-89356-60-6 04800
978-89-94207-65-0 (세트)
19,000원

워크룸 프레스
03043 서울시 종로구
자하문로16길 4, 2층
전화. 02-6013-3246
팩스. 02-725-3248
메일. wpress@wkrm.kr
workroompress.kr
workroom.kr

옮긴이. 임수현
서강대학교 불어불문학과와 동 대학원에서 공부했고, 파리4대학에서 사뮈엘 베케트
연구로 박사 학위를 받았다. 서울여자대학교 불어불문학과 교수이자 극단 산울림
예술감독이다. 옮긴 책으로 베르나르 올리비에의 『나는 걷는다 1』, 『떠나든, 머물든』,
『쇠이유, 문턱이라는 이름의 기적』, 드니 게즈의 『항해일지』, 아르튀르 아다모프의
『타란느 교수』, 베르나르마리 콜테스의 『목화밭의 고독 속에서』, 알랭 바디우의 『베케트에
대하여』(서용순 공역), 사뮈엘 베케트의 『죽은-머리들 / 소멸자 / 다시 끝내기 위하여 그리고
다른 실패작들』, 『동반자 / 잘 못 보이고 잘 못 말해진 / 최악을 향하여 / 떨림』 등이 있다.